Rachel
Hauck

Ich wünsche mir ...
einen Prinzen

Rachel
Hauck

Ich wünsche mir ... einen Prinzen

Roman

Aus dem Amerikanischen
von Anja Lerz

Brendow
Verlag | Alles, was Sinn macht!

Bibliografische Information der Deutschen Nationalbibliothek
Die Deutsche Nationalbibliothek verzeichnet diese Publikation in der Deutschen Nationalbibliografie; detaillierte bibliografische Daten sind im Internet über http://dnb.d-nb.de abrufbar.

ISBN 978-3-86506-986-3

Originaltitel: A Royal Christmas Wedding
Erschienen 2014 bei Zondervan, Grand Rapids, Michigan 49530, USA

Aus dem Amerikanischen übersetzt von Anja Lerz
Einbandgestaltung: Brendow Verlag, Moers
Titelfoto: fotolia Kalim; fotolia Evgeniy Kalinovskiy
Satz: Brendow Web & Print, Moers
Druck und Bindung: CPI – Clausen & Bosse, Leck
Printed in Germany
www.brendow-verlag.de

All jenen gewidmet, die es wagen, zu träumen.

Prolog

Königreich Brighton
1834

Es war eine mondlose Nacht, tintenschwarz, kein einziger Stern funkelte am Firmament. Schnee stob durch die kalte, frische Luft.

Die Alten nannten eine solche Finsternis den Stiefel Gottes. Aber für Prinz Michael gab es keine Dunkelheit. Der Glanz der Gaslaternen, die die Palastanlagen säumten, und die hell strahlende Liebe in seinem Herzen leuchteten ihm den Weg.

Lady Charlene war eine Herausforderung. Und er beabsichtigte, sich dieser zu stellen.

Michael rannte außerhalb der Reichweite des Lichts entlang. Sein Ziel war die Pembroke Chapel und ihr berüchtigter Glockenturm.

„Mick, alter Kamerad, was ist denn mit dir los?", erklang hinter ihm die Stimme seines Freundes Paulson. „Die Musik, das Essen, das gute Bier und all die hübschen Damen sind hinten im Ballsaal. Letztere warten darauf, dass wir mit ihnen tanzen."

„Halt mich nicht auf, Pauls. Ich habe vor, die Glocke zu läuten." Michael mühte sich an dem schweren Eisenriegel der Pforte des Glockenturms ab, bis sie aufsprang.

„Was? Du machst Witze. Und welche nichts ahnende Dame wird das Objekt deiner unerwünschten Zuneigung?" Paulsons Schritte näherten sich. Er atmete schwer, und seine Laterne spendete etwas Licht.

„Wenn ich es dir sage, wo bleibt dann das Geheimnis?" Michael begann, im Dunkeln die rutschigen Stufen des Glockenturms hinaufzusteigen. Er ertastete seinen Weg und versuchte, mit der Hand auf dem klapprigen Holzgeländer sein Gleichgewicht zu halten.

Heute Abend wollte er nichts lieber, als um Mitternacht die Glocke der Kapelle zu läuten – ganz der Tradition des Erntefests entsprechend –, um dadurch seine Liebe zu Lady Charlene sowie seine Absicht, sie am Weihnachtsmorgen zu heiraten, zu verkünden.

Einhundertundzweiundachtzig Stufen weiter würde er auf der Turmspitze ankommen.

Paulsons Stimme echote unter ihm. „Wenn du diese Glocke läutest, wird jeder wissen, wer deine Zukünftige ist. Du wirst nicht davonkommen, alter Knabe. Was ist mit deinem Vater? Der wird das eine oder andere zu sagen haben."

„Der wird die Wahrheit am Weihnachtsmorgen herausfinden. Genau wie alle anderen auch. Wer bin ich, dass ich mit einer guten Tradition Brightons bräche, indem ich den Namen meiner Angebeteten schon vorher preisgebe?"

Oben angekommen, warf sich Michael gegen die Tür der Glockenkammer und zwang die rostigen Scharniere nachzugeben, bis er unter der vierhundert Jahre alten Glocke stand.

Paulson traf einen Augenblick später ein. Die Laterne baumelte in seiner Hand, und das goldene Licht spiegelte sich in seinem breiten Grinsen. „Da ist sie, deine Glocke. Was hält dich auf, mein Guter?" Er zeigte auf den Glockenstrang. „Oder bist du wieder zu Verstand gekommen, als du dich gegen die Tür geworfen hast?"

„Der Strang ..." Michael ruckte an dem verdrillten Hanfseil, das an einem Haken in der Steinwand befestigt war. „Er rührt sich nicht. Er ist eingefroren."

„Dem Himmel sei Dank, du bist gerettet."

„Ich will nicht gerettet werden." Michael rieb entschlossen seine Hände, umklammerte das Seil und stemmte sich mit aller Kraft gegen den Zug.

„Mick, hör auf, denk nach. Was wirst du tun, wenn du die Glocke geläutet hast und dir bewusst wird, dass du die Frau heiraten musst, die du im Überschwang umwirbst? Brightons Traditionen sind bald so heilig wie die Heilige Schrift, will ich meinen. Du wirst es dir nicht mehr anders überlegen und dich auf Feigheit oder Derartiges berufen können."

„Meine Füße sind hinreichend warm, besten Dank auch. Ich werde meine Angebetete am Weihnachtsmorgen in der Watchman Abbey heiraten. Wie es die Tradition verlangt. Es wird von meiner Seite her keinen Traditionsbruch geben. Und jetzt mach dich einmal nützlich. Hilf mir."

Mit Paulsons Hilfe befreite Michael den Strang, der an einem Haken an der Wand befestigt war, als die herrlichen Kirchenglocken in Brightons Hauptstadt Cathedral City zu läuten begannen.

Wenn der letzte Ton verklungen war und den Anbruch eines neuen Tages verkündet hatte, das Ende der Ernte und den Beginn der Weihnachtszeit, würde Michael die Glocke der Kapelle läuten, und der Klang der einzelnen Glocke würde aller Welt sagen, dass es am Weihnachtsmorgen eine königliche Hochzeit geben würde.

Wenn denn der tapfere Prinz das Herz seiner schönen Maid gewinnen konnte.

„Du bist irre geworden, Mann." Paulson stampfte mit dem Fuß auf. Das Geräusch hallte in der frostigen Luft wider. „Wie viele arme Seelen, übrigens alles Prinzen und Adlige, sind diese Stufen heraufgeeilt? Und haben ihre wahre Liebe verkündet, nur um ohne Braut und, wenn ich das mal so sagen darf, ohne Stolz vor der Watchman Abbey zu warten, während die Presse sich über sie hermachte?"

Michael lehnte sich mit dem kalten Seil in seinen verschwitzten Händen an die Wand und zählte die Glockenschläge der Kathedralen der Stadt.

Vier ... fünf ...

„Mein Schicksal ist nicht wie das der anderen."

„Hier ist doch irgendetwas im Gange. Heraus damit." Paulson stellte die Laterne auf dem Sims des zur Stadt hin offenen Fensterbogens ab. „Für wen läutet diese Glocke?"

„Charlene." Im flackernden Licht der Laterne erwiderte Michael den Blick seines Freundes. „Aber nun bist du zur Geheimhaltung verpflichtet. Kein Wort, zu niemand."

Paulson trat Michael gegenüber, so nahe, dass er ihn beinahe anrempelte, und riss ihm das feuchte, abgenutzte Seil aus den Händen. „Lady Charlene of Clounnaught?" Sein Gesichtsausdruck, sein Tonfall, seine Haltung passten sich schlagartig dem Gebäude an – wurden eiskalt, hart wie Stein. „Willst du mich herausfordern?"

Die Luft vibrierte im hallenden Glockengeläut der Kathedralen der Stadt.

Sechs ... sieben ...

„Dich herausfordern? Was um alles in der Welt ...?" Michael bekam den Strang zu fassen und nutzte all seine Kraft, um ihn Paulsons Händen zu entwinden. Doch ohne Erfolg.

„Charlene und ich sollen einander versprochen werden. Das weißt du doch."

„Ich weiß nichts Derartiges. Wenn deine Worte wahr sind, warum hat dein Vater dann noch nichts angekündigt? Warum seid ihr euch dann noch nicht versprochen? Ihr seid beide volljährig."

„Alles zu seiner Zeit. Ich habe zuerst noch wirtschaftliche Angelegenheiten zu klären und meine Position in der Anwaltskanzlei meines Vaters zu bedenken. Aber wenn du diese Glocke läutest, um Lady Charlene zu heiraten, befinden wir uns im Krieg, Mann."

„Lass die Schlacht beginnen." Michael rammte Paulson, bekam das Seil zu fassen, während das Läuten der Stadtglocken ihn und den Turm in der Kälte der Nacht durchdrang.

Acht ... neun ... zehn ...

Paulson, der Sohn des Earl of Granite, hob seine Hand an Michaels Kehle. „Ich werde dich bezwingen. Fordere mich nicht heraus."

Unfähig zu atmen, stampfte Michael ihm verzweifelt auf den Fuß. Der gab den Prinzen mit einem Schmerzensschrei frei.

„Fordere *du* mich nicht heraus. Sie hat mir so gut wie gesagt, dass ich die Glocke läuten soll, weil sie mich heiraten will."

„Ha! Trotzdem wird ihr Vater das letzte Wort haben."

Elf ... zwölf.

Ein letztes Mal erklangen die Glocken der großen Kathedralen der Stadt; ihr Läuten schallte laut über die Palastanlage.

„Ein Prinz gegen einen Earl? Ich glaube, sie gehört so gut wie sicher mir." Michael stieß Paulson die Hand vor die Brust. „Tritt beiseite, während ich die Glocke läute."

Er umklammerte das dicke Seil und zog daran, indem er sich mit seinem ganzen Gewicht gegen das der Sechshundert-Pfund-Glocke stemmte und sie dadurch in Bewegung setzte. „Für Lady Charlene, für Lady Charlene."

Paulson schaute durch die Fensterbögen. „Die Palasttüren öffnen sich. Ich kann das Leuchten aus dem Ballsaal sehen."

Michael konzentrierte sich darauf, die Glocke zu läuten, zog am Glockenstrang, ließ ihn durch die Hände gleiten, zog wieder, und das Seil flog immer höher.

Der einzelne Glockenton klang heller und lauter.

„Menschen verlassen den Ballsaal." Paulson schnappte sich sein Licht und strebte zur Treppe. „Überall auf dem Gelände tauchen Laternen auf. Sie kommen hierher, Mann."

Endlich war die Glocke in vollem Schwung. Michael ließ das Seil los und folgte dem schwankenden Laternenlicht.

„Aus dem Weg, Paulson, ich muss zuerst unten ankommen."

„Nun gut, dann betrachte ich das als Herausforderung." Paulson wandte sich um und schubste Michael, sodass der gegen die Steinmauer fiel. Seine Füße glitten auf den Stufen aus, und er rang darum, das Geländer zu fassen zu bekommen und sein Gleichgewicht wiederzufinden.

„Bleib stehen!" Michael fand seine Balance und tastete sich die tückische Treppe hinunter, an deren Ende das Licht verblasste. „Ich weiß, was du vorhast, und es wird nicht funktionieren, das sage ich dir gleich. Ich habe diese Glocke geläutet."

Seit hundert Jahren läuteten Prinzen und Adlige mit vor Liebe überströmendem Herzen die Glocke. Diese Nacht gehörte ihm. Seiner Erklärung. Für Lady Charlene. Das würde er sich nicht von seinem sogenannten besten Freund rauben lassen.

Michaels Herz raste, während er die Treppe hinabeilte, sich bei jedem schlüpfrigen Schritt fangen musste, doch als er um eine Biegung kam, traf ihn ein harter Schlag auf dem Kopf. Mit schmerzverzerrtem Gesicht taumelte Michael gegen die Wand und versuchte mit aller Macht, sich aufrecht zu halten. „Paulson ..."

„Muss ich mich wiederholen? Wir befinden uns im Krieg, Mick." Paulson beugte sich zu ihm vor. „Ich werde der Erste sein, der durch die Tür der Kapelle tritt ..."

„Aus dem Weg!" Ausatmend donnerte Michael seine Faust gegen Paulsons Unterkiefer. Der größere Mann krümmte sich und empfing den Schlag mit einem leisen Ächzen.

Doch es reichte. Michael schoss um ihn herum, fand aber keinen Halt auf dem glatten Stein. Er rutschte aus, fiel, ruderte mit den Armen ...

Das Geländer ... wenn er doch nur das Geländer erreichen könnte ...

Seine Finger streiften das alte, ausgetrocknete Holz. Im Ausstrecken bekam Michael den Handlauf endlich zu fassen. Seine Hände fuhren über das Holz, Splitter bohrten sich in seine Haut. Als er zum Halten kam, holte er tief Luft und richtete sich auf.

„Paulson, wollen wir einen Pakt schließen?" Michael suchte die tiefen Schatten hinter sich nach seinem Freund ab, während er erneut begann, die Treppe hinabzusteigen.

Doch der Stein betrog ihn ein weiteres Mal. Sein Stiefel glitt aus. Dann brachte ihn ein leichter Schubs von hinten noch mehr ins Taumeln, und er krachte seitlich in das kümmerliche Geländer. Unter seinem Gewicht knackte das Holz.

Das Geräusch berstenden Holzes füllte seine Ohren. Seine Brust dröhnte, als er kopfüber in das tiefe, schwarze Nichts des Glockenturms der Pembroke Chapel stürzte.

Kapitel eins

St. Simons Island, Georgia
November, Gegenwart

Wenn sie ihre Augen schloss, konnte sie so tun, als hätte sich im Rib Shack nichts verändert, seit Daddy gestorben war.

Nicht das Klirren und Klackern des Geschirrs, das Summen der Spülmaschine, das Brutzeln der Fritteuse, Bristol, die Kommandos durch die Durchreiche brüllte, und Catfish, der „Nobody Knows the Trouble I've Seen" sang, während Mama, die Königin des Shacks, ihn ermahnte, aufzuhören, sonst würde er eine ganz andere Art „trouble" zu spüren bekommen.

Catfish neigte einfach den Kopf und sang ein bisschen lauter.

Avery lachte über den Schlagabtausch und war sich dennoch der Leere sehr bewusst, die sich in ihrer Brust breitgemacht hatte, seitdem ihr Held diese Erde viel zu früh verlassen hatte.

Daddy war gerade sechzig gewesen, als sein Herz sagte, es hätte genug. Ohne ihn war nichts mehr wie vorher. Das Shack nicht, Zuhause nicht, Mama nicht und auch nicht das Leben. Für Avery waren es mehr als nur Worte, wenn sie sagte, sie vermisse ihn.

Sie vermisste ihn, wie er an der Fritteuse stand und Mama sagte, sie solle ihn in Ruhe lassen. Vermisste ihn an der Anrichte, wo er seine berühmte Grillsoße machte. Vermisste seine weisen Antworten auf ihre ängstlichen Fragen.

Schlimmer als die Tatsache, dass nichts mehr dasselbe war, war, dass *alles* sich verändert hatte. Selbst *sie* hatte sich verändert.

Sie war sich ihrer selbst, ihrer Zukunft, nicht einmal mehr ihrer Gedanken sicher.

Mama hatte sich am allermeisten verändert. Das Feuer hatte ihre Seele verlassen. Tag um Tag versickerte ihr mutiges Selbstbewusstsein mehr. Sie bewegte sich langsamer, redete langsamer, kümmerte sich weniger.

„Avery?“ Mama blieb bei ihr stehen, die mehlbepuderten Hände auf den beschürzten Hüften. „Du hast noch gar nicht erzählt, wie dein Arzttermin war.“

„Gut.“ Ohne groß darüber nachzudenken, berührte Avery ihre Schulter. „Der Arzt sagt, es verheilt alles gut.“

„Aber deine Zeit als Spielerin ist vorbei?“ Mama warf einen Blick auf die neue Kellnerin. „LuEllen, stell das Geschirr einfach in die Spülmaschine. Ich lass die gleich durchlaufen. Geh du zurück in den Gastraum.“

„Ich kann die Spülmaschine beladen, Mama.“ Avery wollte um den Vorbereitungstisch herumgehen, doch Mama hielt sie sanft am Arm fest.

„Beantworte meine Frage.“

Sie erwiderte Mamas Blick, und Tränen stiegen ihr in die Augen. „Ja, meine Zeit als Spielerin ist vorbei. Jedenfalls die als aktive, professionelle Spielerin.“

„Also keine Chance, was Beachvolleyball angeht?“

Alleine dass sie Mama die Worte sagen hörte, die sie sich selbst weigerte, laut auszusprechen, brachte noch mehr Tränen hervor. Kopfschüttelnd duckte sich Avery an Mama vorbei.

Als Spielerin des Jahres der Big Ten Conference hatte ihr die Zukunft zu Füßen gelegen. Als starke Außenangreiferin mit 1,80 m Größe hatte eine Profikarriere auf sie gewartet.

Sie hatte einen Agenten gehabt. Ein Weilchen. Und das Interesse der Olympiasiegerin Ella Watson.

Aber die Rotatorenmanschette, die sie sich während ihrer Zeit als Jugendspielerin verletzt hatte, verfolgte sie noch in ihrem Abschlussjahr bei den Collegemeisterschaften. Es folgten eine Operation und die strenge Erklärung des Arztes: *„Sie sind fertig."*

„Wie geht es dir damit?" Mama hatte überhaupt keine Skrupel, sich in anderer Leute Angelegenheiten einzumischen, baute selbst aber hohe Backsteinmauern auf, wenn man es wagte, sich bei ihr nach persönlichen Dingen zu erkundigen.

„Ich weiß es nicht." Avery stellte sich an die Spülmaschine und begann sie zu bestücken. Dabei schluckte sie einen ganzen Klumpen Emotionen hinunter, der aber wahrscheinlich mehr mit Daddy als mit dem Ende ihrer Volleyballkarriere zu tun hatte. „Gruselig irgendwie, nehme ich an. Volleyball war dreizehn Jahre lang mein Leben. Was jetzt?"

Zwei Sommer in Folge war sie mit einer Auswahl von Collegeathleten durch Europa getourt, mit Zwischenstopps im Königreich Brighton, wo sie ihre Schwester, Ihre Königliche Hoheit Prinzessin Susanna von Brighton, verheiratet mit König Nathaniel II., besucht hatte. Das war bei ihren staunenden Teamkolleginnen ganz gut angekommen.

„Du siehst zu, dass du mit deinem Leben weitermachst, so sieht's aus." Mama zog ein Geschirrtuch durch die Hände. Ein nervöser Tick, den sie sich nach Daddys Tod angewöhnt hatte. „Ich könnte dich öfter hier gebrauchen, jetzt, wo Daddy weg ist." Sie sagte das so nüchtern. So endgültig. *Wo Daddy weg ist.*

„Das Shack, Mama? Ehrlich?" Sie würde einen jungen, tragischen Tod sterben, wenn sie für den Rest ihres Daseins an das Rib Shack gefesselt wäre.

Das Restaurant der Familie war zweifellos ihr zweites Zuhause. Sie war in den Schatten der Anrichte und der Fritteuse aufgewachsen und hatte dabei viel Freude gehabt. Ihre Kindheitserinnerungen waren ihr großer Schatz.

Aber sie hatte Träume. Wollte das Leben mit beiden Händen ergreifen. Wollte einen Unterschied machen auf der Welt. Volleyball war ihr vorgezeichneter Weg gewesen. Aber jetzt, wo diese Tür verschlossen war, fielen ihre Zukunftshoffnungen in sich zusammen.

Und dann war noch nicht mal Daddy da, um ihr den Weg zu zeigen.

Avery lächelte LuEllen an, die ein weiteres Tablett mit Geschirr für die Spülmaschine brachte, und wandte sich dann an Mama. „Sie scheint sich ganz gut zu machen."

Mama sah über ihre Schulter. „LuEllen? Ja, sie ist eine tüchtige Mitarbeiterin. Avery, Liebes, sei vorsichtig mit den Tellern. Die sind ganz schön robust, aber trotzdem aus Ton."

Ja, aus Ton. Wie Mama. Wie Avery.

„Ich habe über das Trainieren nachgedacht." Avery stellte den letzten Teller in die Maschine und knipste sie an.

Mama seufzte. „Na, gut wärst du schon. Daddy hat immer gesagt, du könntest alles tun, was du dir in den Kopf setzt. Aber ich würde dich hier doch ziemlich vermissen."

„Ja, aber ich habe eben nie vorgehabt, mein ganzes Leben hier zu verbringen." Avery schaute zu Mama hinüber. Die stand am Vorbereitungstisch und machte Kekse. Auf ihren Schultern lastete ein Mantel aus Traurigkeit. Der hatte sich an dem Tag auf sie gelegt, als sie mit Avery und Susanna Daddys Asche über dem Atlantik verstreut hatte.

„Tja, nun, Liebes, das Leben hat es nun einmal so an sich, dass sich der Wind gelegentlich dreht."

„Ich sage dir was", sagte Avery und schob Mama beiseite. „Warum gehst du nicht nach Hause? Du bist seit dem Morgengrauen hier. Nimm den restlichen Nachmittag frei. Ruh dich aus. Ich glaube, seit Saisonbeginn hast du noch keinen einzigen freien Tag gehabt."

„Ich würde lieber arbeiten." Mama rührte sich nicht. Avery verstand sie. Ihr ging es genauso. Die Arbeit lenkte sie ab, hielt sie vom Selbstmitleid ab. Hielt sie fern von einem Zuhause, dem Daddys Licht fehlte.

„Du könntest allerdings nach Hause gehen", sagte Mama. „Schone deine Schulter. Schau mal nach, ob die neuen Jalousien fertig sind, für die ich Bill Springer bezahlt habe. Es gibt keine Ausrede für schlampige Arbeit, sage ich immer."

Aber Avery wollte auch noch nicht nach Hause gehen. Dort war es dunkel und einsam, ein leeres Überbleibsel dessen, was es einst gewesen war – ein Heim voller Leben und Lachen, Daddys und Mamas freundlichen Kabbeleien, Susannas Kommen und Gehen. Bis sie einen König geheiratet hatte.

„Ich glaube, ich würde auch lieber arbeiten."

Mama nahm einen langsamen, tiefen Atemzug. „Du warst mir in den letzten Monaten ein Fels in der Brandung, Aves. Hast dein Leben hintenangestellt, um mir zu helfen." Sie schüttelte den Kopf. „Ich musste mich daran gewöhnen, dass Susanna weg war, erst auf dem College, dann viertausend Meilen weiter in Brigthon, als Prinzessin und alles. Dann habe ich dich aufs College geschickt, auch noch auf ein Yankeecollege zu allem Überfluss, wo du ein Volleyballstar geworden bist. Jetzt muss ich mich daran gewöhnen, dass ..." Ihre Stimme brach, ein leiser Schluchzer entwich ihren zusammengepressten Lippen.

„Ich vermisse ihn auch." Avery legte die Arme um Mama, die mit geballten Fäusten steif über den Vorbereitungstisch gebeugt blieb.

„Es ist nur ..." Mama schlug mit der Faust auf den Tisch. „Ich kann mich nur einfach nicht daran gewöhnen." Sie hob ihren Kopf und wischte sich mit dem Handrücken über die Wangen. „Aber, ach, was war dein Daddy nicht stolz auf dich." Mama wandte sich wieder dem Keksteig zu. „Der wäre bald aus den Bändern seiner Schürze geplatzt, wenn er von dir erzählte. Ich kann dir gar nicht sagen, wie oft ich ihn mit Boss, Duke und den Jungs in der Altherrenecke drüben gefunden habe, wo er erzählt hat, dass du wieder Spielerin der Woche warst oder Spielerin des Jahres oder was es nun gleich war ..." Ihre Stimme verlor sich. „Aber ich nehme an, das habe ich dir alles schon einmal erzählt."

„Ich höre das gerne noch einmal." Avery versuchte, Mamas Gesicht zu sehen, aber die hielt eine Schulter hochgezogen, sodass man es schlecht erkennen konnte. Also schlenderte sie zur Spüle, um einen sauberen, feuchten Lappen zu holen und die Arbeitsfläche abzuwischen. Die Geschichten über Daddy füllten die Löcher in ihrem Herzen. Sie wusste ja, dass er stolz auf sie gewesen war, aber seine Gedanken hatte er doch meist für sich behalten.

Komisch irgendwie, dass das Letzte, was er ihr je gesagt hatte, etwas über die Liebe war, über Prinz Colin. Sie seufzte. Es hatte keinen Sinn, diese sehr endgültige Sackgasse entlangzugehen.

„Wir werden es gut haben, Avery, uns wird es gut gehen."

Mamas Erklärung klang etwas wackelig. „Der gute Herr vergisst die Seinen nicht, nicht wahr?"

„Nein, das tut Er nicht." Das war jedenfalls Averys Überzeugung, wenn auch nicht ihre Erfahrung. Obwohl, konnte sie wirklich eine Zeit ausmachen, in der Gott sie vergessen hätte?

„Glo?"

Mama sah Catfish an, Chefkoch und Flaschenwäscher, wie sie ihn gerne nannte. Er war lang und schlank mit einem dünnen, zotteligen Schnurrbart. Wie ein Catfish eben, ein Wels.

„Telefon. Es ist Susanna."

„Du liebe Güte, ich habe es nicht einmal klingeln gehört." Mama schnappte sich Averys feuchten Lappen und wischte sich die Hände ab, während sie im Büro verschwand, wo sie mit schriller Stimme überschwänglich ihre älteste Tochter begrüßte. „Susanna, was in aller Welt ... Wie geht es dir?"

„Catfish", sagte Avery, „ich komme gleich wieder. Ich mach mal fünf Minuten Pause."

Er winkte ihr zur Antwort, den Kopf schon wieder über der Fritteuse. Draußen auf der hinteren Terrasse setzte sich Avery an einen der Picknicktische, fischte ihr Telefon aus der Hosentasche und schaute nach ihren E-Mails.

Mama hatte sie noch nichts davon gesagt, aber sie hatte sich für ein paar Trainerposten in der Nähe beworben. Valdosta State, Jacksonville State und Appalachian State.

Wenn sie schon nicht selbst spielen konnte, wollte sie andere trainieren.

Dann hatte ihr heute Morgen ein Freund eine Ausschreibung für eine Trainerstelle der Herrenmannschaft an der UCLA geschickt. Warum nicht? Männer trainierten schließlich schon seit Ewigkeiten Frauenmannschaften. Also hatte sie sich beworben. *Kalifornien, hier komme ich.* Der goldene Staat war weit weg von zu Hause, aber sie brauchte Veränderung, musste ihre Trauerkleidung ablegen, musste Leben und Abenteuer atmen.

Durch Palmettopalmen und Pinien hindurch starrte Avery auf den Pfad zum Strand hinunter, wo der Atlantik seine Wellen auf den Sand warf. Sie hatte hier schon eine Million Mal gesessen, aber heute fühlte sie sich wie ein Gast, eine Fremde in ihrem eigenen Leben.

Das erinnerte sie alles so sehr an die Zeit vor vier Jahren, als sie am gleichen Tisch gesessen und schmerzerfüllt versucht hatte, ihr gebrochenes Herz wieder zusammenzusetzen.

Sie hatte bereits ein Stipendium für die Ohio State angenommen, also gab es einen Weg, dem sie folgen konnte, sie hatte etwas zu tun. Aber nichts fühlte sich richtig an. Sie weinte sich in den Schlaf. Weinte sich wieder wach.

Die kühle, salzige Brise strich über die Terrasse, und Avery atmete ein, während die Erinnerungen mit den dazugehörigen Gefühlen an die Oberfläche stiegen.

Sie war genau hier gewesen, nur wenige Wochen vor ihrem 18. Geburtstag, ihrem Abschlussball und dem Schulabschluss überhaupt. Nur wenige Monate hatten sie von der Universität getrennt. *Wenn* sie denn überhaupt hingehen würde.

Denn im vorherigen Winter und Frühling hatte sie sich verliebt. Nein, nicht verliebt, sie hatte die Liebe gefunden. Tiefe, das Herz raubende Liebe. Träume, die sie vorher nie geträumt hatte, waren plötzlich wahr geworden.

Aber an jenem Abend ... Avery zitterte und rieb sich den Arm. An jenem Abend war ihr eine frische Brise über die Wange gestrichen, während sie wartend an einer großen Cola light genippt hatte. Auf *seinen* Anruf wartend. Den Anruf dessen, der ihr Herz mit nur einem Blick erobert hatte.

Als das Telefon in ihrer Hand endlich gesummt hatte, war es kein Anruf, sondern eine Textnachricht gewesen.

Colin: Ich kann nicht kommen.

Avery: Warum? Ist alles in Ordnung?

Colin: Ich kann einfach nicht. Verpflichtungen und so.

Avery: Ich komme zu dir. Ich muss nicht zum Abschlussball. Ich wäre lieber mit dir zusammen.

Colin: Nein. Geh du mal. Du gehörst dahin. Ich bin mit Lernen und Prüfungen beschäftigt und bereite mich auf den Militärdienst vor.

„Aves", die Fliegengittertür klapperte im Hintergrund zu Mamas Stimme. „Pack deine Taschen. Wir fliegen über Weihnachten nach Brighton." Mama setzte sich auf den Picknicktisch neben Avery und strich sich das wilde, krause Haar aus dem Gesicht.

„Was?" Avery steckte überrascht ihr Handy weg. Der fröhliche Ton in Mamas Stimme gefiel ihr. „Das Rib Shack über die Feiertage sich selbst überlassen?"

Mama verließ das Restaurant nie, am wenigsten in der Weihnachtszeit. Na gut, ein einziges Mal. Als Susanna vom College zu Hause gewesen war und Daddy sie mit Tickets nach Vermont überrascht hatte. Mama hatte noch nie im Leben Schnee gesehen. Also hatte Daddy Susanna und Avery die Verantwortung übergeben und Mama ins romantische Stow verschleppt, wo sie eine unfassbar gute Zeit verbracht hatten.

„Deine Schwester ist wieder schwanger." Mama klopfte ihr aufs Knie.

„Wirklich?" Susanna versuchte jetzt seit drei Jahren, einen Erben für den Thron von Brighton hervorzubringen. Avery konnte sich den Druck gar nicht vorstellen.

„Beinahe dreizehn Wochen. Sie ist sehr hoffnungsvoll. Glaubt, dass sie dieses nicht verlieren wird." Susanna hatte in drei Jahren fünf Babys verloren und ihnen allen damit jedes Mal das Herz gebrochen. „Würde dein Daddy diese Nachricht nicht bis in den Himmel rufen?" Mama schlug ihr noch einmal aufs Knie. „Also, was meinst du? Ab ins Königreich Brighton zu Weihnachten?" Sie sagte alles in einem Atemzug. Als müsste sie es sagen, bevor sie es sich anders überlegte.

„Dir ist schon klar, dass Susanna das Baby nicht nächsten Monat bekommen wird, oder?"

„Jetzt komm du mir nicht so naseweis, Avery Mae. Das ist die erste gute Nachricht seit einem halben Jahr. Also, warum nicht über Weihnachten nach Brighton fahren? Es fuchst mich, dass Daddy immer hinwollte und ich mich geweigert habe, weil das Shack uns über die Feiertage brauchte." Mama hob ihr linkes Bein und zog die Hose hoch. Ihre Beinschmerzen waren eine Folge der langen Zeit, die sie auf ihnen verbracht hatte. Jahrzehnte. „Seit dreißig Jahren schufte ich in diesem Schuppen vor mich hin, und wie werde ich belohnt? Mit Krampfadern und schlimmen Füßen."

„Du hast wirklich vor, zu fahren? Willst Catfish und Bristol das Ruder überlassen, während du und ich nach Brighton rüberfliegen?" Avery hatte ihre Zweifel. „Das glaube ich dir nicht."

Mama schlug die Hände zusammen und hüpfte vom Picknicktisch. „Glaube mir, mein Kind, wir fliegen nach Brighton. Ich werde Weihnachten in einem Palast verbringen und für das Baby im Bauch meiner Tochter beten. Stell dir nur vor, mein Enkelkind ist ein Prinz oder eine Prinzessin. Das ist schon was, oder? Außerdem ist mir der Gedanke gekommen, dass wir von allen Weihnachtsfesten vor allem dieses als Familie gemeinsam verbringen sollten. Gib hätte es so gewollt."

Avery stand auf und machte sich auf den Weg zurück in die Küche. „Du wirst dir die ganze Zeit über wegen des Shacks Sorgen machen."

„Nein, da hab ich mich schon dagegen entschieden. Ich werde mir keine Sorgen machen." Mama folgte Avery durch die Küchentür, räumte nebenbei beim Gehen auf, stellte ein benutztes Backblech in die Spülmaschine, alles eine automatische Bewegung, weil das Shack so sehr Teil ihrer Natur war. „Wir werden nach Thanksgiving fahren, weil meine sture Schwester darauf besteht, dass die ganze Familie zum Abendessen hierherkommt. Aber wir werden gerade rechtzeitig zu dem Budenzauber in Cathedral City ankommen, den sie dort jeden Herbst haben." Mama schnippte mit den Fingern und drehte sich zu Avery. „Wie nennen die das noch mal?"

„Das Erntefest."

„Das war's. Wird das nicht spaßig? Das Ende der Erntezeit und der Beginn der Weihnachtszeit. Tschüss, Landwirtschaft und hallo, Jesu Geburt."

Avery grinste. Keiner konnte uralte europäische Traditionen so auf Felder bestellen und Gebären herunterbrechen wie eine Frau aus Georgia.

Mama legte ihr den Arm um die Schultern. „Was sagst du, Kleine? Du und ich, ab nach Brighton. Dir wird ein Tapetenwechsel auch ganz guttun, würde ich sagen. Komm aus der Deckung, Aves. Schau dir an, wie der Rest der Welt so lebt. Mal eine neue Perspektive auf alles bekommen."

Avery betrachtete ihre Mutter. Sie würde es ihr nicht abschlagen, nicht nach dem Jahr, das hinter ihr lag. Außerdem liebte sie die Weihnachtszeit in Brighton. Es war ungefähr der bezauberndste Ort der Welt – uralte Tradition, eine historische Architektur, die sich mit sterilen modernen Bauten mischte, schneebedeckte Hügel, über denen sich in mondlosen Nächten Sternenlicht und Meeresleuchten zu einem ätherischen Glanz um die grüne Nordseeinsel vereinten, die man als das Königreich Brighton kannte.

Aber da war immer noch die Angelegenheit mit ihm. Prinz Colin. Sie wollte nicht, dass das überhaupt noch eine *Angelegenheit* war, nicht nach viereinhalb Jahren, aber dem Ziehen in ihrem Herzen nach zu schließen, das sich jedes Mal einstellte, wenn nur jemand Brighton erwähnte, war es ganz eindeutig eine Angelegenheit.

Vor drei Jahren war Avery an Weihnachten in Brighton gewesen, aber Colin war mit der Marine auf See gewesen, also waren sie sich nicht begegnet.

„Na ja, ich gehe besser zurück an meine Kekse." Mama ging mit einer gewissen Leichtigkeit in ihrem Gang zurück zum Vorbereitungstisch und hielt dann inne. „Schau mich nur mal an." Sie hielt ihr die Hand hin. „Ich zittere. Ich bin noch nie ohne deinen Daddy verreist." Die Kommandeurin der USS Rib Shack zeigte Schwäche. Eine, die sie hinter der Liebe zu ihrem Ehemann versteckte, mit dem sie 34 Jahre lang verheiratet gewesen war.

Avery hatte schon immer vermutet, dass Glo Truitt es hasste, alleine zu sein.

„Ich werde bei dir sein, Mama", sagte sie. „Mach dir keine Sorgen."

„Natürlich, natürlich. Wer macht sich denn Sorgen?" Aber ihr

Blick sagte: *Danke*. „Catfish, Bristol, wir machen eine Lagebesprechung, wenn wir abgeschlossen haben.“ Mama wandte sich in Richtung ihres Büros. „Pass auf, Avery, mach du die Kekse. Ich muss mal telefonieren gehen.“

Jetzt stand Mama unter Strom. Aber auf eine gute Art. Eine Reise nach Brighton, Susanna besuchen, Cathedral City während der Feiertage erleben, all das ließ in Avery eine Kerze entflammen, die hell im Fenster ihrer Seele leuchtete.

Brighton, das bedeutete mehr als der dumme alte Prinz Colin. Genauer gesagt bedeutete der wunderbare Ort den Truitts sogar eine ganze Menge. Familie. Liebe. Das Unerwartete. Oh, besonders das Unerwartete.

Zuerst war da ihre Schwester, die sich in einen Prinzen verliebt hatte, der König wurde. Zeugin davon zu werden, wie sie inmitten von Glanz und Gloria den Mittelgang durchschritt, um den Mann zu heiraten, den sie liebte ... Avery wusste, dass das Unmögliche nur von Zweifeln und Angst aufgehalten wurde.

Aber das wahrhaft Unerwartete in jenem Jahr war Prinz Colin gewesen, wie er sie für sich eingenommen, sie auf eine Art mitgerissen hatte, die sie nie für möglich gehalten hätte. Mit ihren siebzehn Jahren war sie Hals über Kopf verliebt gewesen, so richtig. Hätte er sie gefragt, sie hätte ihn geheiratet.

Am Vorbereitungstresen rollte Avery mehr Teig aus und griff nach dem Ausstecher, um die dicken, runden rohen Kekse dann lässig auf das Backblech zu werfen, eine vertraute, tröstliche Routine.

Brighton stand auch für unerwarteten Herzschmerz. Die Liebe, die sie für Colin empfunden hatte, hatte sich nicht wie Susannas Liebe für Nathaniel entwickelt.

Diese Weihnachten war es fünf Jahre her, dass sie ihn kennengelernt hatte, ihren Prinzen, den Cousin des Königs, als sie und Susanna zu Nathaniels Krönung in Brighton gewesen waren.

Dann waren sie fünf Monate lang junge Liebende gewesen. Nicht einmal die fünftausend Meilen zwischen ihnen hatten ihre Zuneigung mindern können. Über Nacht war er ihr bester Freund geworden.

An ihn zu denken weckte einen dumpfen Schmerz, und es irritierte sie, dass er nach all dieser Zeit immer noch etwas Macht über sie besaß. Aber sie musste über ihre Gefühle bestimmen.

Colin war seinen Lebensweg sicher weiter munter vorangeschritten. Sicher wusste sie das nicht, weil sie die Klatschblätter im Supermarkt mied und Susanna nie nach ihm fragte, aber er war ein zu guter Fang, um lange alleine zu bleiben.

Sie hatte gedacht, sie wäre ebenfalls weiter. Dennoch brachte der Gedanke, einen Monat – einen ganzen Monat – in Brighton zu verbringen, alles zurück.

Herr, bitte mach, dass die Marine ihn wieder zur See schickt.

Avery trug das Keksblech zum Backofen, stellte den Wecker und schob dann die Fliegengittertür auf. „Ich komme gleich wieder!" Sie verließ die Terrasse und schlug den Pfad durch Pinien und Palmettopalmen zum Strand ein.

Das Mondlicht spiegelte sich auf dem ruhigen Ozean, neckte sie, lud sie ein, auf dem Wasser zu gehen. Wenn sie ihre Augen zusammenkniff, schien es ihr, als könnte sie dem weißen Weg nach Nordosten folgen, ganz bis nach Brighton.

Avery näherte sich dem Wasser, wo die Wellen ihre Füße umspielten, den Sand darunter wegspülten. Es wäre besser, sie würde ihr Herz in den Griff bekommen, ihre Gedanken, bevor sie fuhr. Sonst würde sie ganz schnell als ein einziges Häuflein Elend enden.

Aber für den Moment atmete sie aus und erlaubte ihren rohen, wahren Gefühlen, sich die Wahrheit einzugestehen. Die eine Sache, die sich nicht verändert hatte, seit Daddy gestorben war.

Sie war immer noch sehr in Prinz Colin aus dem Königreich Brighton verliebt.

Kapitel zwei

Königreich Brighton

Hinter der Bühne von *Madeline & Hyacinth Live!* nahm Prinz Colin einen letzten Schluck Wasser. Schweiß rann ihm in den Kragen seines Strickpullovers.

Er war schon auf einem Kriegsschiff durch Stürme gefahren und nicht annähernd so ängstlich gewesen. Denn wenn es darum ging, dem Sturm und den Wellen zu trotzen, kam es auf seine Männer an, seine Crew, dann waren alle Mann an Deck, wo jeder seinen Teil tat.

Bei der Maddie-und-Hy-Show blickten alle Augen auf ihn.

„Zwei Minuten, Eure Hoheit." Der Bühnenmanager machte ihm ein Zeichen mit der Hand.

„Bitte, ich bin nicht ‚Eure Hoheit'." Seine Stimme krächzte und brach, während der Bühnenmanager weiterging, ohne ihm zuzuhören. „Ich bin kein S.K.H", murmelte Colin vor sich hin.

Wenn es schon sonst niemanden kümmerte, ihm war es wichtig. Es war eine Ehre, Seine Königliche Hoheit zu sein. Colins Status war der eines einfachen Prinzen. Ein Titel, für den sein Vater gekämpft und den er schließlich gewonnen hatte.

Als Mitglied der königlichen Familie von Brighton, der fünfte in der Anwartschaft auf den Thron des Hauses Stratton, war Colin mehr als bereit gewesen, seinen Teil zu tun, als sein Cousin, König Nathaniel II., ihn darum gebeten hatte, an diesem Nachmittag in der Talkshow aufzutreten.

Es gab in Brighton und im benachbarten Großherzogtum

Hessenberg keine beliebteren Moderatorinnen als Madeline und Hyacinth. Die königliche Behörde behauptete, die Frauen seien voll am Puls der Populärkultur.

Colin war hier, um über die Weihnachtszeit und anstehende Veranstaltungen zu sprechen, unter denen ihm eine besonders wichtig war, doch im Konferenzraum seines Vaters oder beim Sport oder auf der Jagd oder auf See in einem königlichen Marineschiff fühlte er sich unendlich viel wohler, als wenn er die Familie im landesweiten Fernsehprogramm repräsentieren sollte.

In seiner Jacke summte sein Handy. Es war die Assistentin seines Vaters.

Ihr Vater sagt: „Hals- und Beinbruch!"

Colin atmete ein und dann grinsend ganz langsam wieder aus. Dad, ein echter Tycoon, besaß kein Mobiltelefon. Er arbeitete unermüdlich an einem iPad, aber SMS oder dergleichen schrieb er nicht. Wenn man mit Edward Tattersall Kontakt aufnehmen wollte, musste man sich schon auf die gute alte E-Mail beschränken.

Dads Stolz ermutigte und ängstigte Colin. Das Zutrauen seines Vaters hatte ihm dabei geholfen, das Mobbing im Gymnasium durchzustehen. Er hatte Colin beigebracht, wie man seinen Mann stand, wie man auch mal austeilte, zur Not mit Fäusten. Dads Führung hatte Colin durch die Universität und die Kadettenschule geleitet.

Dad war sein Held. Die eine einzige Person auf der Welt, die er nicht im Stich lassen durfte. Das verfolgte ihn.

Wäre Dad nicht, wäre Colin nicht einmal Teil der königlichen Familie. Was bedeutete, dass er dann auch nicht hier stehen und im Schweiß zerfließen würde. Das Königtum brachte seine ganz eigenen, äh, Privilegien mit sich.

„Fünf Sekunden, Prinz Colin", sagte der Bühnenmanager im Vorbeigehen.

Colin wagte einen Blick auf die Bühne. Madeline und Hyacinth standen lächelnd der Kamera und dem recht großen Publikum gegenüber.

„Ladys und Gentlemen, wir freuen uns sehr auf unseren nächsten Gast."

Colin fühlte sein Blut rauschen. Die Visagistin hechtete zu ihm, tupfte sein Gesicht ab und pinselte ihm durchsichtigen Puder ins Gesicht.

„Versuchen Sie bitte, nicht so viel zu schwitzen."

„Ich tu mein Bestes."

Aber er hatte da so seine Zweifel. Die Bühne lag im gleißenden Scheinwerferlicht. Und jedes Auge im Studio und in ganz Brighton würde sich auf ihn richten.

„Bitte schenken Sie unserem Gast, der heute zum ersten Mal hier ist ..."

„Aber wir hoffen doch sehr, dass er uns von nun an öfter beehren wird!"

„... ein herzliches Willkommen, wie wir es von der *Madeline & Hyacinth Live!*-Show gewohnt sind!"

Er sprintete aus den Schatten ins blendend helle Licht, dem vorwiegend weiblichen Applaus, den Rufen und Pfiffen entgegen.

„Willkommen, willkommen!" Erst Madeline, dann Hyacinth begrüßte ihn mit einem Kuss auf die Wange.

Nur ein Schiff auf See, nur ein Schiff auf See ... Colin saß zwischen den beiden Moderatorinnen in dem hohen Regiestuhl, zwang seine Nervosität beiseite und besann sich auf sein Selbstbewusstsein.

Sein Blick fiel auf sein Gesicht in einem der Monitore. Er lächelte. Und war zum Glück nicht schweißgebadet.

„Es ist so gut, Sie hier zu haben." Madeline stupste ihn mit ihren Notizen am Knie an. „Warum haben Sie denn so lange gebraucht, hier in die Show zu kommen?"

„Sie waren einfach zu vernarrt in Nathaniel und Stephen, aber ja, danke dass ich hier sein darf."

Das Publikum lachte, und er atmete ein bisschen aus.

„Na, sieh mal einer an. Schön uns den schwarzen Peter zuschieben!", sagte Hyacinth.

Mit den Händen auf den Armlehnen des Stuhls lehnte sich Colin zurück. *Entspann dich, du bist ein gestandener Seemann. Ein Prinz in der Geschäftswelt, wenn schon nicht in diesem Königreich.* Sein Vater würde sagen: „Du bist der Sohn deines Vaters!"

„Hört mal, wir wollen über all die tollen Sachen sprechen, die während der Vorweihnachtszeit im Palast und in der ganzen Stadt stattfinden werden." Madeline war die ernsthaftere der beiden Zirkusdirektorinnen hier.

„Wie zum Beispiel der Abend für die Kinder im Palast", sagte Hyacinth. „Ihr Onkel, Prinz Aris, spielt den heiligen Nikolaus, stimmt's?"

„Prinz Aris?" Colin täuschte Überraschung vor. „Aber ganz und gar nicht. Wir wissen aus zuverlässigen Quellen, dass der echte Sankt Nikolaus im Palast nach den Kindern schauen wird." Er zwinkerte Hyacinth zu, die verschwörerisch nickte. „Aber ich werde auch da sein. Es macht Spaß, mit den Kindern Zeit zu verbringen."

„Oh Maddie, ich glaube, mein Herz ist gerade dahingeschmolzen." Hyacinth, die mit der rauchigen Stimme und dem atemberaubenden Aussehen einer echten Diva gesegnet war, warf ihr langes Haar über die Schulter.

Colin brauchte keinen Monitor, der ihm bestätigte, dass er gerade royalrot angelaufen war.

„Hör auf, du machst ihn verlegen", sagte Madeline. „Seit Ihr Cousin Prinz Stephen die amerikanische Milliardärstochter Corina Del Rey geheiratet hat, sind Sie der begehrteste Junggeselle des Landes."

Madeline und Hyacinth waren regelrecht versessen darauf, den begehrtesten Junggesellen Brightons zu küren. „Ich weiß nicht, begehrtester Junggeselle ..."

„Ich weiß, das ist ganz verkehrt", sagte Madeline. „Sie sind mehr so ... der begehrenswerteste Junggeselle."

Jetzt lachte er. „Auf gar keinen Fall. Sie können gerne meine Mutter danach fragen, wie ordentlich ich *nicht* bin."

„Na, Sie sind jederzeit herzlich willkommen, bei mir zu Hause ein Durcheinander zu veranstalten." Hyacinth wandte sich an die Kamera. „Aber werdet mir nicht zu aufgekratzt, meine Damen. Unser Prinz hier geht mit einer brightonschen Schauspielerin aus, der charmanten Lady Jordan Skye, deren letzte romantische Komödie *Ein ganzes halbes Wir* ein echter Blockbuster war."

„Also, ist da Liebe im Spiel bei Ihnen beiden?" Madeline runzelte die Stirn, so begierig war sie in ihrer Neugier.

Die königliche Behörde hatte ihn vorgewarnt, dass Madeline und Hyacinth gerne ans Eingemachte gingen.

„Wir verstehen uns sehr gut", sagte er.

„Heirat?"

Ah, ja, hier kam nun also der sichtbare Schweiß. „Machen Sie mir etwa gerade einen Heiratsantrag, Hyacinth?"

Das Publikum schnappte nach Luft und brüllte dann, als sich Hyacinth mit geröteten Wangen zurücklehnte.

„Jetzt hat er dich, Hyacinth." Madeline hielt Colin die Hand zu einem high-five hin. „Er ist ein Fuchs, dieser Prinz. Also, lassen Sie uns über die großartigen Weihnachtstraditionen in Brighton sprechen, von denen viele hier in unserer Hauptstadt, Cathedral City, beheimatet sind."

Die Moderatorinnen begaben sich auf bekannten, stabilen Grund. Ehe, das war für ihn ein heikles Thema. Mit Jordan hatte er noch nicht einmal ansatzweise darüber gesprochen. Was ihr ganz gut in den Kram zu passen schien. Immerhin war er erst 26. Sie war eben erst 28 geworden, und ihre Karriere nahm gerade so richtig Fahrt auf.

Wenn sie je heiraten sollten, hatten sie noch eine Menge Zeit.

„Weihnachten ist der königlichen Familie die liebste Zeit des Jahres", sagte Colin, der es einfach fand, sich dazu vom Grund seines Herzens zu äußern. „Eine Zeit, die wir lieben, weil wir den Menschen etwas zurückgeben und alte Traditionen aufrechterhalten können."

Am besten daran, zur königlichen Familie zu gehören, fand er seine Möglichkeiten, anderen helfen zu können. Stimme und Anwalt zu sein. „Wir wollen alle dazu ermuntern, zu allen öffentlichen Veranstaltungen zu kommen. Und wenn Sie selbst etwas in Ihrem Kiez oder Ihrer Nachbarschaft veranstalten, geben Sie bitte der königlichen Behörde Bescheid. Die wird es umgehend auf die Weihnachtsseite im Internet stellen."

Madeline zeigte auf die grüne Wand hinter sich. „Hier ist eine

Liste der anstehenden Veranstaltungen ... Weihnachtsliedersingen auf dem Platz in der Innenstadt, am Sonntag ein weihnachtlicher Filmnachmittag und -abend im Königlichen Kino ‚Zum Dämmerschuppen', Eintritt frei. Die Weihnachtsfeier im Palast für Kinder unter zehn Jahren ... bitte melden Sie Ihre Kinder über Ihre jeweilige Schule an." Sie beugte sich zu Colin hinüber. „Und natürlich die Weihnachtssymphonie, von der wir wissen, dass es eine Tradition der Familie Tattersall ist."

„Richtig."

„Und der Höhepunkt, der Weihnachtsball am 28., die aufregendste und traurigste Nacht der Saison. Ein rauschendes Fest, aber gleichzeitig das Ende der Weihnachtszeit."

„Aber dann geht es ab ins neue Jahr." Colin lächelte das Publikum an, ermunterte es, zu applaudieren. Neujahr war eine ruhige Zeit für die meisten Menschen in Brighton, nachdem alle Energie in die Weihnachtsfeierlichkeiten geflossen war. Die meisten Leute feierten eher im kleinen Kreise mit Freunden und Familie.

„Wir sind so gespannt, was das neue Jahr angeht", sagte Hyacinth. „Denn wir dürfen die erste in Brighton live im Fernsehen ausgestrahlte Silvesterparty moderieren. Wir werden im Stadtzentrum in der Leopold Hall feiern, und es wird bestimmt bombig. Kommt bitte alle dorthin, und lasst uns das neue Jahr zusammen einläuten."

„Aber die Hauptnachricht für heute ist Prinz Colins Organisation, der er gemeinsam mit Prinzessin Susanna vorsteht: ‚Verdien-ein-Pfund-und-kauf-ein-Geschenk' heißt sie", las Madeline vom Teleprompter ab. „Im Maritime Park werden Kinder ihre Kunstwerke verkaufen, um Geld für Weihnachtsgeschenke zu verdienen."

Endlich ging es um den eigentlichen Grund, aus dem er seine Teilnahme an der Sendung zugesagt hatte. „Das ist eine wirklich wichtige Wohltätigkeitsveranstaltung. Studien haben bewiesen, dass Menschen mit hoher Wahrscheinlichkeit mehr Selbstbewusstsein entwickeln, wenn sie Geschenke mit Geld bezahlen können, das sie selbst erwirtschaftet haben. Deshalb veranstalten wir im Maritime Park einen Adventsbasar für Kinder, bei dem sie Dinge verkaufen können, die sie in der Nachmittagsbetreuung hergestellt haben, um Geschenkegeld für ihre Familien zu verdienen."

Herzlicher Applaus brandete auf.

„Das klingt wirklich nach einer sehr guten Sache", sagte Madeline. „Letztes Jahr haben Sie sehr erfolgreich einen Probelauf an einer Schule gemacht."

„Ja, ganz genau. Dieses Jahr haben wir beschlossen, das auf die ganze Stadt auszudehnen. Nächstes Jahr wollen wir auch in andere Städte und Schulen gehen."

„Das ist so toll. Was gefällt Ihnen an dem Markt am besten?"

„Die Gesichter der Kinder zu sehen, wenn sie am Ende des Tages ihr Geld zählen. Letztes Jahr hat ein Bub mit seinen geschickt gemachten Skateboards 500 Pfund verdient. Rupert. Den werde ich nie vergessen. Und für jedes Pfund, das eingenommen wird, legt unsere Familie ein Pfund obendrauf."

„Wir werden jedenfalls am nächsten Wochenende auf dem Marktplatz sein, stimmt's, Maddie?" Hyacinth heizte die Zuschauer an, und sie reagierten darauf. Colin wäre am liebsten aufgestanden und hätte ihnen eine Predigt gehalten.

Darum geht es doch an Weihnachten!

„Natürlich eröffnen wir die Weihnachtssaison mit dem Erntefest", sagte Hyacinth. „In Städten im ganzen Königreich wird es Tänze und Partys geben, bei denen wir uns vom Herbst und von der harten Arbeit der Erntezeit verabschieden, eine uralte Tradition in Brighton. Ich liebe diese Feierlichkeiten. Sie bilden den perfekten Auftakt für die Vorweihnachtszeit. Prinz Colin, wird die königliche Familie im Palast tanzen?"

„Natürlich. Das ist so Tradition. Ich freue mich schon darauf."

„Wird Lady Jordan dort sein?"

Schlau. Madeline brachte das Gespräch wieder auf sein Privatleben. Er lachte, entspannte sich ein bisschen, kam hinter den Rhythmus dieser beiden erfahrenen Moderatorinnen. „Sie wird da sein."

„Nun, wo wir das schon einmal festgestellt haben ..." Hyacinth griff nach einer Karte, die sie unter ihrem Bein versteckt hatte, und winkte damit. „Unser Team hat ein bisschen gegraben, und wir haben eine alte Tradition aufgetan, von der schon seit Jahren niemand mehr gesprochen hat. Ich erinnere mich ganz flüchtig daran, dass meine Oma sie einmal erwähnt hat." Sie sah das Publikum geradeheraus an. „Kennt hier vielleicht jemand die Tradition der Glocke von Pembroke Chapel?"

Diesmal fiel der Applaus deutlich spärlicher aus. Colin zog eine Grimasse und tat so, als würde ihn das alles nicht interessieren. Worauf wollte sie hinaus? Er kannte die alte Kapelle nämlich ziemlich gut.

Obwohl sie heute kaum noch eine Kapelle war – nach dem Zweiten Weltkrieg war nur der Glockenturm übrig geblieben. Die Überbleibsel befanden sich auf dem Rasen hinter dem Palast. Er war überrascht, dass Nathaniels Vater, Onkel Leo, den Schandfleck während seiner Regierungszeit nicht hatte abreißen lassen.

„Prinz Colin, kennen Sie diese Tradition? Sie betrifft Aristokraten und Adelige unseres Landes." Hyacinth wartete auf seine Antwort.

Er zuckte mit den Schultern. „Da war irgendetwas mit dem Läuten der Glocke um Mitternacht beim Erntefest."

Wie auch immer die Tradition aussehen mochte, Colin und sein Kumpel hatten eine eigene Tradition im Pembroke Turm – Pfeifen und Pints um eine Minute nach Mitternacht. Sie entflohen Party und Parfüm, kurz bevor es zwölf schlug, schlichen sich zum Turm und erklommen vorsichtig die glitschigen Steinstufen.

Von dort aus sahen sie auf die Stadt hinunter, redeten über den Abend, über ihre Ziele, was das alte Jahr gebracht hatte und was das neue bringen mochte.

Aber die Glocke? Die mieden sie wie die Pest.

Madeline stand weiter zum Publikum gedreht und erzählte lebhaft und gefühlvoll. „Es heißt, die Glocke wurde 1734 zum ersten Mal von einem Prinzen für seine wahre Liebe geläutet. Hundert Jahre lang wurde die Tradition fortgesetzt."

Hinter ihnen illustrierten künstlerische Darstellungen von Prinzen und Adligen, die den Glockenturm hinaufeilten, die Geschichte.

„Bis hin zu Prinz Michael im Jahre 1834. Er war in Lady Charlene verliebt und wählte die Tradition in der Nacht des Erntefestes, um seine Gefühle für sie zu verkünden. Um Mitternacht rannte er die 182 Stufen des Turms hinauf und läutete eine Minute nach zwölf, gerade als das Geläut der Kathedralen der Stadt verstummte, laut und lange die Glocke. Dann machte er sich auf, um seine wahre Liebe für sich zu gewinnen und am Weihnachtsmorgen in der Watchman Abbey zu heiraten."

„Doch ...", Hyacinth nahm den Faden auf, „... er rutschte aus und stürzte in den Tod, den er auf dem kalten Steinboden der Kapelle fand. Sein Freund, Lord Paulson Wetherby, wurde Augenzeuge des Ganzen. Es heißt, er sei hinterher nie mehr derselbe gewesen."

„Seither hat nie wieder ein Mann versucht, die Stufen zu erklimmen oder die Glocke zu läuten."

Madeline und Hyacinth starrten Colin an.

„Schauen Sie nicht mich an." Er rutschte in seinem Stuhl herum. „Es hat schon seinen Grund, warum fast zweihundert Jahre lang keiner mehr diese Stufen hinaufgerannt ist. Den Tod von Prinz Michael nämlich."

Madeline sah in die Kamera mit dem rot leuchtenden Licht. „Es ist Zeit, die Glocke wieder erklingen zu lassen. Gibt es einen mutigen Mann da draußen, der sich den 182 Stufen stellt? Um das Herz seiner wahren Liebe in 24 Tagen zu gewinnen und sie am Weihnachtsmorgen in der Watchman Abbey zu heiraten?"

Hyacinth hob zu einem leisen, langsamen Sprechgesang an. „Prinz Colin, Prinz Colin, Prinz Colin ..."

„Nein, nein, wow, nein, nicht ich. Das könnt ihr einem Knaben wie mir nicht antun." Er schlug sich die Hand auf die Brust. „Ich bin gerade erst aus der Marine raus, habe eine neue Arbeitsstelle bei meinem Vater. Wäre es nicht langsam Zeit für die Werbung?"

Madeline spornte den Sprechgesang weiter an, bis seine Brust im Rhythmus des Klagelieds pulsierte und drohte, an den Geheimnissen seines Herzens zu rühren.

Dann neigte sich Hyacinth vor. „Es ist 182 Jahre her, seitdem ein Prinz die Glocke geläutet hat." Sie hielt ihre Moderationskarten hoch. „Und es sind 182 Stufen, die zur Turmspitze führen?“ Sie zitterte und wurde unter ihrem Make-up blass. „Das ist seltsam.“

„Ich habe eine Gänsehaut.“ Madeline fuhr sich mit der Hand über den Arm.

„Es ist ein Zeichen.“

Angesichts der Dynamik der beiden Frauen zuckte Colin schmerzhaft zusammen. Es war kein Zeichen. Jedenfalls nicht für ihn. Er mochte Lady Jordan sehr – Lady Jay für ihre engeren Freunde –, aber er war nicht in sie verliebt. Es gab Zeiten, in denen er sich fragte, ob er sich je wieder verlieben würde.

Wohin ging ein Mann, wenn er die Liebe seines Lebens einmal aufgegeben hatte?

„Das macht mich nervös“, sagte Hyacinth in die Kamera. „Wir werden darüber nachdenken, während wir eine Pause machen. Wir kommen gleich mit mehr über Prinz Colin zurück.“

Die Scheinwerfer senkten sich, und die Kameras glitten zurück.

„Sie machen das großartig“, sagte Madeline, indem sie von ihrem Stuhl aufstand. Die Zuschauer machten es sich bequem, griffen nach ihren Handys und machten Fotos von Colin und dem Set.

Jemand reichte Colin eine Flasche Wasser. Die Visagistin tauchte auf, tupfte sein Gesicht ab und bestäubte ihn mit etwas Puder.

„Sie machen das gut. Versuchen Sie nur, ein bisschen weniger zu schwitzen.“

„Die Lampen sind so heiß.“

Sie zwinkerte ihm zu. „Das Gespräch aber auch.“

Colin schnitt eine Grimasse und sah ihr hinterher, während er einen Schluck Wasser nahm. Er würde sich nicht dazu bedrängen lassen, irgendeine Glocke zu läuten oder einem Mädchen, das er nicht liebte, einen Antrag zu machen.

Außerdem konnte man heutzutage von keiner Frau mehr erwarten, mit nur 24 Tagen Vorlauf in der berühmtesten Kathedrale des Landes zu heiraten. Er hatte zwei jüngere Schwestern, und wenn er eine Sache über Frauen und Hochzeiten gelernt hatte, dann dass die ganze Heiraterei nach den Bedingungen der Braut abzulaufen hatte.

Neben ihm blieb Hyacinth völlig ungerührt. „Ist das nicht eigenartig? Dass wir diese Tradition, 182 Jahre nachdem Prinz Michael in den Tod gestürzt ist, wieder ansprechen? Und dann sind es genau 182 Stufen von ganz unten bis zur Spitze." Sie zitterte wieder. „Ich fühle mich, als hätte ich etwas jenseits des Schleiers berührt."

Colin nippte an seinem Wasser. „Alles Aberglaube, wenn Sie mich fragen. Da ist nichts dran. Das ist purer Zufall."

„Waren Sie mal oben im Kapellenturm?" Hyacinth wies ihn mit einer Geste an, ihr auf die andere Seite des Sets zu folgen. Sie wollten für das Erntefest typische Tänze und Reigen vorführen.

„Ein paar Mal." Colin wollte dieser Medientussi sein Geheimnis nicht verraten. Sonst würde sie es womöglich nach der Werbung ins ganze Königreich hinausposaunen.

„Je daran gedacht, die Glocke zu läuten?"

„Niemals."

Die Moderatorin lächelte. „Ich mach Ihnen bestimmt keine Vorwürfe deswegen. Sie sind jung. Leben Sie ein bisschen." Sie zwinkerte. „Aber für die Show musste ich schon meine Rolle spielen und ein bisschen sticheln."

„Und ich musste meine spielen und alles abstreiten."

„Stimmt, mein Lieber, wie wahr, wie wahr."

Seltsamerweise hatte Dad neulich ins gleiche Horn gestoßen. *„Wird es nicht allmählich Zeit?"* Mum hatte sich an Dads Andeutungen gehängt und schon einen Platz beim Weihnachtsessen für Lady Jordan eingeplant.

„Ich habe gehört, die Stufen des Turms seien glitschig wie Wintereis", sagte Hyacinth. „Da würde ich nie rennen wollen."

„Das habe ich auch gehört." Colin wusste nur zu gut, dass sie glitschig waren, abgenutzt und rund vom Alter, das Regenwasser lief ungehindert an ihnen herunter, aber er und sein Kumpel kamen schon zurecht.

Vor ein paar Jahren wäre Guy Smoot beinahe in sein Verderben gestürzt. Das Geländer war nach Prinz Michaels Unglück repariert worden, aber nach all der Zeit, die seither vergangen war, war es abgenutzt und ausgedörrt. Guy hatte sich nur gerade eben so noch einmal fangen können.

Vielleicht hatten sie ein Glas zu viel getrunken. Der Vorfall ernüchterte sie auf einen Schlag. Colin hatte sein jugendliches Trinkverhalten seitdem ziemlich eingeschränkt.

„Man muss schon Hals über Kopf verliebt sein, um die Glocke zu läuten, ohne dass die Angebetete vorher davon weiß", sagte Hy. „Und um sie dann zu umwerben und an Weihnachten zu heiraten."

„Ein mutigerer Mann als ich", sagte Colin.

„Waren Sie schon einmal Hals über Kopf verliebt?" Sie beugte sich zu ihm vor. „Lady Jay ist bezaubernd, aber ich sehe da kein ‚Ich-bin-verrückt-nach-ihr' in Ihren Augen."

Er hatte Hyacinth unterschätzt. „Versteht überhaupt irgendjemand die Liebe?"

„Genau. Das sage ich Maddie auch immer."

Der Bühnenmanager rief: „Eine Minute!"

Aber Hyacinths Frage hallte in Colin wider. War er jemals Hals über Kopf verliebt gewesen? Doch. Ja. Einmal. Vor langer Zeit. Vor beinahe fünf Jahren. In ein Mädchen, das Welten entfernt war. Doch damals war er ein anderer gewesen als der Mann, der gerade kurz davor war, einen traditionellen brightonschen „Reel" bei *Madeline & Hyacinth Live!* vorzuführen.

Er war ein junger, sorgenfreier Collegestudent namens Colin Tattersall gewesen, der ganz und gar nicht darauf vorbereitet war, sich so leidenschaftlich in Avery Truitt zu verlieben.

Aber sein Vater hatte ihm geholfen, seine Dummheit zu erkennen. Colin war ein Mann mit Bestimmung, einer mit Verpflichtungen, Verantwortlichkeiten und Plänen, an denen er mit seinem Vater über Jahre gearbeitet hatte. Seitdem er in das Familienunternehmen eingetreten war, musste er sich mehr denn je konzentrieren. Da war keine Zeit für die Liebe.

Eines Tages mochte vielleicht wieder einer die Glocke zu Pembroke läuten. Wer wusste das schon? Aber so sicher er wusste, dass sein Name Colin Edward Stratton Tattersall war, ein Prinz im Königreich Brighton, so sicher wusste er auch, dass er das nicht sein würde.

Kapitel drei

„Weißt du noch, wie wir zum ersten Mal in Cathedral City angekommen sind?" Avery drehte sich um und sah Susanna in einem Kleid von Jenny Packham in der Tür stehen. In ihre hochgesteckten glänzenden Locken war kunstvoll ein Diamantdiadem eingearbeitet.

„Du hast das Fenster runtergekurbelt und dich aus dem Auto gehangen." Leise lachend setzte sich Susanna auf einen Stuhl. Ihr Rock floss über die roten Polster. „Kommt mir vor, als sei es eine Ewigkeit her."

Avery betrachtete ihre Schwester über den Kosmetikspiegel, während Susannas Stylistin Natasha ihren Lockenstab wie einen Zauberstab durch Averys lange rötliche Strähnen arbeitete.

Susanna war eine wahre Prinzessin. Auf St. Simons geboren, aber vorherbestimmt für das Inselkönigreich Brighton.

„Kopf hoch, bitte, Miss", sagte Natasha.

„Suz, hast du dir je vorgestellt, du würdest einmal Nathaniel heiraten?" Die stürmische Romanze schien dem Untergang geweiht, als Nathaniel gestand, dass sein königlicher Status es ihm unmöglich machte, eine Ausländerin zu heiraten.

„Ich war ja nicht einmal sicher, ob ich ihn je wiedersehen würde. Ich wollte ihn heiraten, das weißt du doch." Susanna beugte sich vor, ihre schlanken Arme über den Beinen gekreuzt. „Schön siehst du aus, Avery."

„Fühlt sich komisch an, so herausgeputzt zu werden." Sie sah auf ihr Kleid aus braunem Samt hinunter, das sich über Schichten aus blauem Chiffon und weißem Tüll bauschte. Natasha schnappte sich die Seite ihres Kopfes und richtete sie kurzerhand wieder gerade. „Ich bin es gewohnt, auf dem Volleyballplatz oder in der Küche des Shacks zu stehen."

„Oder zu surfen."

„Ja, oder zu surfen." Avery lächelte. Die Wellen und der Wind des Atlantiks waren ihr Schlaflied. „Wo hast du dieses Kleid gefunden? Es ist der Wahnsinn."

„Melinda House. Es ist einem Christian-Dior-Kleid aus den 1950ern nachempfunden. Als ich es gesehen habe, habe ich gleich an dich gedacht. Das Braun passt wirklich gut zu deinem kastanienbraunen Haar. Die perfekten Farben für das Erntefest."

Die Haare noch in Lockenwicklern, kam Mama herein, in einem schulterfreien Organzakleid in dunklem Orange.

„Mama!" Avery pfiff und beobachtete ihre Mutter durch den Spiegel. „Du siehst ... gar nicht aus wie meine Mama."

„Miss, bitte, wir sind gleich hier fertig." Mit festem Griff hob Natasha Averys Kopf.

„Ich mach mich ganz gut für eine, die länger, als sie sich erinnern kann, in der Küche gestanden hat, was?" Mama legte eine langsame Drehung hin. „Ich glaube, ich rocke dieses Kleid, wie man so sagt."

Avery lachte. „Hör mal einer an. Meine Mama, der Hipster."

„Was das nun wieder heißen soll." Mama beugte sich über Averys Schulter. „Du siehst bezaubernd aus, Liebes. Nun, ihr beide werdet schleunigst in meiner Suite erwartet. Rollins bringt Tee auf mein Zimmer."

„Tee in deiner Suite? Schleunigst?" Avery zog ein Gesicht und tauschte ein Lächeln mit Susanna. Mama trank morgens nur Kaffee. Und sie sagte nie „schleunigst".

„Nun, wenn man in einem Palast ist, lebt man wie von königlichem Geblüt. Früh genug gibt es wieder Töpfe, Pfannen und Fritteusen. Ich bin dann mal wieder weg, damit meine Zofe mir das Haar machen kann." Mama ging rückwärts zur Tür und versuchte sich an einem brightonschen Akzent, während sie so tat, als würde sie aus einer Tasse Tee trinken. Mit abgespreiztem kleinem Finger. „Bin ich nicht eine Augenweide?"

„Das ist keine Zofe, Mama", rief Susanna hinter ihr her. „Sie ist eine Stylistin, die der Palast für besondere Anlässe beauftragt."

Zu spät. Mama war weg.

Natasha gab die letzte Strähne von Averys Haar frei und ließ sie über ihre Schulter fallen. Sie beugte sich vor, um Avery im Spiegel zu betrachten. „Da. Nun schauen Sie sich bloß mal an, mit Ihrem Hals wie dem von Audrey Hepburn. Was meinen Sie, Hoheit?" Natasha wandte sich an Susanna.

„Ich finde, meine Schwester sieht wunderschön aus."

„Dann bin ich hier weg." Die Stylistin sammelte ihre Sachen zusammen. „Ich werde gehen und Leslie mit der Königinmutter helfen und bei Seiner Majestät vorbeischauen. Ich wünsche Ihnen eine wunderbare Zeit heute Abend."

„Haben Sie vielen Dank, Natasha." Susanna erhob sich, als die Tür ins Schloss fiel. „Avery, wie geht es Mama? Ich meine, wie geht es ihr wirklich?"

„Sie ist anders. Irgendwie gedämpft, auch wenn kleinlaut nicht das passende Wort für sie wäre. Aber seitdem wir hier sind, ist sie lebendiger, als ich sie erlebt habe, nachdem Papa gestorben ist."

„Sie weiß nicht recht, was sie ohne Daddy machen soll. Diese ganze Pseudozankerei hat nur versteckt, wie sehr sich die beiden geliebt haben und wie abhängig sie voneinander waren."

„Was ist mit dir? Geht es dir gut?" Avery schlüpfte in einen passenden Bolero und strich mit den Händen über den weiten Rock. Sie liebte prachtvolle Kleider.

„Ich schlage mich tapfer, obwohl es schwer war, so weit weg zu sein. Nathaniel hat mir geholfen, mit der Trauer zurechtzukommen. Er vermisst seinen Vater immer noch." Ihre Hand bewegte sich auf ihren Bauch und blieb dort liegen. „Das Kleine hier hilft."

„Hast du Angst, es zu verlieren?" Avery hakte sich bei ihrer Schwester unter. „Lass uns unseren Glauben zusammentun und darauf vertrauen, dass alles gut werden wird."

Susannas Augen glitzerten. „Wir beten jeden Abend für dieses Baby. Aber ja, lass uns unseren Glauben zusammentun." Sie küsste ihre Schwester auf die Wange. „Ich bin so froh, dass du zur Welt gekommen bist. Du warst wie so eine lebendige, atmende, braunäugige, rothaarige Babypuppe für mich." Sie grinste und kniff in Averys Wange. „Die zu einer echten Landplage herangewachsen ist."

„Hey. Aber nur weil ich so sein wollte wie du." Avery lachte und machte sich zum vorderen Zimmer auf. „Und wenn du meinst, ich sei eine Landplage, dann warte nur, bis dieses Baby auf der Welt ist."

„Immer her damit, Schwester." Aber der Humor in Susannas Stimme spiegelte sich nicht in ihren Augen. Stattdessen sah Avery dort eine tiefe Ernsthaftigkeit. „Wir sind jetzt über vier Jahre verheiratet. Ich war fünfmal schwanger und habe sie alle verloren. Es fängt langsam an, sich wie eine schlechte Angewohnheit anzufühlen."

„Nicht dieses Mal." Avery nahm das zum Kleid passende

Täschchen zur Hand, das Melinda House mit herübergeschickt hatte, und stopfte ein Stück Kaugummi, einen Lippenpflegestift und ihr Lieblingslipgloss hinein. „Ich spüre das."

„Leider spüre ich das auch. Bei diesem Baby geht es nicht nur darum, dass Nathaniel und ich uns eine Familie wünschen. Da geht es um das Hause Stratton und darum, einen Erben abzuliefern. Die Presse ist völlig verrückt deswegen und bringt Monat für Monat neue Schlagzeilen über unsere Fortpflanzungsfähigkeit. Als ob eine 450 Jahre alte Dynastie nur von meinem Uterus abhängt. Zum Glück versuchen es Corina und Stephen auch."

Stephen war Nathaniels jüngerer Bruder. Seine Frau, Corina, noch ein Mädel aus Georgia, man mochte es kaum glauben, war eine amerikanische Milliardärstochter, die den Reserveerben heimlich geheiratet hatte.

„Dann entspann dich." Avery schob ihren Arm durch Susannas, während sie gemeinsam den vergoldeten, geschmückten Korridor mit der geschnitzten Decke (viele Kronen) und dem mehrere Zentimeter dicken burgunderroten Teppich entlang zu Mamas Suite gingen. „Gott hat all das angefangen, oder nicht? Angst und Sorgen helfen da nicht weiter. Schau dir alles an, was Er bisher für uns getan hat. Erinnerst du dich, was Daddy uns immer gesagt hat? ‚Er lässt uns alle Dinge zum Besten dienen.' Der wird sich um Nathaniels Erben kümmern, Suz. Und in der Zwischenzeit lebst du mit einem Mann zusammen, der dich verehrt und liebt."

Susanna berührte ihren Augenwinkel und bemühte sich darum, die Tränen zurückzuhalten. „Hör nur mal hin, wie meine kleine weise Schwester Ratschläge verteilt und dem Daddyismus frönt."

Avery legte ihre Wange gegen Susannas Schulter. „Ich vermisse ihn. Und dich."

„Es tut mir leid, dass das alles alleine auf deinen Schultern lastet. Für Mama da zu sein, meine ich."

„Es läuft eigentlich ganz gut zwischen uns. Wir kommen zurecht. Aber als du angerufen hast, um zu sagen, dass du schwanger bist, und uns zu Weihnachten hierher einzuladen, habe ich ein Licht in ihr leuchten sehen wie seit der Beerdigung nicht mehr. Sie ist ganz lebendig geworden."

„Dann lass uns das zum besten Weihnachtsfest überhaupt machen."

„Das beste Weihnachtsfest überhaupt?" Die Schwestern passierten den stimmungsvollen Lichterschein, den die Wandleuchter in den Flur warfen. „Ich glaube kaum, dass du das Weihnachten von 2006 überbieten kannst, als alle Cousinen und Cousins kamen und ich ein neues Fahrrad bekommen habe."

„Oh, das war gut!"

„Oder das 2007, als es schneite ..."

„Na ja, das, was wir im Süden Georgias eben so Schnee nennen."

Avery lachte. Sie liebte das Rascheln und Rauschen ihres Rockes um ihre Beine. Sie liebte den Wirbel der Vorfreude auf den anstehenden Abend. Eine große, schnieke Party ohne Sorgen. Wenigstens für ein paar Stunden.

„Aber Junge, Junge, was hatten wir Spaß 2007, oder nicht?" Sie hatte Colin gegenüber Susanna nicht einmal angedeutet. Am besten ließ sie die Vergangenheit einfach hinter sich. Außerdem sagte ihr ihr Bauchgefühl, dass er sowieso zur See war. Oder im Ausland stationiert. „Ich habe versucht, einen Schneeball zu machen, aber nichts wollte zusammenkleben, also habe ich einfach meinen nassen, leicht mit Schnee bepuderten Handschuh in Marco Hernandez‘ Gesicht geklatscht.“

Susanna lachte. „Ich bekomme Heimweh.“

„Aber du gewöhnst dich so langsam an all das hier, oder?“

„Das tue ich, und ein Kind zur Welt zu bringen“, sie umarmte ihren Bauch fester, „wird das Gefühl, eine Familie zu sein, verstärken.“ Mit dem anderen Arm fasste Susanna den ihrer Schwester fester. „Ich hoffe, du findest jemanden wie Nathaniel, Avery. Gib dich nicht mit weniger zufrieden.“

„Das habe ich nicht vor.“

„Sooo“, sagte Susanna langsam, und in dem einen Wort lagen viele, viele Fragen. „Da warst du nun also vier Jahre auf diesem großen Ohio State Campus und hast niemand Besonderes gefunden?“

„Nein.“

„Warum habe ich das Gefühl, dass du mir da irgendetwas nicht sagst?“ Susanna hielt vor Mamas Tür an.

„Es gibt nichts zu erzählen.“ Sie hatte versucht, auf der Ohio State mit Männern auszugehen, aber wo landet ein Mädchen denn, wenn ihre erste Liebe gleichzeitig auch ihre wahre Liebe war? Und obendrein noch ein Prinz. „Ich war zu beschäftigt mit dem Studium und dem Volleyball.“

„Aber du hast dich doch verabredet?“

„Ja, klar. Nur nie jemand Ernsthaftes.“ Avery griff nach dem Türknauf. „Lass uns besser reingehen, sonst haben wir keine Zeit mehr für Tee.“

„Aves ...“ Susanna nahm ihre Hand. „Wegen heute Abend ... alle werden bei dem Halligalli anwesend sein.“ Ihre Blicke trafen sich einen wissenden Augenblick lang. „Die ganze Familie, meine ich.“

„Nun, natürlich." Genervt von ihrem plötzlich lauter schlagenden Herzen, tat Avery Susannas versteckte Andeutung schulterzuckend ab. „Ich hätte sowieso erwartet, dass die ganze Familie da ist."

„Nathaniel besteht darauf, dass im Dezember alle Mann an Bord sind. Beginnend beim Erntefest bis hin zum Weihnachtsball am 28." Susanna drückte Averys Hand. „Es ist ein Riesenspaß, wirklich. Hast du seinen Cousin Prinz Tony mal kennengelernt, den vierten in der Thronfolge? Der ist super. Seine Frau, Prinzessin Rachel, ist meine vielleicht beste Freundin."

„Dann freue ich mich darauf, die beiden kennenzulernen." Avery legte ein breites Lächeln an den Tag. „Können wir jetzt reingehen und nachschauen, was die großmächtige Glo macht?" Sie versuchte noch einmal, nach dem Türknauf zu greifen, aber Susanna fasste ihre Hand nur fester.

„Du weißt, dass er mit der Schauspielerin Lady Jordan Skye ausgeht."

Komisch, dass *er* Colin hieß und sie das auch beide wussten.

Avery betrachtete den Boden und die Spitzen ihrer braunen Riemchenpumps. „Ich weiß." Sie hatte sich eines Abends, als sie sich etwas sentimental fühlte und über Weihnachten in Brighton nachdachte, einer mutigen Googlesuche gestellt. Dumm, ehrlich gesagt.

„Er wird heute mit ihr hier sein."

Avery zog ihre Hand aus Susannas. „Nicht meine Angelegenheit."

Sie war immer ehrlich gewesen mit ihrer Schwester, hatte ihr Herz immer auf der Zunge getragen, aber in diesem Moment schien es ihr lächerlich, ihre Vergangenheit mit dem Prinzen anzusprechen. Bestehende Gefühle auch nur anzudeuten. Es war über vier, beinahe fünf Jahre her, dass ihre Beziehung geendet hatte. Avery fragte sich manchmal, ob alles nicht mehr eine Art ausführlicher Traum gewesen war.

„Aves?" Susanna blockierte den Durchgang zu Mamas Suite. „Sprich mit mir."

„Es ist nur ... Ich weiß nicht ... Wo Daddy gestorben ist und ich aus der Uni raus bin, runter vom Volleyballplatz, da fühle ich mich manchmal neben der Spur. Und ich denke zu viel nach."

„Vermisst du Colin?"

„Nicht wirklich." Avery drehte ihrer Schwester den Rücken zu, starrte den Flur hinunter auf das Licht, das hinter den Ecken hervorquoll, und hielt eine Tränenflut zurück. „Warum sollte ich ihn vermissen? Er hat mich eine Woche vor meinem Abschlussball versetzt. Hat mir eine SMS geschrieben und danach nie wieder mit mir gesprochen."

„Aber?" Wie wusste Susanna nur immer, dass da noch mehr war?

„Es ist nur, dass ich nicht nach Brighton kommen kann, ohne mich an unsere erste Reise hierher zu erinnern, weißt du? An Colin und wie er mich quasi überrumpelt hat."

„Das hat er, und ihr beide habt euch auf Anhieb gut verstanden."

„Ich habe ihn geliebt." Jetzt hatte sie es zugegeben. Die Liebe wollte sich zu Wort melden.

„Und jetzt?" Susanna war unermüdlich.

„Es ist Jahre her. Natürlich liebe ich ihn jetzt nicht mehr." Averys Hohn unterstrich ihr Leugnen nur.

„Ich frage ja nur", sagte Susanna lächelnd. „Ich glaube, wenn du ihn wiedersiehst, wird dir klar werden, dass du inzwischen ganz woanders stehst im Leben. Außerdem werden bei der Feier heute Abend reichlich gut aussehende, noch verfügbare Männer anwesend sein. Du wirst kein Mauerblümchen sein, verlass dich drauf."

„Gut. Ich freue mich auf ein bisschen Spaß. Ich will ihm gegenüber nur nicht bemitleidenswert dastehen."

„Das wird nicht passieren. Und du könntest in seinen Augen nie bemitleidenswert aussehen. Du bist mutig und selbstbewusst. Du bist schön. Sei einfach die Avery Truitt, die Spielerin des Jahres der Big Ten Conference war. Zweimal."

Die Wahrheit, die Susanna ausgesprochen hatte – und war sie noch so sanft –, erstickte jeden Gedanken daran, dass dieser Besuch dem ersten gleichen könnte, bei dem sie dem schlanken, aristokratischen Prinz Colin ins Auge gefallen war, einem Mann mit der gesunden Gesichtsfarbe derer, die sich gerne im Freien aufhalten, immer mit der Andeutung eines frechen Grinsens auf den Lippen und einem Glitzern in den Augen, das ihr Inneres aufwühlte.

Mamas Tür schwang auf. „Was um alles in der Welt macht ihr denn hier draußen? Der Tee ist kalt geworden. Aber egal. Rollins hat angerufen. Die Sicherheitsleute sind da." Sie stöckelte auf die weite, geschwungene Treppe zu und scheuchte Susanna und Avery vor sich her. „Jetzt mal munter voran. Die Königinmutter und Henry warten im Foyer."

„Ich treffe euch dann dort." Susanna löste sich von ihnen und eilte in die andere Richtung den Korridor hinunter. „Ich werde Nathaniel Beine machen müssen. König hin oder her, der Mann ist ein Trödler."

„Dann eben wir beide, Aves."

An der Seite ihrer Mama schritt Avery die prächtige Treppe hinab und traf gleich vor den großen, breiten, bollwerkgleichen Türen auf Nathaniels Mutter, Queen Campbell, und ihren Ehemann, einen früheren Premierminister.

Die Tradition des Erntefests schrieb vor, dass die königliche Familie außen um den Palast herum zum großen Ballsaal ging und den Gratulanten und Zuschauern zuwinkte, die sich an den entfernten Toren versammelt hatten.

Die zugelassenen Pressevertreter gingen mit ihnen, stellten Fragen und machten Fotos.

„Was halten Sie von den Feierlichkeiten, Mrs. Truitt?"

„Ich habe einen Riesenspaß." Mama winkte den Leuten zu, als hätte die Königin des Barbecues im Königreich Brighton tatsächlich was zu melden.

Avery ging mit hocherhobenem Kopf, einem fixen Lächeln im Gesicht, aber ihre Gedanken rasten. Verflixt noch mal, was musste Susanna auch Colin zur Sprache bringen. Eine große Nervosität zerstörte ihre innere Ruhe.

Die Vorstellung, ihn zum ersten Mal wiederzusehen, nachdem er für den Abschlussball abgesagt hatte, holte ihre Erinnerungen an die vorderste Front. Ließ ihre längst weggeschlossenen Gefühle frei.

Sie liebte ihn immer noch. Und auf einmal erinnerte sich ihr Herz daran, *wie sehr*.

Kapitel vier

Mit Lady Jordan am Arm tauchte er aus der Limousine auf. Kameras blitzten und drängten die Nacht zurück. Von den Toren bis zu den Stufen war das dumpfe Raunen der Menschenmenge zu hören.

Colin knöpfte seine Smokingjacke zu und half Jordan, als sie gemeinsam die Stufen zum Ballsaal hinaufstiegen. Rufe und Pfiffe klangen durch die Nacht.

„Lady Jordan, hier drüben ..."

„Lady Jordan, wir hören, Sie sind an einem neuen Film dran."

„Wir werden sehen." Sie lächelte und flirtete, bewegte sich wie von Zauberhand, fing alle Blicke ein.

Sie war atemberaubend schön, keine Frage. Ihr langes, kastanienfarbenes Haar floss ihr über die nackten Schultern, und ihre Rundungen waren in ihrem perfekt auf den Leib geschneiderten smaragdgrünen Kleid unübersehbar.

Die Presse bombardierte Colin mit Fragen.

„Was sind Ihre Gedanken zu den Brighton Eagles ohne Ihren Cousin, Prinz Stephen?"

„Ist das mit Ihnen beiden etwas Ernstes? Steht uns bald eine Prinzenhochzeit ins Haus?"

„Wir haben Sie im Fernsehen gesehen, Prinz Colin. Werden Sie die Glocke im Pembroketurm läuten?"

Colin winkte, lächelte und verschwand mit Jordan im Ballsaal, ohne eine einzige Antwort gegeben zu haben.

Es war nämlich so: Er mochte Jordan. Sehr. Für jemanden, der so schön und so begehrt war, war sie ziemlich bodenständig. Aber sie erinnerte ihn an die Porzellanpuppen seiner Schwestern.

Etwas, das man in ein Regal setzte und von Weitem betrachtete. Sie war nichts, was man mit ins Leben hinausnahm, das man im Garten herumkarren und mit dem man im Dreck spielen konnte, mit dem man einen Versuch starten konnte, was dieses Ding namens Liebe und Ehe anging.

Im Ballsaal erklang Musik. Die Violinen spielten das „Lied der Ernte“, eine Komposition, die König Leopold III. in Auftrag gegeben hatte, um das Ende der Erntezeit zu feiern.

Bei einem flüchtigen Blick in die Runde erkannte Colin die meisten Gesichter. Da war sein Kumpel Guy Smoot, sein Verbündeter bei der Pembroke-Chapel-Gaudi. Er hoffte, dass Madelines und Hyacinths Geplauder über die längst tote Tradition nicht irgendeinen schwachsinnigen Trottel dazu bringen würde, heute Abend die Glocke für seine wahre Liebe zu läuten. Die Fragen seitens der Presse danach machten ihm Sorgen.

Colin dagegen freute sich ziemlich auf die Tradition mit Guy, freute sich darauf, auf der Turmspitze zu stehen, auf das schöne Cathedral City hinunterzuschauen, mit der Vorfreude auf Weihnachten im Herzen und einer guten Pfeife und einem schönen Pint in den Händen.

„Colin“, sagte Jordan und beugte sich zu ihm. Ihr Parfüm hüllte ihn ein. „Ich sehe Lord Wallaby. Der ist so ein großer Filmliebhaber. Lass mich eben zu ihm hinübergehen und Hallo sagen.“ Sie zog ihre Hand von seinem Arm, aber er bekam sie zu fassen, bevor sie davonging.

„Du brauchst nicht die ganze Zeit auf Sendung zu sein.“

„Dann hast du nie im Kulturbetrieb gearbeitet.“ Sie schenkte ihm einen neckischen Blick, viel zu perfekt, als dass es lustig gewesen wäre, und ließ ihn am Rande der Tanzfläche stehen.

Paare schlenderten um ihn herum und an ihm vorbei. Ihre Gesichter strahlten, sie waren begierig auf einen angenehmen Abend voller Leichtigkeit und Freude. Jede Frau war schön, jeder Mann schneidig.

Das dreihundert Jahre alte Erntefest war eins der Dinge, die Brighton einzigartig unter seinen europäischen Geschwistern machten. Man feierte eine gute Ernte, dankte dem Herrn für seinen Segen und ging dann direkt zu den einen Monat lang andauernden Weihnachtsfeierlichkeiten über.

Diese Zeit des Jahres hatte Colin am meisten vermisst, während er zur See gewesen war.

Am entfernten Ende des Saals saß Nathaniel mit Susanna auf dem Podium, neigte sich plaudernd zu ihr, streichelte ihre Hand. Sie hielten den Raum in ihrem Bann, die beiden, und merkten es nicht einmal. Wenn er haben könnte, was die beiden hatten ... eines Tages ...

Die Frau neben Susanna sah lächelnd auf und winkte. Colin runzelte die Stirn. Winkte sie etwa ihm zu? Sie sah bekannt aus, aber wer ...

Ihm stockte der Atem. Mrs. Truitt. Averys Mum. Er fuhr herum und schaute sich im Saal um. War Avery in der Nähe? Er hatte nichts von ihrer Ankunft gehört.

Seine Suche ließ ihn bei jedem weiblichen kastanien- und rotbraunen Schopf innehalten.

„Lady Jordan also?" Guy rammte ihm den Ellbogen in die Seite. „Das sieht alles ziemlich ernst aus."

Colin drehte sich zu seinem Freund um. „Was?"

„Jordan. Du. Ernsthaft. Schau dich an. Kannst deine Augen nicht von ihr abwenden."

„Ja, natürlich ... Jordan." Wie es schien, reiste Avery nicht mit ihrer Mutter. Gut ... gut. Er war nicht darauf vorbereitet, ihr zum ersten Mal wieder zu begegnen, seitdem ... nun, seitdem er die Sache beendet hatte. Er hatte immer gewusst, dass dieser Tag einmal kommen würde. Er würde es nur schlichtweg vorziehen, wenn es nicht gerade *dieser* Tag wäre. Trotzdem durchmischte ein Hauch Enttäuschung seine Erleichterung. Colin forderte Guy mit einer Handbewegung auf, ihm zu folgen. Er brauchte etwas zu trinken. Seine Kehle war ausgetrocknet. „Also, mit wem bist du denn heute hier?"

„Lady Sarah Frizz. Mit wem sonst?", sagte Guy ohne großen Enthusiasmus.

„Wenn du sie nicht magst, warum bist du dann mit ihr hier? Ihr beide zofft euch die ganze Zeit über." Ah, ein Kellner mit einem Tablett Punsch. Colin nahm zwei Kelche.

„Nicht mögen? Nein, mein Guter, das Wort, das du suchst, heißt extreme Geringschätzung." Auch Guy ergriff einen der Kristallkelche. „Aber mein Vater liebt sie, und er hält die Fäden meiner Zukunft in der Hand."

„Ah, das Geld, natürlich." Colin nahm einen tiefen Schluck aus dem Becher in seiner rechten Hand. Der unerwartete Gedanke, Avery Truitt könnte im Ballsaal sein, hatte sein Inneres in eine Wüste verwandelt.

„Höre ich da etwa ein Urteil?" Guy hob seinen Punsch zum Gruß für irgendjemand auf der anderen Seite des Raumes. „Du bist doch selbst nicht besser, hast dieses arme amerikanische Mädchen hängen lassen an ihrem ... was war es noch gleich? Ein Abschlussball oder so etwas? Und nur weil dein Vater nicht einverstanden war."

„Das ist nicht das Gleiche, und das weißt du auch."

„Ha! Nichts dergleichen weiß ich. Du stehst ebenso unter der Kontrolle deines Vaters wie ich. Nur gebe ich das zu. Und ich entscheide mich dafür, mit Frauen auszugehen, mit denen er einverstanden ist. Wie kann ich da was falsch machen?"

„Mein Vater mag alle Frauen, mit denen ich ausgegangen bin."

„Außer die Amerikanerin." Guy hob die Augenbrauen und forderte Colin zum Widerspruch heraus.

„Und das ist lange her." Dieses Gespräch irritierte ihn. Colin stellte seinen leeren Kelch auf dem Tablett eines vorbeieilenden Kellners ab und trank aus dem in seiner Linken. Warum kam Guy gerade jetzt auf Avery zu sprechen? Vielmehr: Warum saß ihre Mutter bei Nathaniel auf dem Podium?

„Sag, was du willst." Guy klopfte Colin auf die Schulter. „Aber wir wissen doch beide, dass wir unserem sozialen Status entsprechend heiraten werden. Und die Stimme dieses Status sind unsere Väter. In deinem Fall auch noch dein Titel."

„Steck mich nicht mit dir in eine Schublade, alter Freund. Ich mag meinen Vater ziemlich und vertraue ihm. Er ist immer für mich da gewesen. Der würde sich der wahren Liebe und meinem Glück nicht in den Weg stellen."

Die verklingende Musik ließ Colins Antwort nackt und offen im Raum stehen. Er räusperte sich und trank den letzten Schluck Punsch, während die munteren Töne eines brightonschen Walzers die Tänzer in Bewegung setzten.

Mit einem Lachen auf den Lippen entledigte sich Guy seines leeren Bechers. „Ich würde sagen, dein Vater hat sich schon längst der wahren Liebe und deinem Glück in den Weg gestellt." Er nahm Colin seinen Kelch ab und schob ihn zur Tanzfläche. „Aber lassen wir das. Ich bin zum Tanzen hergekommen. Wie sieht es aus – du und Sarah? Jordan und ich?“

Schön. Ihm war alles recht, um seine Gedanken von Avery und Guys Beobachtungen abzulenken. Dad sollte sich seiner wahren Liebe in den Weg gestellt haben? Sicher nicht. So war er nicht. Vor dreißig Jahren hatte er Himmel und Erde in Bewegung gesetzt, um Mum zu heiraten. Hatte noch einmal alles dafür getan, um seinem Sohn und seinen zwei Töchtern zu ihren rechtmäßigen Titeln als Prinz und Prinzessinnen zu verhelfen, als ihr Onkel sie mit niedrigeren Titeln adeln wollte.

„Da ist sie“, sagte Guy und zeigte auf Lady Sarah.

Die entdeckte Colin und lächelte. Guy musste verrückt sein, sie so zu verschmähen. Sie war schön und charmant. Außerdem ziemlich gebildet. Ihr fehlte Lady Jordans erotisches Funkeln, aber wie viele von der Sorte brauchte die Welt denn? Sarah war die Art Frau, mit der ein Mann zusammenleben konnte.

Colin bewegte sich, neue und alte Freunde begrüßend, durch die Tanzenden und hielt inne, als ein weiterer alter Kumpel aus den guten alten Zeiten vorbeitanzte. David Simpson, der nach dem verfrühten Tod seines Vaters kürzlich ernannte Lord Chrysler, war ein alter Weggefährte. Ein Schulfreund.

„David, hallo ...“ Colin hielt an, als er einen Blick auf die Frau in Davids Armen erhaschte. Sie war wunderschön, mit einem klaren Profil. Außerdem kam sie ihm irgendwie bekannt vor.

War er ihr schon einmal begegnet? Im Sommer? An der Küste mit seinen ehemaligen Kameraden zur See?

Ein vertrauter Duft umschwebte ihn. Einer, der ihn an warme Südseestrände erinnerte. Sein Puls ging in die Höhe. War sie das?

Er ging los, wollte David folgen, aber Guy legte ihm die Hand auf die Schulter.

„Sarah, Prinz Colin wäre entzückt, wenn du ihm diesen Tanz schenken würdest." Guy schob sie auf ihn zu.

„Hör auf, mich zu schubsen, du grober Trampel." Sarah machte sich mit einem Ruck von Guys Griff los. „Colin, ernsthaft, wie hältst du es nur mit ihm aus?" Sie sah ihre Verabredung zähnefletschend an. „Er ist so ein Fiesling."

Colin zwang seine Aufmerksamkeit von David und der Frau, mit der er tanzte, weg, weg von dem sich verflüchtigenden Duft nach Salzluft und Palmen, und schloss Sarah in seine Arme. „Er sagt, er verabscheut dich."

„Das beruht auf Gegenseitigkeit", pöbelte sie Guys verschwindendem Rücken hinterher. „Lass mich raten. Er will mit Jordan tanzen."

„Wollen das nicht alle?"

Sie lachte, ein netter, solider Klang. „Ich bestimmt nicht." Sie bewegte sich leichtfüßig zur Musik, folgte Colin durch die geraden Schritte. „Wer war die Frau, mit der David tanzt?"

Er sah Sarah prüfend an. „Was?"

„Ich habe gesehen, wie du ihr hinterhergeschaut hast. Entschuldigung, das kommt wohl von der Ausbildung zur Psychiaterin."

„Ich weiß es nicht. Sie kam mir bekannt vor. Ihr Parfüm ..."

„Natürlich. Wahrscheinlich trägt sie den neuen Duft von D'amond. Das ist der letzte Schrei diese Saison. Bis Weihnachten wirst du die Nase voll davon haben. Selbst ich bin seiner Beliebtheit erlegen."

Aber der Hauch von Moschus auf Lady Sarahs Haut war nicht das, was ihm eben noch in die Nase gestiegen war.

Dieser andere Duft war ihm nicht neu. Er war tröstlich, hatte etwas davon, nach einem langen, schweren Tag nach Hause zu kommen.

„Sag mal, Sarah, warum hängst du eigentlich mit Guy herum, wenn ihr beide euch hasst?"

„Ah, die Frage aller Fragen. Unsere Eltern haben uns zusammen in einen Laufstall gesetzt, als wir gerade zwei Monate alt waren. Hat er dir das nie erzählt? Es heißt, wir seien so leise gewesen, dass unsere Mütter nachschauen gekommen sind. Wir hätten tief und fest geschlafen, und Guy hätte meine Hand gehalten."

„Also war es vorherbestimmt?" Colin bewegte sich mit Sarah geschmeidig über die Tanzfläche, ein Auge auf seiner Partnerin, das andere beständig auf der Suche nach David.

„Keine Ahnung, was das angeht, aber ich habe schon lange den Verdacht, dass er mich eigentlich vergöttert."

Colin lachte. „Du bist jetzt schon perfekt für ihn."

„Und was ist mit dir, Prinz Colin? Ist Lady Jordan deine Angebetete? Es gibt immer mehr Hochzeitsgerüchte. Dein Auftritt bei *Madeline & Hyacinth Live!* hat alle neugierig gemacht."

„Dann dürfen die neugierig bleiben. Ich bin erst 26. Was weiß ich schon von Liebe?"

Er hatte das Thema ziemlich heftig mit seinen Freunden im *Schwert & Schild* diskutiert, war aber zu keinem Ergebnis gekommen.

Was macht man, wenn man meint, man habe das Mädchen verloren, das „die Eine" sein könnte?

Die Jungs hatten keinen Schimmer gehabt.

Sarah wurde ernst. „Ich sag's mal so, Colin, immerhin weißt du, was du nicht willst."

„Ist das so? Wendest du jetzt deine Psychiaterinnentricks bei mir an?"

„Jetzt sollte ich wohl besser Ja sagen, aber nein, ich wende meine weiblichen Tricks bei dir an."

„Ah, dann bin ich geliefert. Und kann mich nirgendwo in Sicherheit bringen."

„Wenn du Jordan lieben würdest, würdest du die Glocke für sie läuten. Wenn du sie lieben würdest, würdest du Guy Smoot nicht mit ihr eine Runde auf der Tanzfläche drehen lassen."

Colin lachte. „Soll ich jetzt etwa eifersüchtig sein?"

„Ich sage nur: Wenn ein Mann eine Frau liebt, wird er Himmel und Erde in Bewegung setzen, um mit ihr zusammen zu sein."

Colin verlangsamte seine Schritte. „Habe ich dir das gesagt? Himmel und Erde in Bewegung setzen?" Er fühlte sich seltsam entblößt. Seine privaten Gedanken über Dad, ausgesprochen von Lady Sarah.

„Nein. Habe ich etwas berührt? Was? Erzähl es mir. Es gibt jemanden, den du liebst. Das kann ich in deinen Augen sehen. Wie heißt sie, wenn nicht Lady Jordan Skye? Ich erinnere mich daran, wie verrückt du wegen Prinzessin Susannas Schwester warst. Sag nicht, dass es immer noch sie ist, nach all den Jahren."

„Avery?" Colin stotterte und brummte. „Natürlich nicht." Er schaute über die Tanzfläche Richtung Orchester. Sarah grub in einem Gebiet, das nicht für andere freigegeben war. „Wenn du es unbedingt wissen musst, dein Parfüm brennt mir in den Augen." Er machte ein albernes Gesicht und lehnte sich grinsend, neckend von ihr weg. „Wenn das da D'amond ist, werden wir alle bewusstlos in der Ecke liegen, bevor die Nacht um ist."

„Du bist so voller Lügen, Prinz Colin." Sie lachte, trat näher und legte ihr Kinn auf seine Schulter. „Aber du bist sehr süß, deswegen lasse ich dich vom Haken."

„Lass mich den Spieß umdrehen. In wen bist du verliebt, Lady Sarah?"

„In Guy Smoot natürlich. Aber wenn du ihm das sagst, werde ich jedes Wort verleugnen und dich jagen und im Schlafe meucheln."

„Also ist es dir lieber, dieses ‚Ein Herz und eine Seele'-Ding weiterzuspielen? Du die Else und er Ekel Alfred?"

„Fürs Erste. Bis er so weit ist."

Die Musik wechselte, und aus der Menge erklang ein Jubel, als die lebhafte Melodie des Erntetanzes erklang. Männer und Frauen teilten sich auf und standen sich auf zwei Seiten der Tanzfläche gegenüber.

Colin verbeugte sich vor Sarah, die knickste. Hinter ihr, in der zweiten Reihe der Tänzer, verbeugte sich Guy vor Jordan.

Die Bögen der Streicher sprangen über die Saiten und erhoben die Töne zu einem Lied.

Colin bewegte sich im Rhythmus mit, tanzte die altbekannten Schritte präzise nach, ergriff Hände, wandte sich um, drehte sich um sich selbst, erreichte das Ende der Reihe und fand sich neben David wieder, wo er sich umdrehte, um Avery Truitt von Angesicht zu Angesicht gegenüberzustehen.

Ihre braunen Augen trafen seine auf gleicher Höhe, und alles hielt an. Die Musik. Der Tanz. Sein Herzschlag.

„Avery?" Seine Stimme stockte, gefangen in seiner trockenen Kehle.

„Hallo, Colin." Ihr Gesichtsausdruck, voller Selbstvertrauen und Sicherheit, passte zu den Erinnerungen, die er an sie hatte.

„Hallo ... Avery." Die Zeit hatte ihr klare Kanten ins Gesicht gezeichnet, die Rundheit ihrer Teenagerzeit war weg. Sie ... nahm ihm den Atem.

Die Tanzenden bewegten sich um ihn herum. „Weiter geht's, Prinz Colin."

„Wir sehen uns." Mit einem schnellen Lächeln tanzte Avery weiter. Sie hinterließ den Duft der Südsee. Einen Hauch Erinnerung an die Küsten Georgias.

„Prinz Colin, tanzen Sie nun, oder schauen Sie nur zu?" Eine ältere Dame packte seine Hand und zog ihn in die diagonale Schrittfolge und wieder zurück.

„Ja, natürlich, Pardon." Er stolperte durch den Reigen. Sein Puls jagte hoch, als Avery zu ihm herübertanzte und ihre Hand mit seiner verschränkte. Ihre Berührung kam einem Blitzschlag gleich. *Sag was, du dämlicher Trottel. Rede.* Aber ihm fehlten die Worte. Als sie ihn ansah, verlieh ihr Gesichtsausdruck ihm etwas Stärke.

„Du bist hier", brachte er mit einem schwachen Murmeln hervor.

„Und du bist da", erwiderte sie, und ihr Lächeln ließ jeden Knochen, den er im Leib hatte, dahinschmelzen. Dann tanzte sie weiter.

Als das Stück vorbei war, applaudierten die Tanzenden sich gegenseitig und auch dem Orchester zu. Im Ballsaal war es warm, vom Tanzen und vom Lachen. Die Bediensteten öffneten die Türen, die auf die Säulenhalle hinausgingen, und ließen die herrlich kühle Abendluft herein.

Paare bewegten sich auf die Tische mit den Erfrischungen zu, und Colin stand alleine da. Jordan war immer so gefragt, dass er sie üblicherweise nur sah, wenn sie ankamen und wenn sie wieder gingen. Im Moment war er dankbar dafür, weil er nachdenken musste.

War machte Avery hier? Nun, natürlich, die Prinzessin von Brighton war ihre Schwester. Warum sollte sie auch nicht hier sein? Ihre Mutter war ja ebenfalls hier.

Colin zerrte an seinem Kragen. Es war wirklich warm hier drin.

Vom Podium aus begrüßte Nathaniel seine Gäste, hieß sie willkommen und sprach in einem leisen und festen Tonfall, um den Colin ihn beneidete, ein Gebet.

Nathaniel betete mit mutigem Glauben. Als habe er verstanden, dass derjenige, mit dem er sprach, ihn hörte. Als ob der Herr sich wirklich interessierte.

Nach Nathaniels „Amen" stimmte das Orchester „Gott segne König und Königreich" an. Colin stimmte in das uralte Lied mit ein. Dads tiefer Bass erklang neben ihm, als der zu ihm trat und Colin ein Glas reichte, dessen Boden nur gerade so mit einer goldbraunen Flüssigkeit bedeckt war.

„Auf die Ernte." Er hob sein Glas. „Und auf eine herrliche Adventszeit."

„Auf die Ernte und auf Weihnachten." Colin stieß mit Dad an.

Dad nahm einen winzigen Schluck und hielt das Glas dann in seinen Händen. „Wie ich sehe, ist Avery Truitt hier."

„Ich bin ihr gerade selbst über den Weg gelaufen." Die Flüssigkeit in seinem Glas schwenkend, starrte Colin zu Boden. „Sie scheint sich mit Lord Chrysler gute zu verstehen."

„Hältst du durch? Es ist eigentlich zu lange her, als dass du immer noch Gefühle für sie hegen solltest, aber ich dachte, ich frage einmal nach."

„Alles im Griff, Dad." Colin streckte die Hand nach einem Tisch in der Nähe aus und stellte sein Glas ab. „Kein Grund zur Sorge."

„Wie ich mir gedacht habe." Dad wies mit der Hand über die Tanzfläche. „Deine Mutter spricht mit Lady Jordan. Ich stelle mir eine Verlobung im Frühjahr und eine Herbsthochzeit vor."

„Für Jay und mich?" Colin lachte, aber Dads ernste Miene würgte seine Heiterkeit ab. „Du meinst das ernst."

„Über Geld und Heirat mache ich nie Witze."

Colin drückte den Rücken durch und richtete sich entschlossen auf. „Dad, ich werde der Frau, die ich will, einen Antrag machen, wann ich das will. Du hast mich dazu erzogen, meinen Mann zu stehen. Vertrau mir in der Sache. Ich bin dein Sohn." Er legte seinem Vater die Hand auf die Schulter. „Ich komme aus gutem Hause."

Dad nickte und trank seinen Drink aus. „Schön. Ich überlasse es dir, das alles in die Hand zu nehmen. Es ist nur ... Du bist mein glänzender Stern. Du bist alles, was sich ein Vater von seinem Sohn, seinem Erben, wünschen könnte. Als du heute Abend mit Jordan hereingekommen bist, hat sich deine Zukunft vor mir ausgebreitet. Mir ist klar geworden, was für ein prächtiges Paar ihr beide sein könntet. Vielleicht ist es an der Zeit, zu einem etwas verbindlicheren Arrangement überzugehen." Dad stellte sein Glas ab und trat einen Schritt zurück. „Aber das überlasse ich dir. Genug vom Geschäft. Solange du nur weißt, wie stolz ich auf dich bin."

‚Vom Geschäft'? Betrachtete Dad die Ehe als einen Geschäftsabschluss? Alleine mit seinen Gedanken, mit dem Herzschlag in den Ohren, überdachte Colin Dads Vorschlag.

Er hatte nie geglaubt, dass Lady Jordan die Richtige für ihn war. Was das anging, waren Dad und er einfach nicht einer Meinung. Und das würden sie vielleicht nie sein.

Einmal hatte Colin geglaubt, Avery Truitt sei die Richtige für ihn. Bis ihm Dad den Kopf zurechtgerückt hatte.

Doch jetzt, wo ihr Parfüm irgendwo in der Luft des Ballsaals verweilte, begann er sich Gedanken zu machen. Dad schätzte seine Beziehung zu Jordan falsch ein. Könnte es sein, dass er auch Colins Beziehung zu Avery falsch eingeschätzt hatte?

Für die Dauer zweier weiterer Reels und eines Walzers blieb Colin in den Schatten neben der Tanzfläche und erinnerte sich an Avery und sonst nichts.

Kapitel fünf

Sie entfloh David nach dem letzten Tanz und versteckte sich in einem Winkel hinter dem Büffet, wo sie, einen Becher Kirschpunsch in den Händen, ihre Gefühle sortierte und versuchte, mit dem kleinen Feuer fertigzuwerden, das unter ihrer Haut brannte.

Er war ... genauso umwerfend, wie sie ihn in Erinnerung hatte. Wie konnte sie es schaffen, ihr Herz vom Gegenteil zu überzeugen?! Prinz Colin war immer noch der gleiche sonnengebräunte und gut aussehende Mann, in den sie sich vor fünf Jahren verliebt hatte.

Ein Blick auf ihn, und schon war sie wieder 17, wachte um drei Uhr morgens auf und sah nach seiner Nachricht auf ihrem Handy: „Guten Morgen, meine Schöne!"

Als sie an ihrem Kristallbecher nippte, schmeckte sie nur Bedauern. Warum hatte er sie verlassen? Was war zwischen ihnen geschehen?

Sollte sie durch den Ballsaal marschieren, ihm auf die Schulter tippen und fragen: „Sag mal, Tattersall, was läuft hier eigentlich?"

Aber er war mit seinen Freunden und Lady Jordan hier, die in Wirklichkeit sogar noch schöner war als auf den Fotos.

Außerdem, und das war das Schlimmste, konnte sie nicht einmal sagen, ob ihr hoher Puls von ihrer großen Liebe kam oder ob sie sich nur einfach über den Mann aufregte, der sie so unhöflich und grob hatte sitzen lassen.

„Guten Abend, Avery."

Sie wirbelte herum und sah sich dem Gesicht des älteren Tattersall, Sir Edward, gegenüber, dem Industriemogul und Vater von Colin.

„Guten Abend." Avery senkte ihren Punsch und hätte den Becher gerne abgestellt. Aber sie war zu weit weg vom nächsten Tisch.

„Bitte nenn mich Edward. Das tun Colins Freunde alle." Er betonte das Wort *Freunde*, sprach das „d" ein wenig allzu deutlich aus, sein Akzent war klar und makellos – wie sein Lächeln, sein Gesicht.

„Ich war mir nicht sicher, ob Sie sich an mich erinnern."

„Ich erinnere mich an alle Kumpels von Colin."

Sie war mehr gewesen als ein Kumpel. War ihm klar, dass sie seinen Sohn geliebt hatte? Dass der sie geliebt hatte?

Colin ließ nie durchblicken, wie viel er seinem Vater erzählte. Avery wusste, dass sie sich nahestanden, aber nicht, wie nahe.

„Was führt dich in unsere schöne Stadt?" Das Lächeln des Mannes war geübt und perfekt.

„Meine Schwester. Die Vorweihnachtszeit." Avery bückte sich und stellte ihren Becher auf den Boden, ganz nah an der Wand, aus Angst, sie könnte ihn sonst fallen lassen. „Mama wollte gerne, dass wir als Familie zusammen sind. Mein Vater ist im Sommer gestorben, müssen Sie wissen."

„Ja, ich habe davon gehört. Mein aufrichtiges Beileid."

„Vielen Dank." Was wollte dieser Mann? Tat es ihm auch leid, dass Colin sie abgelegt hatte wie einen ausgelatschten Schuh?

„Was hältst du von meinem Sohn und Lady Jordan Skye? Ein ganz bezauberndes Paar, nicht wahr?" Sir Edward wandte sich zur Tanzfläche, als das nächste Stück begann.

Hitze wallte über Avery. War das der Grund, warum er zu ihr herübergekommen war? „Sehr schick, die beiden. Wie aus einem Märchen." Ihr Kommentar triefte vor Sarkasmus. Aber falls Edward den hörte, ließ er sich nichts anmerken.

„Sie sind zu Höherem berufen, alle beide. Hast du ihre romantische Komödie gesehen? Sehr gut gemacht. Sie hat ein hervorragendes Timing."

„Jeder Satz ein Schenkelklopfer."

Der Mann starrte sie an und gluckste dann. „Ihr Amerikaner mit eurem trockenen Humor immer."

Ein Mann mit zerzaustem Haar, die Fliege um den Hals baumelnd, kam aus der anderen Richtung auf sie zu. „Edward, altes Haus, das musst du hören. Randall hat sich beim Skifahren beinahe den Hals gebrochen."

„Nicht schon wieder", sagte er. „Ich komme gleich." Er wandte sich Avery zu. Sein Gesichtsausdruck wirkte berechnend, wenn nicht sogar ein wenig kalt. „Wo waren wir? Ach ja, bei Colin und Lady Jordan. Ein echtes Powerpaar, die beiden. Colin wird eines Tages das Vermögen der Tattersalls übernehmen. Wir haben außerdem das Parlament im Auge. Prinz Colin könnte der erste königliche Adlige sein, der in den Verwaltungsrat gewählt wird."

„Na, das wäre ja was." Sie wusste nicht, was sie sonst sagen sollte.

„In der Tat. Ich bin sicher, dass du ihn genauso anfeuern wirst wie seine anderen Freunde auch."

„Aber natürlich." Avery verschränkte die Arme. Worauf wollte er mit dieser Unterhaltung hinaus?

„Lady Jordan ist eine gute Partie für einen Mann, der sowohl in der Wirtschaft als auch in der Politik unterwegs ist, findest du nicht?"

„Ich kenne Lady Jordan überhaupt nicht, also kann ich dazu nichts sagen."

„Entschuldige bitte, natürlich. Wie lange ist es her, seitdem du Colin zuletzt gesehen hast?"

„Viereinhalb Jahre."

Er reckte sein Kinn zustimmend vor und wandte sich dann zum Gehen. „Genieße deine Zeit in Brighton. Wir werden uns sicher bei einem der Familienessen sehen. Ich wünsche dir einen schönen Abend."

„Ebenso." Avery drehte sich bebend zum Ballsaal und der Musik hin. Das Gespräch mit Sir Edward ließ sie unruhig zurück. Und was Colin und seine Zukunft betraf ... da wünschte sie ihm viel Glück.

„Wieso denn so nachdenklich?", flüsterte ihr eine Stimme ins Ohr. Colin schaute um die Ecke. „Du siehst recht bedrückt aus, wie du hier so alleine stehst. Das hübscheste Mädchen im Saal sollte nicht so die Stirn runzeln."

„Das hübscheste?" Avery wandte ihren Blick ab. „Ist Lady Jordan schon fort?"

Colin lachte. Was liebte sie doch den Klang seiner Stimme. „Ich meine dich."

Avery setzte ein Grinsen auf. „Ich runzele doch gar nicht die Stirn, guck."

Er sah ihr einen langen Moment lang direkt in die Augen. „Es ist schön, dich zu sehen."

„D-dich auch." Sie zitterte unter seinem Laserblick. „Dein Vater scheint von dir und Lady Jordan ehrlich begeistert zu sein." Avery war Versteckspiele leid.

„Mein Vater hat mit dir über mich und Lady Jordan gesprochen?"

„Ja, eben gerade. Er sagte, du seist zu Großem berufen und Lady Jordan sei die perfekte Begleitung dafür."

Colin verschränkte die Hände hinter seinem Rücken und sah von Avery weg, nickte jemand auf der anderen Seite des Saales zu. „Dad sagt gerne seine Meinung."

„Stimmst du ihm nicht zu?"

Er betrachtete sie. „Nicht unbedingt."

Was sollte sie nun damit anfangen? Avery musterte ihn. Mit guten 1,80 m plus hohen Absätzen waren sie auf gleicher Augenhöhe, von Angesicht zu Angesicht, Auge in Auge. Als er sie dabei erwischte, wie sie ihn anstarrte, errötete sie.

„Ich sollte gehen." Sie eilte zum Tisch hinüber und stellte ihren Becher ab.

Aber Colin erwischte sie, hielt sie am Arm fest. „Avery, warte."

Sie sah ihn an und machte sich los. „Warten? Worauf?"

Er schluckte und sah ihr tief in die Augen. „Erst einmal tut es mir sehr leid wegen deines Vaters. Ich habe ihn sehr gemocht. Er war ein guter Mann. Er war immer freundlich zu mir."

„Er war der Beste." Warum tat er das? Das Brennen der Tränen, die sich hinter ihren Augen sammelten, drohte sie zu blamieren.

„Und nebenbei tut mir leid, was zwischen uns passiert ist." Seufzend drückte er sich die Hand in den Nacken.

„Das ist lange her." Endlich wurde sie die Nervosität los und fand ihren Mumm wieder.

„Stimmt. Aber ich muss ... Na, es tut mir leid, wie alles zu Ende gegangen ist."

„Ist da etwas zu Ende gegangen?" Spottend, und im Augenblick war ihr auch alles egal, machte sie ein übertriebenes Gesicht. „Ich erinnere mich nur an eine SMS, in der du schriebst, du könntest nicht zum Abschlussball kommen, und dann – peng – nichts mehr. Ich habe nie wieder was von dir gehört." Sie rückte von ihm ab, betrachtete die Tanzenden. Die beißenden Tränen kämpften sich zurück an die Oberfläche.

„Es tut mir leid, ich hätte mit dir sprechen sollen. Ich war im Studium hinterher, und Dad hatte das Gefühl, ich hätte den Fokus verloren."

„Also steckt er dahinter, dass du mich fallen gelassen hast? Als hätte es dein Leben ruiniert, mich zum Abschlussball zu begleiten?"

„Er wollte nicht, dass ich dich fallen lasse ... ich habe dich nicht fallen gelassen ... Du musst so denken wie er. Zukunft, Zukunft, Zukunft. Wenn es nach ihm geht, beeinflusst sogar die Art und Weise, wie man sich die Zähne putzt, die Zukunft."

„Du hast mich fallen gelassen, Colin. Bewiesen durch Funkstille."

„Ich habe dich nicht fallen gelassen ..."

„Wie du meinst ..."

Colin zerrte an seinem Kragen und murmelte vor sich hin. „Es tut mir leid, aber ich musste an meine Zukunft denken. Dad hat mir geholfen, zu begreifen, dass ich mich konzentrieren musste, sonst wäre ich durchgefallen."

„Und das konntest du mir unmöglich sagen?"

Die Fragen zu stellen nahm ihr die Anspannung, die sie seit sehr langer Zeit mit sich herumgeschleppt hatte. Einen erschlagenden Glauben, er wäre aus ihrem Leben herausspaziert, weil sie nicht gut genug war.

„Ich gebe zu, das habe ich nicht besonders gut hinbekommen. Ich habe nur gedacht, es wäre einfacher für uns, wenn wir nicht mehr miteinander kommunizierten."

„Für mich war es nicht einfach." Sie verschränkte die Arme, als müsse sie sich selbst zusammenhalten.

Er seufzte. Aber als er sie geradeheraus ansah, prägte Mitgefühl seinen Gesichtsausdruck. „Mein Vater hat entdeckt, wie viel ich ausgegeben habe, um dich zu besuchen. Er hat die Uni angerufen und sich nach meinen Noten erkundigt, und die waren nicht gut. Er hat sich Sorgen um meine Zukunft gemacht."

„Hast du ihm gesagt, dass ich dir wegen deiner Lernerei in den Ohren gelegen habe? Dass ich das viele Geld infrage gestellt habe, das du ausgegeben hast, um mich zu besuchen?"

„Das hat für ihn keinen Unterschied gemacht. Das war nur der Beweis für den falschen Fokus. Er hat mich gebeten, dich nicht wiederzusehen."

Umgeben von wunderschöner Musik und Tanz, erfuhr Avery die hässliche Wahrheit.

Sie entspannte ihre Körperhaltung ein wenig. „Warum hast du mir das nicht gesagt?"

Er zuckte die Schultern, während die Haltung des selbstbewussten Prinzen sich zu der eines zurechtgewiesenen Sohnes veränderte. „Wusste nicht, wie ich dir das sagen sollte."

„Wie wäre es mit der Wahrheit? Wolltest du, dass das mit uns aufhört? Hat dein Vater nur etwas beschleunigt, was schon da war?"

Colin überdachte ihre Frage. „Ich bin mir nicht sicher."

Sie seufzte. Nun, jetzt wusste sie es wenigstens. Das nagende Gefühl, das sie immer überkam, wenn ihr Colin einfiel, musste aufhören.

„Da bist du ja, mein Lieber." Lady Jordan tauchte aus der Menschenmenge auf. „Ich habe dich verloren." Sie sah zu Avery auf.

„Meine Güte, ich dachte schon, ich hätte mir das eingebildet, aber du bist wirklich ziemlich groß."

„Jordan", sagte Colin. „Das ist ..."

„Die Schwester der Prinzessin von Brighton. Ich weiß. Ich habe dich vorhin auf dem Podium gesehen."

„Avery Truitt", sagte sie und reichte ihr die Hand.

„Jordan Skye."

„Schön, dich kennenzulernen. Dein letzter Film hat mir sehr gut gefallen."

„Wirklich? Wie wunderbar. Schön, das von einer Amerikanerin zu hören. Ich war noch nicht oft genug in den Staaten." Sie wandte sich an Colin und berührte ihn vertraut an der Schulter. „Können wir uns bitte hinsetzen?" Sie zeigte auf ein rotes Samtsofa. „Meine Füße bringen mich um. Diese Schuhe sehen in den Magazinen so toll aus, aber ..." Sie schnitt eine Grimasse und ging zur Couch. „Avery, ich habe gehört, du spielst Volleyball."

„Das habe ich gemacht, ja. Im College."

„Ich habe Lacrosse gespielt. Habe es an der Uni in die Ligaauswahl gebracht." Mit einem Blick auf Colin setzte sich Jordan und klopfte auf den Platz neben sich.

Natürlich hatte sie das geschafft. Sie hatte es einfach drauf. Kein Wunder, dass Sir Edward sie mochte.

„Also, woher kennt ihr beide euch denn?", fragte Jordan.

Avery warf Colin einen verstohlenen Blick zu. *Willst du die Geschichte erzählen?*

„Wir haben uns vor ein paar Jahren kennengelernt", sagte er, während er sich neben Jordan auf dem Sofa niederließ. „Bei Nathaniels Krönung."

„Oh, ausgezeichnet. Warum hast du mir nicht erzählt, dass du die Schwester der Prinzessin kennst?“ Mit einem Blick auf Avery lehnte sie sich spielerisch an ihn. „Er steckt voller Geheimnisse.“

„Das ist jetzt aber wirklich übertrieben“, sagte Colin empört. „Ich habe keine Geheimnisse.“

„Jeder hat doch Geheimnisse, Schatz“, lächelte Jordan. „Selbst Avery hier, stimmt's?“

„Eigentlich nicht.“ Sie fühlte sich wund und durchsichtig. Konnten sie die Wahrheit in ihren Augen sehen? Wie ihr Kleid an der Stelle zitterte, wo ihr Herz trommelte?

„Was gefällt dir denn am besten an Brighton? Oh, Colin, ich habe vergessen, dir zu erzählen, dass Jeremiah Gonda überlegt, einen Film basierend auf den Geschichten um die Pembroke Chapel zu machen. Er hätte mich gerne für den Part der Lady Charlene.“ Jordans Glucksen passte zu ihr. Es war verführerisch und sexy. Im Vergleich dazu wirkte Avery wie eine welke Blume. „Erfolg kommt nicht davon, was du weißt, sondern wen du kennst. Egal, jedenfalls haben Madeline und Hyacinth alle dazu gebracht, über die alte Tradition des Glockenläutens nachzudenken. Hast du davon gehört, Avery? Am Ender der Erntefeier steigt ein junger verliebter Mann auf den Turm der Pembroke Chapel und zieht gleich nach Mitternacht am Glockenstrang, um aller Welt seine Liebe kundzutun.“

„Davon habe ich noch nicht gehört, nein.“

Jordan klopfte wieder auf das Sofa. „Setz dich doch bitte. Ich verrenke mir noch den Hals, wenn ich zu dir hochschauen muss.“

Colin rutschte auf, damit Avery sich neben ihn setzen konnte. Warum konnte sie sich nicht einfach entschuldigen und vom Acker machen? Diese Unterhaltung war, wie einem Zugunglück zuzuschauen. Sie konnte sich der Faszination des Ganzen einfach nicht entziehen, hier mit Colin und mit Lady Jordan zu sitzen, mit den ganzen Fragen, die in ihrem Kopf auftauchten, jetzt, wo sie von Colin die Wahrheit erfahren hatte.

Sie verstand den Druck von seinem Vater. Sie verstand sogar, warum er für den Abschlussball absagen musste. Aber das Schweigen, sie ohne Weiteres so abzuwürgen? Früher hatten sie über alles geredet. Warum also nicht darüber?

„... ist das nicht verrückt, Avery? Der Knabe, der die Glocke läutet, muss bis Weihnachten das Herz seiner wahren Liebe gewinnen und sie dann heiraten." Jordan plauderte immer noch über die Tradition mit dem Glockenturm. „Ich habe mit Hyacinth gesprochen, und sie ist ganz versessen darauf, dass jemand dieses Jahr die Glocke läutet." Sie ließ ihren Arm über Colins Bein fallen. „Was meinst du, Lieber? Ist jemand hier im Saal wohl verliebt genug, um die Glocke zu läuten?"

„Das gilt nicht nur in diesem Saal, auch in der ganzen Stadt." Er veränderte seine Haltung, wirkte unbehaglich, vermied es, Avery anzuschauen. So kam es ihr jedenfalls vor. „Im ganzen Land sogar. Wenn er dazu entschlossen ist. Wenn er es rechtzeitig hierherschafft."

„Eine Minute nach Mitternacht", sagte Jordan, die mit einer Kopfbewegung ihr Haar über die Schulter warf. „Wir werden sehen. Was meinst du, Avery? Würdest du jemanden heiraten, der versucht, dich in 24 Tagen zu umwerben?"

„Kommt drauf an, wer."

„Sagen wir mal, David da drüben." Sie winkte Lord Chrysler zu, der vorbeiging. „Oder Prinz Colin hier."

Avery schluckte. Eine unwillkommene Hitze stieg ihr ins Gesicht. „I-ich weiß nicht. Wie steht es mit dir? Würdest du jemanden in 24 Tagen heiraten, sagen wir mal, Prinz Colin, wenn er die Glocke für dich läutete?"

Colin rutschte vor und beäugte Avery kritisch mit gerunzelter Stirn.

„Colin, würdest du die Glocke für mich läuten?" Jordans Haltung war eine Mischung aus Fopperei und Verlockung. „Wie romantisch."

„Ja, na ja, also heute läutet jedenfalls keiner diese Glocke. Am allerwenigsten ich."

„Am allerwenigsten du?" Jordan lachte unbeeindruckt und kein bisschen beleidigt, so selbstsicher und in sich ruhend. „Und warum?"

„Weil ich nicht an die wahre Liebe glaube."

„Was? Jetzt machst du aber Witze, mein Lieber. Wer glaubt denn nicht an die wahre Liebe?", fragte Jordan trällernd. „Ich weiß nicht, ob ich überhaupt atmen könnte, wenn ich nicht an die wahre Liebe glauben würde. Wie ist es mit dir, Avery?"

„Nein, ich glaube auch nicht an die wahre Liebe."

„Keiner von euch beiden? Ts, ts, dagegen müssen wir aber etwas tun. Nach der Geschichte, die deiner Schwester passiert ist, glaubst du doch sicher an Märchen, oder? Willst du nicht eines Tages deinen eigenen Prinzen finden?"

„Vielleicht wollte ich das mal." Avery stand auf, um zu gehen. „Aber jetzt nicht mehr."

Kapitel sechs

23:50

Colin rannte im Schatten des Grenzwalds, der Stratton Palace umgab. Er hatte den Tanz zusammen mit Guy verlassen, sich die Rucksäcke geschnappt, die dieser hinter der Palasthecke versteckt hatte, und war im hellen Mondlicht auf und davon. Der Horizont war ein scharfer Kontrast zum bernsteinfarbenen und weißen Leuchten der Stadtlichter.

Stratton Palace befand sich auf dem Gipfel eines Hügels mitten in Cathedral City, umgeben von gut einem Quadratkilometer Wald. Eine Oase inmitten der Geschäftigkeit und dem Trubel des Hauptstadtlebens.

Ein Arm des Flusses Condor verlief an der Ostgrenze, und Colin hatte in seiner Jugend viele Sommernachmittage damit zugebracht, in diesen Gewässern zu angeln.

Aber heute ging es ihm um seine private Tradition. Und darum, Avery zu entkommen. Seit ihrem Gespräch war er aufgewühlt. Es belastete ihn.

„Pass auf den Zweig auf." Guy duckte sich lachend beim Rennen, sein Rucksack rutschte ihm von der Schulter.

Während der Woche war Guy ein betriebsamer Unternehmer, der Internetfirmen zum Start verhalf, Speicherplatz und Dienstleistungen verkaufte. Aber heute waren Colin und er wieder wie Kinder. Sorgenfrei kletterten sie mit ihrem Bier und ihren Pfeifen auf die Turmspitze und feierten mit sentimentalen Gesprächen über ihre Jugend in den neuen Tag und in die Vorweihnachtszeit hinein.

Die Bierflaschen klapperten in seinem Rucksack, als Colin dem niedrig hängenden Ast auswich und freies Gelände betrat. Die kurze Distanz zwischen Waldrand und der Tür zum Turm sprintete er.

Colin erreichte die grob behauenen Bretter und nahm lachend einen tiefen Atemzug. „Wir sind keine 15 mehr, weißt du. Wir brauchen uns nicht wie Jungs aus dem Ballsaal davonzuschleichen. Wir können auch einfach über den Rasen gehen, wenn wir das wollen."

„Wo bleibt da der Spaß? Außerdem wird es zu einem Wettrennen mit der Presse, wenn uns auch nur einer von denen sieht." Guy wies Colin mit einer Geste an, er solle die Tür öffnen. „Komm schon, es ist kalt."

Colin ließ seinen Rucksack auf die steinerne Schwelle fallen und holte seine Panzerknackerausrüstung und seine Taschenlampe heraus. Vor ein paar Jahren hatte er versucht, den ordentlichen Schlüssel für die Tür zu bekommen, aber Nathaniel hatte kein Interesse daran gehabt, dass der Schlüssel zu der gefährlichen alten Familienkapelle in der Stadt die Runde machte.

Außerdem hatte er wissen wollen, warum Colin den Schlüssel haben wollte. Hatte er vor, den uralten kalten Turm mit den glitschigen, gefährlichen Stufen zu betreten? Ja, dann hatte Nathaniel doch tatsächlich davon gesprochen, er würde den Ort in Augenschein nehmen und vielleicht sogar abreißen lassen wollen. Also hatte Colin hinterher den Mund gehalten und sich fortan damit begnügt, das Schloss zu knacken.

„Warum dauert das denn so lange?", fragte Guy.

„Hetz mich nicht. Das alte Vorhängeschloss wird mit jedem Jahr rostiger."

„Meinst du, irgendein liebeskranker Kerl hat *Madeline & Hyacinth live!* gesehen? Und kommt jetzt hierher und will diese Glocke läuten?"

„Schau dich doch um, Alter. Wir sind weit und breit die Einzigen hier. Und wenn einer das doch probieren sollte, sind wir ja hier, um ihn aufzuhalten und ihn wieder zur Vernunft zu bringen."

Im Schein seiner Taschenlampe sah Guy nach der Uhrzeit. „Fünf Minuten vor zwölf. Es wird langsam knapp."

Die Bolzen des Vorhängeschlosses gaben nach, und der Bügel ging auf. Colin schwang die Tür auf und trat mit einer Verbeugung zur Seite. „Du zuerst. Alter vor Schönheit."

Guy fuhr mit dem Lichtstrahl seiner Taschenlampe über die gewölbten Stufen der Wendeltreppe. „182 glitschige, abgenutzte Stufen. Lass uns vorsichtig sein, Kumpel, wir wollen hier nicht den Prinz Michael auf dem Turmboden machen."

Guy war es, der diese private Tradition begonnen, der sich diesen Moment ausgedacht hatte, in dem sie die Weihnachtszeit mit einer schmauchenden Tabakspfeife und einem erhobenen Pint begrüßten. Und acht Jahre lang waren sie ihr treu geblieben.

Colin platzte stolpernd durch die Tür zur Turmkammer, als der zwölfte Glockenschlag in der Stadt verhallte. Er ließ sich gegen die Wand fallen, atmete schwer, füllte seine Lungen und lehnte sich dann gegen den nächsten offenen Steinbogen.

„Auf die Weihnachtszeit." Er zerrte seine Pfeife und eine Flasche Bier aus seinem Rucksack.

Guy gesellte sich mit erhobener Flasche zu ihm. „Auf Weihnachten."

„Und auf frohe Feiertage."

„Auf die Liebe."

„Auf die Liebe?" Colin schnitt seinem Freund eine Grimasse und trank einen Schluck von seinem bitteren Gebräu. Es war ein altes brightonsches Rezept, entwickelt von den Minenarbeitern, um sie während der langen heißen Nachmittage zu erfrischen.

„Auf die Liebe. Steht dieser Turm nicht genau dafür? Zum einen für die Liebe zu Gott, wenn man sich für so was interessiert. Und zum anderen für die Liebe zu der Dame deines Herzens." Guy prostete dem Mond zu. „Auf die Liebe."

„Du klingst, als würdest du die Glocke läuten wollen, Guy. Um Lady Sarah bis zum Weihnachtsmorgen für dich zu gewinnen."

„Ich traue meinen Ohren nicht. Nimm deine Worte zurück. Willst du mich so jung ins Grab bringen?" Guy lehnte sich gegen die Pfeiler des Fensterbogens. „Du dagegen ... Du hast zwei großartige Optionen."

„Da spricht das Bier aus dir, Mann. Ich habe keine ‚Optionen'."

„Bist du blind? Du hast Lady Jay. Die ist umwerfend. Und dieses Riesenmädchen. Avery. Wow. Du hast nie erzählt, dass sie solche Beine hat. Bis zum Kinn."

„Stopp, Guy. Hör einfach auf."

„Ah, da habe ich wohl was getroffen. Was ist es? Denkst du darüber nach, die Glocke zu läuten? Als Erster nach 182 Jahren? Es wäre nur passend, wenn es ein Prinz wäre." Guy stupste ihn mit seiner Flasche an. „Komm schon, brich den Fluch von Prinz Michael."

„Ich läute diese Glocke nicht." Colin sah zu dem uralten Ding auf. „Ich bezweifle, dass sie überhaupt noch läuten würde."

„Also, dann kann es doch nicht schaden. Zieh mal ein bisschen an dem Seil. Nun komm, sag es mir, für wen würdest du die Glocke läuten? Ist das nicht Teil unserer Tradition? Unser Innerstes preiszugeben?"

„Wenn du so scharf darauf bist, dann sag du es mir. Für wen würdest du die Glocke läuten?"

Guy trank grinsend aus seiner Flasche. „Sarah."

„Sarah? Ha! Echt jetzt? Trotz eurer ganzen Zankerei bist du in sie verliebt?"

„Pschsch, sei leise. Sonst hört sie dich noch mit ihren großen Fledermausohren."

„Das sind ja Riesenneuigkeiten. Warum sagst du es ihr nicht?"

„Und verderbe den ganzen Spaß?" Guy sah aus dem Fenster. „Außerdem, was ist, wenn sie mich abblitzen lässt?"

„Feigling." Sollte er damit herausplatzen? Sarah liebte ihn. Oder sollte er es ihm überlassen, das selbst herauszufinden?

„Ich sehe ja doch auch nicht, wie du die Glocke für die Frau läutest, die du liebst."

„Weil ich keine liebe."

„Lügner."

„Das ist immer noch besser als Feigling."

„Immerhin habe ich zugegeben, dass ich sie liebe. Ich habe es ihr nur noch nicht gesagt. Du kannst noch nicht einmal das zugeben."

Colin wurde ernst. „Da gibt es nichts zuzugeben."

Die Freunde verstummten. Dann prostete Guy einmal mehr dem Mond zu. „Auf die Liebe, mit all ihren Geheimnissen."

Colin hob ebenfalls seine Flasche, stieß aber nicht auf die Liebe an. Nicht wenn Avery so nah und doch so fern war. Wie leicht es gewesen war, die Luft zu reinigen und die Wahrheit zu sagen. Nun, immerhin das meiste. Den Rest würde sie nie erfahren. Was sollte das auch bringen?

„Was hat die Liebe an sich, dass sie Furcht einflößend ist?"

Er lehnte sich aus seinem Fensterbogen und sah Guy von außen an, dessen sonst so perfekt frisiertes Haar in der sanften Brise über die Stirn strich.

„Die Menschen machen es so schwer. Ich glaube nicht, dass das je im Sinne des lieben Gottes war."

Der Blick über die sich hinter den Bäumen ausbreitende Stadt war eine von Colins liebsten Aussichten. Neben ihm blieb Guy leise, nachdenklich.

Colin drehte sich zur anderen Seite und kümmerte sich um die Last auf seinem Herzen. Avery zu sehen brachte alles wieder zurück. Sie faszinierte ihn. Er mochte sie. Nein, er liebte sie.

„Herr", sagte er flüsternd, über der Öffnung seiner Bierflasche, „für Avery würde ich die Glocke läuten, wenn sie meine Ehefrau sein könnte."

Colin schloss die Augen und stellte sich vor, wie seine Worte vor dem Himmelsthron herumflatterten, wo der unsterbliche, unsichtbare, weise Gott, der über das Universum wachte, auch über ihn wachte.

Der Wind setzte aus. Dann ...

Hinter ihm erhob sich ein Klappern. Colin drehte sich um, als gerade die Glocke zu schwingen begann. Das schwere bronzene Stück schwang von Seite zu Seite, höher und höher, als erwachte es aus einem tiefen Schlaf. Schauer liefen ihm über die Haut.

Colin fuhr zu seinem Freund herum. Hielt der den Glockenstrang in der Hand? „Was um alles in der Welt passiert hier?"

Aber der stand mit den Händen über den Ohren an die Wand gepresst. Die Glocke schwang höher, tönte lauter und lauter.

Colin ging zu dem Seil hinüber. Der verwitterte und ausgefranste

Hanfstrick war immer noch an der Wand eingehakt. Das Läuten vibrierte durch ihn hindurch, raubte ihm den Atem, die Gedanken.

„Lass uns hier verschwinden." Guy schnappte sich seinen Rucksack und machte sich zur Treppe auf.

„Ich bin hinter dir." Colin sammelte seine Sachen ein und spurtete zu den Stufen. Sein Fuß rutschte über den Steinboden. Er stolperte vorwärts und fing sich gerade noch rechtzeitig an dem klapprigen Geländer, doch seine Bierflasche fiel ihm aus der Hand und taumelte abwärts, abwärts, abwärts, bis sie unten am Boden zerschellte.

Guy leuchtete ihm ins Gesicht. „Das war knapp."

In der Turmkammer läutete weiter die Glocke, der Ton wurde immer heller und lauter.

„Was ist mit dieser verflixten Glocke los?"

Colin wusste es. So sicher, wie St. Nikolaus der Weihnachtsmann war, wusste er es. *Gott, was machst du da?* „Geh einfach. Bevor jeder im Palast das hört und uns unten an der Tür abfängt."

„Ich hab Schiss", murmelte Guy. „Hier spukt es. Prinz Michael läutet die Glocke von seinem Grab aus."

„Sei nicht dumm, Kumpel." Colin trieb Guy die schlüpfrigen Stufen hinunter. Von Geistern oder dass Prinz Michael herumspuken sollte, wusste er nichts, aber er verstand wohl, wenn Gott ein Gebet erhörte.

Aber was hatte das zu bedeuten?

Als sie unten ankamen, hielt Guy Colin auf, indem er ihm die Hand auf die Brust legte. „Ich gehe zuerst da raus. Sonst stehst du voll im Rampenlicht. Alle werden denken, du hättest die Glocke geläutet, und die Presse wird sich wie wahnsinnig darauf stürzen, dass du Lady Jay heiratest."

„Was ist mit dir? Werden sie von dir nicht auch etwas erwarten?“

„Nur dass ich allen einen Streich spiele. Ich bin kein Prinz, also werde ich das Gröbste übernehmen, der Erste sein, der rausgeht. Du rennst an mir vorbei und schleichst dich auf die andere Seite des Turms. Dann kehrst du zum Palast zurück, wenn der ganze Trubel vorbei ist.“

Colin klopfte seinem Freund auf die Schulter. „Ich bin dir was schuldig.“

„Nicht der Rede wert. Wie könnte ich zulassen, dass ein Prinz von Brighton beschuldigt wird, er habe nach zweihundert Jahren zum ersten Mal wieder die Ernteglocke geläutet? Es wird der Wahnsinn werden.“ Guy begann, zur Tür zu gehen, stockte aber. „Aber jetzt mal unter Freunden, im Namen der Tradition, als diese Glocke geläutet hat – aus welchem abgefahrenen Grund auch immer –, da hast du doch an jemanden gedacht, oder? Sag's dem alten Guy. Komm schon.“

Colin schüttelte den Kopf. „Hör mal, da draußen sind Stimmen. Sie kommen.“

Guy kauerte sich nieder. „Fertig?“

Colin hockte sich zu Guys Rechten. Wenn er sich recht erinnerte, war gleich hinter dem Turm eine kleine Senke. Er würde in die Dunkelheit hechten und sich in den Schatten verstecken.

„Fertig? Los!“ Guy trat gegen die Tür, aber anstatt hinauszurennen, drückte er sich an die gegenüberliegende Turmmauer. Colin dagegen, der schon in Bewegung war, rauschte mitten in das blendende Blitzen der Kameras hinein.

„Prinz Colin, Sie haben die Glocke geläutet!“

„Für wen hat das Stündchen geschlagen?“

„Haben Sie vor, sie am Weihnachtsmorgen zu heiraten?"

„Haben Sie sie für Lady Jordan geläutet? Hey? Ist sie da draußen? Lady Jay, was sagen Sie?"

„Nein, nein, bitte ..." Er hielt die Hände hoch und beschattete seine Augen gegen die blendenden Lichter. Guy, dieser miese, zu nichts zu gebrauchende ... Der Typ hatte sich in ihrer langen Freundschaft schon das eine oder andere geleistet, aber das hier schoss wirklich den Vogel ab. „Ich habe die Glocke nicht geläutet."

Die versammelten Reporter und Zuschauer lachten. „Klar, wer denn sonst?"

Gott? Er wäre die reinste Lachnummer. „Guy Smoot." Colin zeigte auf den Turm. „Er war mit mir da oben. Warum fragen Sie nicht ihn?"

„Aber bitte, Prinz Colin. Erzählen sie es uns. Es gibt keinen Guy Smoot, stimmt's?"

Colin warf einen verstohlenen Blick in den Turm. Guy war nicht zu sehen. Er hatte sich über die Seite davongemacht, war in die Schatten gehechtet und verschwunden.

Er stellte sich der Presse und nahm allen Mut zusammen. „Es gibt nichts zu erzählen. Ich sage die Wahrheit. Ich habe die Kapellenglocke nicht geläutet."

Kapitel sieben

Als um Mitternacht das Läuten der Kathedralenglocken erklang, drängte der ganze Ballsaal durch die offenen Türen in die Säulenhalle hinaus – ein prachtvoller, eindringlicher Klang.

Sechs herrliche Gebäude aus Stein und Marmor an verschiedenen Orten in der Stadt schlugen im Gleichklang die Mitternachtsstunde, und der Palast lag genau in ihrer Mitte. Die Vibrationen schüttelten Avery so, dass sie ihren Herzschlag nicht mehr spüren konnte.

Die kalte Luft fühlte sich angenehm an auf ihrer warmen Haut. Dank David hatte sie zwei neue Reigentänze gelernt und die letzte halbe Stunde damit verbracht, zu schreiten, zu stampfen, Achten zu gehen, sich um sich selbst zu drehen und von Seite zu Seite zu wechseln ... und zu lachen. Sie hatte es dringend nötig, zu lachen. Um endlich die Tür zu schließen und zu verriegeln, auf der Prinz Colin geschrieben stand.

Es war gut, die Wahrheit zu hören. Egal, wie schmerzhaft das war. Aber dass er sie abgewiesen hatte, hielt länger an ihr fest, als ihr lieb war.

Als der zwölfte Glockenton schlug, dessen tiefer Klang, wie es schien, aus allen Richtungen widerhallte, wandte sich Nathaniel an die Gäste.

„Ich heiße Sie und euch in der Vorweihnachtszeit willkommen. Möge sie für alle eine glückliche Zeit werden!“

Die Gäste jubelten zum Gruß und wünschten dem König und seiner Familie dasselbe, während sie sich wieder in den Ballsaal bewegten, wo sie bis zur Morgendämmerung tanzen würden.

Avery lehnte sich gegen die steinerne Brüstung und hob ihr Gesicht in den Wind. Sie genoss den letzten grandiosen Klang der Kathedralenglocken. Es war, als wetteiferten die Glocken alle miteinander um den schönsten Ton. Sie stellte sich vor, dass es sich im Himmel ein bisschen so anhören würde wie beim Klang dieser Glocken.

Dann, wie ein verspäteter Gast zum Ball, erklang plötzlich eine einzelne Glocke. Ihr tiefer Ton war nicht so voll wie der der Kathedralenglocken, aber klar und eindringlich, als würde er eine ganz eigene Botschaft überbringen.

Die Gäste hielten lauschend ein. Ihre Stimmen fingen leise an und hoben sich dann zu einem aufgeregten Summen.

„Pembroke?"

„Die Kapellenglocke ..."

„Ist da jemand im Glockenturm?"

„Was ist hier los? Erklärt da etwa jemand seine Liebe?"

Ein Fotograf drängte an Avery vorbei und eilte die Stufen hinunter. „Bei König Stephen, da hat jemand die Glocke geläutet!", rief er.

Drei weitere Fotografen folgten. Das Leuchten ihrer Blitzlichter hüpfte durch die Palastanlagen. Die hübsche, schmuckbehangene Fernsehfrau Hyacinth schoss wie aus der Pistole geschossen mit ihrem Kameramann davon. „Ich hab's gewusst, ich hab's gewusst!"

Avery schob sich bis zur Kante des marmornen Vorbaus und lehnte sich in den Klang hinein. Ihr Herz flatterte in ihrer Brust. Der Ton dieser besonderen Glocke hallte nicht durch sie hindurch, sondern sank tief in sie hinein und ließ sich dort nieder. Einen Augenblick lang konnte sie nicht atmen.

David trat neben sie. „Sag nicht, dass irgendein armer Trottel die alte Kapellenglocke geläutet hat.“ Er gluckste und sah sie an. „Sie bringen heißen Apfelpunsch heraus. Möchtest du einen Becher?“

„Warum wäre er ein Trottel?“

Manche der Gäste waren jetzt an der Sache dran. Sie kraxelten die Stufen der Säulenhalle hinunter, benutzten ihre Telefone als Taschenlampen und rannten durch die Schatten des Palasts auf den Glockenton zu, der immer noch laut und deutlich erklang.

„Seine wahre Liebe bis Weihnachten zu gewinnen. Keine leichte Aufgabe. Ah, da ist Guy Smoot. Wer hat denn wohl die Glocke geläutet, mein Guter?“

Mit den Händen in den Hosentaschen kam Guy zu ihnen herüber. „Keine Ahnung, obwohl ich gehört habe, es könnte Prinz Colin gewesen sein.“

Colin? Avery fiel gegen den kalten Stein. *Sag jetzt nicht, dass ich hier bin, um seine Heirat mit Jordan aus erster Hand mitzuerleben.*

Der Chefbutler erschien in dem breiten Türsturz, seine dunkle Silhouette zeichnete sich gegen das helle Licht des Ballsaals ab. „Heißer Apfelpunsch, Tee und Kakao, meine Herrschaften. Und zu Ehren Seiner Majestät körbeweise Krapfen.“

Krapfen. Nathaniels Leibspeise. Ein für Brighton typisches luftiges, aber etwas zähes, mit Zucker und Zimt überpudertes Schmalzgebäck.

„Wollen wir?“ David bot ihr seinen Arm an.

Avery zögerte. Sie starrte weiter in den Park. Colin hatte sich vorhin noch so entschieden gegen das Läuten der Glocke ausgesprochen. War das nur ein Bluff gewesen?

„Wen suchst du?“, flüsterte David ihr ins Ohr.

„Niemanden.“ Avery sah zu ihm hoch. „Ich bin nur neugierig wegen des ganzen Trubels da unten.“

„Glaub mir, wir werden die Geschichte früh genug hören." David führte sie nach drinnen zu den Tischen mit den Erfrischungen. „Madeline und Hyacinth werden sich wie die Geier daraufstürzen. Wer auch immer diese Glocke geläutet hat ... sein Leben wird nicht mehr ihm gehören."

„Seins? Was, wenn es eine ‚Sie' war?" Avery konnte sich gut vorstellen, dass Lady Jordan zu so etwas in der Lage war.

„Eine ‚Sie'? Na, das wäre eine unerwartete Wendung in der Geschichte. Mir gefällt, wie du denkst, Avery. Ah, hier wären wir. Die berühmten Krapfen."

Als David ihr einen mit Stechpalmenzweigen bemalten Porzellanteller reichte, erregte ein Tumult auf der Tanzfläche ihre Aufmerksamkeit.

Umgeben von Reportern, Fotografen und der Fernsehmoderatorin Hyacinth, schritt Colin mit finsterem Gesichtsausdruck durch den Ballsaal.

„... aber seit 182 Jahren hat niemand mehr die Glocke geläutet." Hyacinth sprang neben dem Prinzen her, versuchte, mit ihm Schritt zu halten, was ihr enger Rock jedoch sehr erschwerte.

„Mir ist durchaus bewusst, wie viele Jahre vergangen sind, aber ich sage Ihnen doch, ich habe die Glocke nicht geläutet." Colin ging weiter, entschlossen, aber ohne erkennbares Ziel, und feuerte Avery im Vorübergehen einen schnellen Blick zu. In seinen Augen spiegelte sich seine Frustration.

Das Orchester war wieder auf seinem Platz, nahm die Instrumente auf und stimmte das erste Weihnachtslied der Saison an.

Die Tanzenden und die Zuschauer versammelten sich um die Empore und erhoben singend ihre Stimme.

Herbei, o ihr Gläub'gen, fröhlich triumphieret ...

Avery sang, während sie den Blick über ihr Umfeld gleiten ließ. Sie entdeckte Colin im Schatten einer Säule in einem vertraulichen Gespräch unter vier Augen mit Lady Jordan. Sie versuchte, nicht zu glotzen, konnte aber auch nicht wegschauen.

Sie schienen zu streiten. Lady Jordan ging weg, wirbelte dann mit weit ausgebreiteten Armen wieder zu ihm herum.

Das war kein angenehmer Abend, beziehungsweise Morgen, für ihn.

Das Orchester spielte ein weiteres Weihnachtslied, ein tief bewegender, melancholischer Klang. „*O komm, o komm, Immanuel ...*"

Tränen stiegen in Averys Augen. Die Molltöne rührten an ihren Gefühlen, an ihrer Sehnsucht nach Daddy und dem, was sie sich mit Colin erträumt hatte. Die fünf Monate, in denen sie ihn geliebt hatte, hatten tiefe Hoffnung in ihr Herz gesät.

An ihrem letzten Abend zusammen waren sie aufgeblieben und hatten sich im Medienzimmer des Palasts die Avenger-Filme angeschaut, sich über die Handlungen gestritten, darüber, was echt war und was nicht – nichts davon, natürlich –, um sich dann darüber zu streiten, welcher der Superhelden sie am liebsten wären.

Colin wollte Ironman sein, aber Avery ebenfalls. Allein schon wegen der Rüstung. Daher versuchte er, sie zu überreden, Natascha zu nehmen.

„*Warum, weil ich ein Mädchen bin? Ich finde,* du *würdest eine großartige Natascha abgeben.*"

„*Du spinnst doch. Dann wäre ich noch eher Loki als Natascha.*"

„*Loki? Perfekt!*" *Sie lachte schallend.* „*Das passt perfekt zu dir.*"

„*Das kann nicht dein Ernst sein. Nimm das zurück.*"

Er schnappte sie und zog sie an sich, lehnte sich in die Sofakissen zurück und küsste sie.

Am darauffolgenden Morgen war Chaos angesagt gewesen in der königlichen Küche. Wo waren die Krapfen? Sie waren extra für Nathaniels Frühstück mit dem Premierminister und den Ausschussvorsitzenden bestellt worden.

Uuups.

Colin und sie hatten noch nie so gelacht, waren in sein Auto gesprungen und um fünf Uhr in der Früh zu Franklins Bäckerei gesaust, wo sie an die Hintertür geklopft und Mr. Franklin um Notfallkrapfen angebettelt hatten.

„Avery?“ David beugte sich vor, um ihr ins Gesicht zu sehen. „Du lächelst. Was ist so lustig?“

„Ich habe mich nur an etwas erinnert.“

„Ja? Erzähl doch mal.“ Davids Flirtversuche fielen auf unfruchtbaren Boden. Colin hatte sie für jeden anderen Mann unbrauchbar gemacht. Eine Wahrheit, der sie ins Auge sehen musste. „Oh, schau, da ist ja Colin mit Jordan. Ich glaube, wir können annehmen, dass der Prinz die Glocke geläutet hat. Für sie.“

„Meinst du, er war es?“ Sie versuchte, beiläufig zu klingen, gleichgültig. „Was würdest du tun, David? Würdest du für Lady Jordan die Glocke läuten? Sie ist umwerfend und sexy, berühmt, wohlhabend und scheint trotzdem ziemlich bodenständig.“ Ah, Colin *musste* die Glocke für sie geläutet haben. Sie war perfekt für ihn und seine aristokratische Zukunft im Parlament.

David näherte sich ihr und verschränkte seine Finger mit Averys. Die intime Geste traf sie völlig unerwartet. „Lady Jay ist eigentlich nicht mein Typ.“ Er schenkte ihr ein Zwinkern, das sie gleichzeitig wärmte und irritierte. „Ich mag große Frauen mit kastanienbraunem Haar und Südstaatenakzent viel lieber.“

Kapitel acht

1. Dezember
24 Tage bis Weihnachten

Madeline & Hyacinth live!

Madeline: „Wir haben heute eine wirklich großartige Sendung für Sie vorbereitet. Wir sind schon ganz aufgeregt."

Hyacinth: „Aufgeregt ist gar kein Ausdruck, meine Liebe!"

Madeline: „Hy war gestern Abend im Palast, als Prinz Colin doch tatsächlich die Glocke der alten Pembroke Chapel geläutet hat."

Hyacinth: „Aber warte mal, Maddie. Der Prinz leugnet es. Er sagt, er habe die Glocke überhaupt nicht geläutet."

Madeline: „Aber trotzdem war er der Einzige am Glockenturm."

Hyacinth: „Ganz genau! Also haben wir es mit einem großen Geheimnis zu tun. Warum verleugnet er es? Hat er es sich auf dem Weg nach unten anders überlegt? Für wen hat er die Glocke überhaupt geläutet?"

Madeline: „Das sind alles Dinge, über die wir in der Sendung heute sprechen wollen." Sie machte eine ausladende Handbewegung zum Bildschirm hinter sich. „Und wir machen einen Countdown von jetzt an bis zum Tag der Offenbarung, an dem wir erfahren werden, für wen das Stündlein geschlagen hat – am Weihnachtsmorgen." Das Publikum applaudierte.

Hyacinth: „Wir haben exklusive Aufnahmen. Das Läuten der

Glocke hat eine ganz neue Faszination für diese alte Tradition ausgelöst. Die ganze Twittergemeinde brodelt über der Frage: ‚Wer hat denn nun *wirklich* die Glocke geläutet?'"

Madeline: „Aber du warst doch da, Hy. Du hast gesehen, wie der Prinz aus dem Glockenturm herausgekommen ist."

Hyacinth: „Genau, und das werden wir unseren Zuschauern auch gleich zeigen." Sie zeigte auf eine Strichliste in Glockenform an der Studiowand hinter ihr. „Wir wollen, dass Sie alle mit uns mit am Ball bleiben. Unsere Mitarbeiter haben das ganze Wochenende über an einer App gearbeitet, die Sie sich herunterladen können. Hat Prinz Colin die Glocke geläutet? Wenn ja, für wen? Teilen Sie sich Ihren Freunden mit, finden Sie neue Freunde, geben Sie bis Heiligabend Ihre Vermutungen ab. Nach Weihnachten losen wir die Gewinnerin oder den Gewinner aus."

Madeline: „Die- oder derjenige darf mit uns die erste im Fernsehen übertragene Neujahrsparty feiern." Das Publikum jubelte und applaudierte.

Hyacinth: „Ich wünsche mir so sehr eine weihnachtliche Prinzenhochzeit." Sie seufzte. „Prinz Colin schwört, er habe die Glocke *nicht* geläutet. Aber ich bin mir sicher, er will uns nur abschütteln. Ich habe gesehen, wie er aus dem Glockenturm gekommen ist, noch während die Glocke geläutet hat. Wenn er sie nicht geläutet hat, wer dann?"

Madeline: „Liebe Zuschauerinnen und Zuschauer, wenn Sie etwas Verdächtiges sehen oder hören, rufen Sie bitte in der Redaktion an oder schicken Sie uns eine Nachricht über unsere Facebookseite. Oder Sie twittern Ihre Entdeckung an @madandhylive mit dem Hashtag #prinzcolinhatdieglockegelaeutet".

3. Dezember
22 Tage bis Weihnachten

Colin machte sich nicht die Mühe, die morgendlichen Schlagzeilen anzuschauen. Sowohl die *Liberty Press* als auch der *Informant* brachten immer noch Berichte über das Glockenläuten und druckten Fotos von Colin, wie er aus dem Turm kam, während sie darüber spekulierten, wann er Lady Jordan einen offiziellen Heiratsantrag machen würde.

So hatte er sich den Beginn der Vorweihnachtszeit nicht vorgestellt. Die fröhlichen Klänge der weihnachtlichen Melodien, die aus den Lautsprechern in seinem Büro drangen, schafften es nicht, die gefühlvollen Stellen seiner Seele zu erreichen. Stattdessen war er aufgekratzt und gereizt. Es schien, als wäre die Saison schon ruiniert, bevor sie überhaupt angefangen hatte.

Dad klopfte an seine Tür. „Hast du die Zeitungen gesehen? Sie sind immer noch an dir dran."

„Ich habe aufgehört, sie zu lesen." Er entsorgte das noch zusammengefaltete Heft im Papierkorb neben seinem Schreibtisch. „Hat Hornsby dich erreicht? Er sagt, in der Gewerkschaft in Hessenberg braut sich was zusammen. Wir werden die Produktionsquoten nicht erreichen, wenn wir das nicht ausgebügelt bekommen."

„Ich habe um zehn Uhr eine Telefonkonferenz. Wäre mir ganz recht, wenn du dabei wärst." Dad ließ sich auf dem Stuhl gegenüber von Colin nieder. „Nun? Willst du über diese Glockengeschichte reden?"

Colin sah von seinem Telefon auf. „Die Konferenz um zehn schaffe ich." Weil er zu einem Team gehörte, das sich mit der Entwicklung neuer Geschäftskonzepte beschäftigte, verbrachte er viel Zeit mit Recherche und damit, sich mit Unternehmern in ganz Westeuropa zu vernetzen. „Und was soll es schon zu reden geben? Die Glocke läutete, als ich zufällig auch in dem Turm war."

Dad gluckste, lehnte sich zurück und schlug die Beine übereinander. „Die Zeitungen schreiben, du hättest die Glocke aus Versehen geläutet. Wie kann man denn bitte *aus Versehen* eine Dreihundert-Kilo-Glocke läuten? Bist du gestolpert? Bist übers Geländer gefallen und hast dich am Glockenstrang festgehalten, um dein Leben zu retten?"

„Ich habe nie gesagt, es sei ein Versehen gewesen. Ich sagte, dass ich sie *überhaupt nicht* geläutet habe." Colin schritt zum Fenster. Sein Büro im 20. Stockwerk bot ihm eine himmlische Aussicht über Cathedral City und den sich dahinwindenden Fluss. „Die haben von sich aus angenommen, es sei ein Unfall gewesen."

„Wer hat die Glocke dann geläutet?"

Colin sah seinen Vater über die Schulter an. Sir Edward war ein vom Profit getriebener Mann, der in seinem robusten Leben keinen Platz für Glaubensfragen hatte.

Colin hatte vieles mit seinem Dad gemeinsam – Sport, die Liebe zur Natur, die Marine, das Familienunternehmen –, aber als er in dem Sommer, als er 16 wurde, auf einer Zeltfreizeit mit der Jugendgruppe seiner Kirche den lebendigen Gott kennenlernte, war sein Pfad von dem seines Vaters abgewichen.

Ihr gemeinsamer Glaube war einer der Gründe, warum er Avery liebte. Sie teilte seine Liebe für alles Heilige.

„Colin? Hast du mich gehört? Wer hat die Glocke geläutet?"

„Du würdest es mir nicht glauben, wenn ich es dir erzählte."

„Versuch es."

Ein Klopfen erklang an Colins Tür. Dads Assistentin Eden huschte mit einem Kaffee herein. Er nahm ihn dankend an und beäugte Colin über den Rand der Tasse.

„Was macht es schon, Dad? Ich heirate niemanden am ersten Weihnachtsfeiertag."

Dad senkte seine Tasse und stellte sie auf die Untertasse. „Warst du an dem Abend alleine?"

„Smoot war bei mir."

Dad verengte die Augen. „Hat er die Glocke geläutet?"

„Nein." So gerne er das auf Guy abgewälzt hätte – und wäre das nicht gerecht? –, hatte er kein Interesse, die Rechnung in aller Öffentlichkeit zu begleichen. Solche Sachen wurden oft hässlich und zerstörten Freundschaften. Er würde mit Guy schon anders quitt werden. Gar kein Zweifel.

„Dann musst du es gewesen sein. Warum versuchst du, der Sache auszuweichen? Ist Lady Jordan mit einer Hochzeit am Weihnachtsmorgen einverstanden? Dann sieh besser zu, dass ihr vorankommt. Frauen wie Lady Jay brauchen Zeit, um ein Kleid vorzubereiten. Jeder Designer in der westlichen Welt wird Schlange stehen, um mit ihr ins Geschäft zu kommen." Wenn Dad sich erst einmal auf einen Gedanken eingeschossen hatte, hatte es keinen Sinn mehr, ihn davon abzubringen. „Es ist so lange her, dass jemand die Glocke des Pembroketurms geläutet hat, dass dein Handeln wirklich beachtenswert ist. Du brichst den Fluch von Prinz Michael, indem du die alte Tradition wieder zum Leben erweckst." Dads Grinsen zeugte von seinem Wohlwollen. „Noch in zukünftigen Jahrhunderten wird das Volk von Brighton sich an Prinz Colin Edward Stratton Tattersall als denjenigen erinnern, der die Tradition der Erntefeier wiederbelebt hat. Nach 182 Jahren hat ein mutiger Mann endlich wieder die 182 Stufen in Angriff genommen, um seine Liebe zu verkünden. Das ist zitatwürdig. Gut gemacht, mein Sohn."

Colin lehnte sich an die Wand. Er sollte es einfach sagen. Aber ... „Zitatwürdig hin oder her, ich habe diese Glocke nicht geläutet. Willst du, dass ich für etwas in die Geschichte eingehe, was ich gar nicht getan habe?"

Dad beugte sich vor. Sein intensiver Blick bohrte sich durch Colin. „Was soll das Zögern? Warum die Aufregung? Gib einfach zu, dass du ... Ah, ich verstehe. Hat Jordan dich abgewiesen?"

Dad, der zweite Sohn eines Geschäftsmanns und Unternehmers, trug in seinen Knochen den tiefen Wunsch, auf dieser Welt seine Spuren zu hinterlassen – sei es durch seine drei Kinder, sein riesiges Unternehmen oder dadurch, dass er den Namen der Tattersalls in die königliche Familie und damit in die Geschichte Brightons eingebracht hatte.

Die Tochter seines Königs zu heiraten war ein großartiger Anfang gewesen. Dad war außerdem ein Traditionalist, ein Familienmensch, der tiefe Gefühle für Brighton hegte.

„Die hätte mich abgewiesen, kein Zweifel. Aber ich habe sie gar nicht gebeten, mich zu heiraten. Und das habe ich auch nicht vor." Sie war außer sich vor Wut gewesen an dem Abend. Regelrecht wild in ihrem Protest, dass sie sich nicht von ihm zur Heirat manipulieren lassen würde, wo ihre Karriere gerade an einem entscheidenden Punkt angekommen war.

„Wie kannst du so etwas bringen, mich so unter Druck zu setzen, dich zu heiraten. Jetzt werden alle erwarten, dass ..."

„Entschuldige mal, aber hörst du mich vielleicht einen Antrag machen? Komm mal von deinem hohen Ross runter, Jay. Ich habe überhaupt nicht vor, zu heiraten.“

Der Streit war weitergegangen und hatte zu einem schrecklichen Kopfschmerz geführt.

„Colin, das ergibt keinen Sinn.“

Natürlich nicht. Aber ergab das Eingreifen der Hand Gottes für einen Ungläubigen überhaupt je einen Sinn?

„Smoot und ich gehen jedes Jahr zum Glockenturm“, begann Colin, um Dad von seinem *Wer hat die Glocke geläutet?* abzubringen. Er wollte sein Herz, sein Gebet um Avery, nicht preisgeben. Der Gedanke an sie fühlte sich allzu intim an. Als wäre es etwas, das er ganz alleine mit dem Herrn klären musste. „Um Mitternacht. Wir nehmen uns ein paar Flaschen Bier und eine Pfeife mit, reden über die Vergangenheit ... und über die Zukunft.“

Dads Miene verfinsterte sich. „Was erzählst du mir da gerade nicht?“

„Dass unsere Privattradition jetzt offengelegt ist. Wir werden vermutlich nie wieder alleine da hochkönnen. Wir werden uns gegen die Massen wehren müssen.“

„Geht es um das Truitt-Mädchen?“

„Nein ... nein.“ Das hörte sich in seinen Ohren an wie eine Lüge.

Aber Dad drang nicht weiter. „Ich verstehe schon. Du willst dir nicht in die Karten schauen lassen.“ Er stand auf, stellte klappernd Tasse auf Untertasse und sah auf die Uhr. „Trotzdem möchte ich dich ermutigen, es mit Lady Jordan zu versuchen.“ Dads Lächeln, sein persönliches Siegel der Zustimmung, das Colin hoch schätzte, fühlte sich heute manipulativ an. „Sie ist perfekt für dich.“

Das sagte er ohne Frage. Ohne den leisesten Zweifel, an dem Colin hätte ansetzen können. Seine Liebe zu seinem Vater wurde nur von der fortwährenden Kontrolle getrübt, die der Mann in Colins Leben haben wollte.

Dad hatte das nicht durchdacht. Wenn er nämlich wirklich eine solide Partie für seinen Sohn wollen würde, würde er sehen, dass Lady Jordan nicht die Richtige dafür war. Sie hatte ihre eigenen Träume und Pläne.

Colins Beziehung zu ihr unterschied sich sehr von der, die er mit Avery gehabt hatte. Als er Avery traf, hatte er sich auf der Stelle verliebt. Wenn ein 21-jährige Student so etwas von sich behaupten konnte.

Nur an sie zu denken ließ seine Hände feucht werden und sein Herz laut schlagen. Schlaf bedeutete ihm gar nichts, wenn er stattdessen mit ihr skypen konnte.

Öfter, als er zählen konnte, war er nachts aufgewacht, hatte nach seinem Telefon gegriffen und ihr geschrieben. Ich denke an dich.

Die Sehnsucht nach ihr schmerzte ihn. Das, von dem er geglaubt hatte, es würde eine lustige Freundschaft werden, hatte sich Hals über Kopf in Liebe verwandelt. Wie könnte er sich danach mit weniger zufriedengeben?

Sein Herz sehnte sich nicht nach Jordan. Manchmal dachte er tagelang überhaupt nicht an sie. Wenn er nachts aufwachte, schüttelte er sein Kissen auf und schlief wieder ein.

Seine Gefühle beiseitepackend, kehrte Colin an seinen Schreibtisch zurück und ging seinen Tagesplan durch.

„Colin, hör mal.“ Dad schaute noch einmal herein. „Mach dir nicht zu viele Gedanken um diese Heiratsgeschichte. Das ist ein

Arrangement, ein Vertrag. Man verhandelt. Macht Kompromisse. Sieht zu, dass alle Beteiligten damit zurechtkommen."

Colin betrachtete seinen Vater und weigerte sich, diesen kalten und kalkulierten Vorschlag zu akzeptieren. „Ich habe gedacht, dass Ehe mehr sei. Ich bin für dich da, du für mich, wir stehen zueinander. Dass Liebe der Bund ist, der einen neben der Verpflichtung zusammenhält. Ich kann Jordan nicht heiraten, nur weil das gut fürs Geschäft ist."

„Ehe ist ein Arrangement. Manchmal vom Herzen, manchmal vom Kopf her. Im besten Fall eine Mischung aus beidem. Jordan ist gut für dich, gut für uns, unser Unternehmen, deine zukünftige politische Karriere." Dads Augen leuchteten. „Es zeigt dem Königreich, dass du ein Mitglied der königlichen Familie bist, für das unser Land an erster Stelle steht. Du wirst nicht ausscheren, um eine Amerikanerin zu heiraten. Was sagt es denn über unsere Frauen, dass unser König und sein Bruder Ausländerinnen geheiratet haben?"

„Ich hoffe, es sagt ihnen, dass sie den Menschen heiraten sollen, den sie lieben." Colin entdeckte seine Teetasse. Er nahm sie und nippte, aber der Tee war kalt geworden. „Hast du Mum deswegen geheiratet? Weil es dir einen Vorteil verschafft hat?"

„Da war auch Liebe dabei. Zuneigung. Aber es war auch ein gutes Arrangement. Für uns beide."

Den Blick starr auf die Wand gerichtet, lehnte Colin sich zurück. „Ich werde die Sache im Sande verlaufen lassen. Werde mich bedeckt halten. Und hoffentlich mein Weihnachten genießen." Eigentlich hatte er diese Woche seine Weihnachtseinkäufe erledigen wollten, aber mit der Presse auf den Fersen ...

Dad breitete die Hände ergeben aus, während er zur Tür ging.

„Du machst zu viel aus dem Ganzen. Mach Jordan einfach einen Heiratsantrag. Ich zweifle sehr daran, dass sie dich abweisen würde. Egal, was sie bei der Erntefeier gesagt hat. Übrigens ist der Ring deiner Großmutter immer noch im Schließfach bei Lord & Gladwell." Dad hielt in der Tür an. „Aber ich nehme an, das weißt du bereits, nicht wahr?"

„Ja, das weiß ich."

Kapitel neun

5. Dezember
20 Tage bis Weihnachten

Am Montagnachmittag traf sich Avery mit ihrer Schwester in der Palastgarage, wo zwei Sicherheitsleute neben einem dunklen Range Rover warteten.

Heute war sie in schwesterlichen Angelegenheiten unterwegs und besuchte gemeinsam mit Susanna eine weihnachtliche Wohltätigkeitsveranstaltung.

„Bitte komm mit mir mit. Das wird lustig. Ich habe irgendwie das Gefühl, wir werden nicht genug Zeit miteinander verbringen, wenn du nicht mitkommst. Ich habe so einen vollen Terminkalender."

Aber sie brauchte gar nicht zweimal zu fragen oder anfangen zu betteln. Avery liebte es, mit ihrer Schwester zusammen zu sein.

„Sind wir so weit?" Susannas Absätze klackerten laut auf dem gefliesten Boden der Garage.

Der Sicherheitsmann öffnete Susanna die Tür, sie stieg ein, und Avery schlüpfte hinterher.

Sie war früh aufgewacht. Draußen fiel Schnee und hüllte die Palastanlagen in Weiß. Auf den Tannenbäumen glänzten immer noch die Lichter.

Mit den Gedanken immer noch bei Colin, drückte Avery ihre Stirn gegen die Fensterscheibe. Die Wahrheit über seine Gefühle machte ihrem Herzen weiter zu schaffen. Sie war eine Ablenkung gewesen. Jemand, den man um des großen Ganzen willen besser abtat.

Aber sie hatte ihm gar nicht im Weg stehen wollen. Sie hatte ihn ermutigt, all das zu tun, was sein Vater von ihm erwartete. Sie hatte ihm die ganze Zeit über wegen seines Studiums und seines Zeitmanagements in den Ohren gelegen.

In ihrem jungen Leben hatte sie nie von Romanzen und Heiraten geträumt, sondern davon, Volleyball zu spielen und andere zu trainieren. Selbst als Kind liebte sie es, ihre Freunde in den Sportarten, die sie betrieben, zu fördern.

Dann hatte sie Colin getroffen, und – puff! – all ihre Wünsche waren verschwunden. Stattdessen war eine neue Sehnsucht eingezogen. Mit 17 war aus ihrem Plan A ein Plan B geworden.

Wenn sie Colin nicht heiratete, würde sie Volleyball spielen oder trainieren. Aber sie war völlig verliebt gewesen, ohne auch nur den Hauch eines Zweifels.

„Alles klar bei dir?", fragte Susanna.

Avery lächelte ihre Schwester an. „Mir geht es gut." Sie klopfte mit den Knöcheln ans Fenster. „Ich liebe den Schnee und die Weihnachtsdekoration."

Brighton verwandelte sich um diese Jahreszeit in eine klassische Weihnachtsszene aus der alten Welt, mit kostümierten Chorsängern und dekorierten Häusern und Geschäften.

„Es wird interessant mit dem Schnee beim Basar gleich, der wird nämlich draußen im Park stattfinden. Normalerweise schneit es im Dezember noch nicht so viel."

„Ja, also, was genau ist das denn noch mal, wo wir jetzt hinfahren?"

„‚Verdien-ein-Pfund-und-kauf-ein-Geschenk' heißt das Ganze." Susanna strich ihren Mantel glatt. „Etwa hundert Kinder haben an einem Programm teilgenommen, in dem sie gelernt haben, wie man Dinge werkelt oder bastelt, die man verkaufen kann. Ihre Einnahmen sind dann für Weihnachtsgeschenke, die sie für ihre Familien und Freunde kaufen wollen, gedacht."

„Das sollte Spaß machen. Auch im Schnee."

„Es ist ziemlich süß, ehrlich, so ein bisschen wie die Werkstatt vom Weihnachtsmann. Viele Lichter. Stände, an denen heiße Schokolade und Süßigkeiten verkauft werden. Heizpilze an den Durchgangswegen. Letztes Jahr war es echt schön."

„Ich werde nach etwas Ausschau halten, das ich meiner neuen Nichte oder meinem neuen Neffen schenken kann."

„Avery ..." Susannas Tonfall wurde ernst. „Colin wird da sein."

Avery betrachtete Susanna und zuckte dann mit den Schultern. „Es ist ein freies Land."

„Wir sind beide zusammen die Gastgeber dieser Veranstaltung."

„Schön für ihn. Und für dich." Avery starrte aus dem Fenster, wo der moderne Teil von Cathedral City an ihnen vorbeizog.

„Hör auf", sagte Susanna.

Avery sah auf. „Womit?"

„Damit, so zu tun, als läge dir nichts an ihm. Ich habe dein Gesicht gesehen, als er in den Ballsaal zurückgekommen ist, nachdem er die Glocke geläutet hat. *Falls* er die Glocke geläutet hat. Wer kann schon glauben, was die Zeitungen schreiben?"

„Wie kannst du mein Gesicht gesehen haben? Du warst am anderen Ende des Saals."

„Ich habe Röntgenaugen. Außerdem bin ich deine Schwester und kann deine Haltung noch aus einem Kilometer Entfernung lesen."

Avery lachte. „Du wirst immer meine große Schwester sein, oder?"

„Ja." Dann: „Liebst du ihn noch?"

„Das hast du mich schon mal gefragt."

„Ich frage dich noch einmal."

„Nein, tu ich nicht. Und bitte frag nicht noch mal."

Während der Wagen sich unter den von Laterne zu Laterne gespannten Weihnachtslichtern durch die schmalen Straßen arbeitete, brachen die Wolken auf, und die Sonne tauchte den Horizont in ein leuchtendes Rosa.

Avery lehnte sich gegen ihr Fenster und sah zu, wie die Altstadt vorbeiglitt. Erinnerungen an ihre erste Reise nach Brighton mischten sich mit der gegenwärtigen Wirklichkeit. An jenem Tag hatte sie aus dem Fenster gehangen, so begierig, alles zu sehen, zu berühren, zu kosten. Sie war blauäugig gewesen. Und offenherzig. Wie gemacht dafür, dass Colin hereinspazierte und sich darin niederließ.

„Er ist nicht zu dem Abschlussball gekommen, weil sein Vater sagte, ich sei eine Ablenkung."

Susanna schwieg, bis Avery sie ansah. „Ich habe mich gefragt, woran es wohl lag. Edward ist ziemlich anspruchsvoll. Sehr ambitioniert, was Colin angeht."

„Ich mache ihm keinen Vorwurf. Ich würde mir auch das Beste für mein Kind wünschen."

„Was, wenn du das Beste für ihn bist?"

„Offenbar bin ich das nicht."

„Das weißt du nicht sicher."

„Ähm, doch. Ich würde mal sagen, viereinhalb Jahre Funkstille sollten Beweis genug sein." Diese Karussellfahrt der Spekulationen fraß an ihr.

„Ich will nur, dass du glücklich bist." Susanna drückte Averys Hand. „Ich erinnere mich, wie es war, als du zur Welt gekommen bist. Mama und Daddy hatten gerade wieder geheiratet. Ich war so aufgeregt. Die Familie war wieder heil. Als sie mir dann erzählten, dass Mama schwanger sei, war ich furchtbar eifersüchtig. Dieses Baby würde die Eltern haben, die ich nie gehabt hatte. Dann habe ich dich das erste Mal in meinen Armen gehalten und bin dahingeschmolzen. Du hast da so was an dir. Du bringst Herzen zum Schmelzen."

„Andererseits haut auch kaum etwas eine Zwölfjährige so sehr um wie ein süßes, weiches Baby."

„Nein, ich hatte vorher schon reichlich kleine Babys auf dem Arm gehabt. Es lag an dir, dein süßes ... alles. Plötzlich konnte ich mir ein Leben ohne dich nicht mehr vorstellen."

„Wieso kommst du denn jetzt darauf?", fragte Avery.

„Daddy hat immer gesagt, du seist das Siegel auf unserer Familie. Der Beweis für Gottes Liebe und dafür, dass er Wunder tut. Und er hat dich verwöhnt. Das haben wir ja alle."

„Worauf willst du hinaus?"

„Manchmal funktionieren Dinge im Leben nicht so, wie sie sollen. Du hast also Colin geliebt, und der hat dich dummerweise gehen lassen. Entschuldigung, dass ich schon wieder davon anfange. Aber nichts davon ändert etwas daran, wer du bist, wozu Gott dich berufen hat. Du bist eine erstaunliche Frau. Verliere das nicht aus den Augen, nur weil ein Mann das nicht zu schätzen weiß. Wen kümmert es, was Colin will? Was sein Vater will? Gott ist für dich. Was willst du vom Leben, Avery?"

„In der nahen Zukunft einen Trainerposten."

„Dann mach das. Du wirst eine großartige Trainerin werden. Und was wünschst du dir zu Weihnachten?" Susanna grinste. „Ich habe noch nicht angefangen, einzukaufen."

Sie unterhielten sich übers Einkaufen und Geschenkideen, Weihnachtsfeste der Vergangenheit, lachten und betrachteten die Passanten auf der Market Avenue. Ein Mann fiel ihnen auf, der so über und über mit Taschen beladen war, dass sie sein Gesicht nicht erkennen konnten.

„Kleiner Tipp für ihn: Onlineshopping", sagte Avery und brachte Susanna damit zum Lachen.

Aber in ihrem Inneren war sie unruhig. Besorgt, weil sie Colin in wenigen Minuten sehen würde. Unter ihrem Mantel war ihr gleichzeitig heiß und kalt.

Die Wahrheit sah so aus, dass sie nicht wusste, was sie wollte – das Einzige, was sie sicher wusste, war, dass sie ihre Gefühle für ihn los sein wollte. Egal, was sie sich selbst sagte, gingen sie einfach nicht weg. Sie musste sie irgendwie zerstören und über ihn hinwegkommen. Ein für alle Mal.

Das Auto rollte an den Bordstein des Maritime Parks, der sich in ein Winterwunderland verwandelt hatte. Wie aufs Stichwort nahm der Schneefall zu.

Die Sicherheitsleute sprangen aus dem Auto und öffneten Susanna und Avery die Türen.

Fotografen sprangen herbei und machten Fotos, bevor die Leibwächter sie verscheuchten. Entlang der sich windenden Wege versammelten sich die Kinder mit ihren Klassenkameraden, Eltern und Lehrern hinter ihren Marktständen. Jeder Stand war mit selbstgemalten weihnachtlichen Bildern geschmückt, und Aufregung und Lachen lagen in der Luft.

Im Amphitheater spielte ein Quintett Weihnachtslieder.

„Da sind Sie ja, Eure Majestät." Eine stämmige Frau in einem dicken Mantel und einem Klemmbrett in der Hand kam lächelnd auf Susanna zu. „Es wird Zeit, dass Sie die Veranstaltung eröffnen. Vor dem Südeingang warten begierige Kunden in einer Schlange, die bis zum Market hinunterreicht."

„Prächtig." Susanna zeigte auf Avery. „Mrs. Woodrow, ich möchte Ihnen gerne meine Schwester vorstellen: Avery Truitt."

„Miss Truitt, wir sind ja so froh, dass Sie hier sind, um auszuhelfen." Die Frau überflog ihr Klemmbrett. „Sie sind am Cupcakestand. Nummer 15."

„Ich?"

„Ihre Majestät sagte, es sei in Ordnung, wenn wir Sie ebenfalls einteilen."

„Ja, natürlich, aber ..." Avery sah Susanna an und schnitt eine Grimasse.

„Ach, nun komm, das wird Spaß machen. Du willst doch nicht nur in der Gegend herumstehen, oder?"

Dann eben der Cupcakestand. Sie mochte Cupcakes. Sie hatte während des Colleges sogar massenhaft davon gebacken. Es war ihre Art gewesen, sich zu entspannen, dadurch hatte sie ein bisschen was vom Rib Shack nach Ohio, zu ihren Freunden und Mannschaftskameradinnen gebracht. Die Herrenmannschaft war jedenfalls auch sehr gerne vorbeigekommen, wenn ein Cupcakeabend angekündigt gewesen war. Ha! Nicht einmal *das* hatte ihr einen Mann verschafft. „Wo muss ich noch mal hin?"

Avery schaute sich im Park um. Er war voller Stände und Buden, die entlang freigeschaufelter Wege standen und von älteren Kindern und Jugendlichen umgeben waren, die vorfreudig darauf warteten, endlich Geschäfte zu machen.

„Stand Nummer 15." Mrs. Woodrow zeigte hinter Avery. „Gleich da drüben. Sie werden Prinz Colin zur Hand gehen."

Kapitel zehn

Er beobachtete Avery, während er an den Basarmitarbeitern vorbeiging, hier und da Hände schüttelte und sich darum bemühte, nicht irgendwo aufgehalten zu werden. Sein Vorschlag, Avery an den gleichen Stand zu stellen wie ihn, war problemlos angenommen worden. Mrs. Woodrow schöpfte anscheinend keinen Verdacht. Er hoffte nur, dass sie ihn nicht verriet.

Sei ganz normal, Kumpel. Wie bei eurer ersten Begegnung. „Hallo." Er begrüßte sie vor der Bude. „Ich habe gehört, dass du mit mir im Cupcakestand arbeitest."

„Eigenartiger Zufall."

„Wohl wahr." Er streckte die Hand nach der kleinen Tür aus. „Aber Mrs. Woodrows Klemmbrett können wir uns nicht widersetzen." War das ein schwaches Grinsen auf ihren Lippen?

„Ich mache das für Susanna." Avery duckte sich hinter ihm in die Bude.

„Man muss sich schon ins Zeug legen, wenn man in Brighton ist. Die Familie hilft der Familie. Hast nicht du mir das mal gesagt, als ich St. Simons besucht habe? Du hast mir eine Schürze umgebunden und mich zur Fritteuse geführt."

„Du warst ein guter Fritteusenmann", sagte sie.

Er war an einem späten Freitagabend auf der Insel angekommen und hatte sie mit einem spontanen 24-Stunden-Besuch überrascht. Ein Freund von der Uni war mit dem Privatjet seines Vaters herübergeflogen, und Colin hatte ihn dazu überredet, in Savannah zu landen.

Ihr Gesicht, der Geschmack ihrer Lippen auf seinen, während

sie am nächtlichen Strand spazieren gegangen waren, wo sich ihre Zehen in den kühlen, rauen Sand gegraben hatten, waren den Preis wert gewesen, den er bezahlt hatte. Schlafmangel und eine schlechte Note für eine Hausarbeit, die er gleich nach seiner Rückkehr hatte abgeben müssen.

„Er-erwartet ihr viele Leute? Bei dieser Veranstaltung?", fragte Avery und griff nach einer der Schürzen, die an einem Haken an der blanken Sperrholzplatte hingen.

„Ich hoffe darauf. Das ist jedenfalls das Ziel des Ganzen."

Ihnen gegenüber im Park beobachteten Sicherheitsleute durch die Menschenmenge hindurch den Marktstand. Gratulanten, neugierige Bürger und die Presse verlangsamten ihren Schritt, wenn sie an ihnen vorbeikamen.

„Prinz Colin, Peggy Monarch vom *Informanten*." Sie lehnte sich mit den Ellbogen auf dem Tresen in die Bude hinein. „Haben Sie die Glocke für Lady Jordan geläutet? Geben Sie es zu. Wir wissen doch, dass es so ist."

„Nicht heute, Peggy."

Er wich der Frage mit einem Winken und einem Lachen aus und fühlte bei jedem seiner Schritte die Wärme von Averys Anwesenheit neben sich. Er hatte sich dazu entschlossen, die Angelegenheit mit ihr unter vier Augen anzusprechen, während sie sich darauf vorbereiteten, Cupcakes zu verkaufen, aber es hatte sich schon eine Schlange mit Kunden gebildet.

„Hier." Colin reichte ihr eine Schachtel Cupcakes. „Ich nehme an, wir stellen die am besten in die Auslage."

Er krümmte sich, machte sich kleiner, weil er mit dem Kopf der niedrigen Decke gefährlich nahe kam. Avery, die sich ebenfalls duckte, stülpte ihm die andere Schürze über.

„Ich weiß nicht, ob ich hier drin überhaupt stehen kann."

„Ich habe nicht vor, am Weihnachtsmorgen zu heiraten", sagte er ohne Vorrede.

Sie sah ihn kaum an. „Du bist mir keine Erklärung schuldig."

Doch, das war er. Um seiner selbst willen. Um ins Reine zu kommen. „Ich wollte nur, dass du das weißt." Er band sich die Schürzenbänder um die Jacke.

„Schön. Also, was ist jetzt mit diesen Cupcakes?" Avery griff nach mehreren Schachteln und stieß sich zweimal den Kopf. Lachend betastete sie ihren Scheitel. „Ich kann hier drin nicht arbeiten."

Die Frau zu sehen, in die er sich verliebt hatte, weckte all seine Sinne. Wenn nicht eine Horde Menschen sie angestarrt hätte, hätte er seine Arme nach ihr ausgestreckt, ihren Duft eingeatmet und ihr gestanden, wie sehr er sie vermisst hatte. Die Worte schwirrten in seinem Herzen herum, blieben aber hinter der Grenze des guten Benehmens eingesperrt.

„Können wir bitte einen Cupcake haben, Eure Majestät?"

„Nur Colin, bitte ..." Er lächelte und schaute Avery mit einem komischen Gesicht an. „Möchtest du dich um das Geld kümmern? Oder ich?"

„Du. Ich könnte ein Pfund nicht von einem Ha'penny unterscheiden."

Er lachte. „Ha'penny? Das Wort habe ich ja schon ewig nicht mehr gehört. Die gehören seit fünfzig Jahren nicht mehr zur geltenden Währung."

„Siehst du." Sie entdeckte eine Metallschatulle auf dem unteren Regalboden und reichte sie ihm weiter. Im Inneren fand er Münzen und Scheine als Wechselgeld. „Ich werde draußen arbeiten." Sie hielt zwei Schachteln hoch. „Wie viel kosten die?"

„Man hat mir gesagt, es gäbe eine Preisliste." Colin untersuchte die Regalbretter. „Ah, hier. Vier Cupcakes kosten zehn Pfund. In einer Schachtel sind jeweils vier Stück. Das Geld geht vollständig an die Kinder."

„Okay. Dann können wir." Avery drängte nach draußen.

Colin folgte ihr mit der Geldkassette. „Du verteilst die Schachteln, ich kassiere. Dann können die guten Leute hier weitergehen."

Er erwischte sie auf dem Weg nach draußen und hielt kurz die Luft an, als ihre braunen Augen seine trafen. „Du glaubst mir doch, oder? Ich habe die Glocke nicht geläutet. Bitte, ich brauche jemanden auf meiner Seite."

Sie sah ihn gequält an. „Ich glaube nicht, dass mich das was angeht."

„Prinz Colin, bitte, lassen Sie die junge Frau doch. Ich hätte jetzt gerne meine Cupcakes, damit ich weitergehen kann."

Avery schenkte der vorlauten Frau ein strahlendes Lächeln. „Sind schon unterwegs." Sie reichte eine der Schachteln weiter. „Bitte schön. Vier zu zehn Pfund. Das Geld geben Sie bitte dem Prinzen."

Colin beeilte sich, das Geld einzusammeln, und arbeitete sich dann mit Avery durch die Menschenmenge. Der Sicherheitsdienst blieb immer an ihrer Seite.

„Sie sind ja ... groß."

Avery sah zu dem gedrungenen Mann mit dem Winterbärtchen hinunter. „Und stolz darauf."

Colin grinste kopfschüttelnd, sammelte Geld ein, hielt oft an, um Selfies zu machen. Die Sicherheitsleute hielten sich mit ihrem Protest zurück, obwohl der Zulauf größer wurde. Aber Avery war der eigentliche Publikumsmagnet. Nicht er. Sie war aufrichtig und offen, demütig ohne Affektiertheit, und die Menschen merkten das.

Zügig brachten sie die Schachteln unters Volk. Nach einer Stunde waren nur noch wenige übrig. Avery ging zum Stand zurück, um zwei weitere Schachteln zu holen, und reichte Colin ein Bündel Geldscheine. „Die geben einfach mir das Geld. Ich hoffe, es stimmt so."

Colin blätterte durch die Banknoten. „Sieht richtig aus. Du weißt, dass du langsamer machen und mich mit dir gehen lassen könntest."

„Wo bliebe dann der Spaß?" Sie grinste. Das erfüllte ihn mit Wärme und Licht, sein Herz und sein Verstand waren voll auf Empfang. Wenn das hier so weiterging, brauchte er seine Winterjacke nicht mehr. Trotz Kälte und Schneegestöber.

Es war zu einfach, in ihrer Nähe zu sein. Sie berührte ihn. Brachte ihn dazu, dass er laut in die Welt hinausrufen wollte, dass er sie noch liebte.

Die Nachfrage nach den Cupcakes brach plötzlich ein, sodass Avery über den Hauptweg schlenderte und rief: „Cupcakes, besorgen Sie sich Cupcakes!"

Mehrere Kinder versammelten sich um sie, die jeweils ein Küchlein wollten. Avery öffnete die Schachtel, um sie an sie zu verteilen.

Und dann erschien zu Colins großer Überraschung Guy Smoot, bei dem sich Lady Sarah untergehakt hatte.

„Ich habe gehört, dass du einen Marktstand betreibst, aber ich konnte es kaum glauben." Er widmete seine Aufmerksamkeit Avery. „Erinnerst du dich an mich? Guy Smoot. Ist schon eine Weile her."

Sie hielt ihm die Hand hin. „Schön, dich zu sehen, Guy."

„Das ist Lady Sarah."

„Freut mich, dich kennenzulernen", sagte Sarah, die sich auf Guys Arm abstützte. „Ich habe gehört, du seist diejenige, die ..."

„... die mir hilft, Cupcakes zu verkaufen." Colin drängte sich zwischen die beiden Frauen und schnitt Sarah das Wort ab. Ihm fiel gerade wieder ein, dass seine Freunde von der Uni viel zu viel wussten.

„Warum kaufst du nicht die letzten paar Schachteln, Guy? Hilf den Kindern." Colin nahm Avery zwei Schachteln ab und drängte sie seinem Freund auf.

„Hmmm ..." Guy inspizierte den Inhalt. „Scheint ziemlich unspektakulär, beinahe langweilig, nur ein paar Pfund für einen Karton Cupcakes auszugeben."

„Nicht alles muss so aufregend sein wie ein Sprung aus einem Flugzeug", sagte Sarah.

„Ganz genau. Endlich mal jemand mit ein bisschen Verstand." Colin forderte Guy mit einer Geste auf, zu bezahlen. „Das macht dann zwanzig Pfund. Wenn du sie nicht willst, schenk sie den Leuten im Altenheim."

Guy grub ein Bündel Geldscheine aus seiner Hosentasche. „Ich sag euch was ..." Er zog einige Scheine heraus. „Avery, wie viel würde es wohl kosten, wenn du den Prinzen mit einem Cupcake bewirfst? So mitten ins Gesicht?"

Colin lachte höhnisch. „Du bist ja verrückt geworden. Hör nicht auf ihn."

„Was meinst du?" Guy pulte noch einen Schein aus der Rolle in seiner Hand. „Fünfzig Pfund? Hundert?"

„Smoot, sie wird mich nicht mit einem Cupcake bewerfen."

„Schön, zweihundert Pfund, aber dann musst du ihn auch genau zwischen die Augen treffen."

„Das ist lächerlich." Wollte Guy ihn an so einem schönen Tag echauffieren? „Avery, hör einfach nicht hin."

„Deal." Sie schnappte sich das Geld von Guy, bevor der lächeln konnte. „Zweihundert Pfund. Ein Cupcake. Genau zwischen die Augen."

„Horrido, Avery. Gut gemacht, meine Gute. Aber lass mich das Geld besser noch ein bisschen festhalten. Nur für den Fall, dass du danebentriffst."

„Oh, ich werde nicht danebentreffen." Sie gab das Geld Colin weiter. „Tu das bitte in die Kasse."

Das war Wahnsinn. Sie würde ihn doch sicher nicht ernsthaft mit einem Cupcake bewerfen. „Avery, wenn du denkst, ich stelle mich hierhin und ..."

„Zieh dir das über." Avery zog sich die Schürze über den Kopf. „Wickle dir die Schürze um den Hals. Du weißt schon, nur falls ich doch danebenschieße." Ihr verwegenes Grinsen ließ sein Herz höher schlagen. „Schließlich wollen wir nicht deinen schicken Kaschmirmantel mit Zuckerguss ruinieren."

„Im Ernst?"

„Zieh dir die Schürze an, ich werfe nämlich gleich, ob du bereit bist oder nicht."

Da sah er es. Das Glitzern in ihren Augen. Das Funkeln, das er so sehr liebte. Sie musste das tun. Und er musste es sie tun lassen.

„Kommt alle zusammen", rief Guy und winkte den Passanten zu. „Prinz Colin hat sich im Namen der Wohltätigkeit einverstanden erklärt, sich zur Zielscheibe zu machen. Zweihundert Pfund gibt es, wenn diese amerikanische Spitzensportlerin ihn mit einem Cupcake zwischen die Augen trifft."

Rufe und Gejohle wurden laut, während die Leute näher kamen. Das Spektakel wollten sie sich nicht entgehen lassen.

„Da lege ich einen Fünfer drauf!" Ein Mann im Hintergrund winkte mit seinem Portemonnaie.

„Wie wunderbar! Sonst noch jemand?" Sarah setzte sich in Bewegung, rief nach Geld und sammelte es ein. „Es ist für die Kinder."

„Ich möchte gerne offiziell protestieren", sagte Colin, der sich dafür entschieden hatte, erst seinen Mantel auszuziehen, bevor er sich die Schürzen überstreifte. Mantel und Kasse verstaute er in der Bude. Die frische, belebende Luft fuhr in seine Hemdsärmel, und der fallende Schnee schien fast fröhlich zu tanzen.

„Komm schon, das wird lustig." Avery schlüpfte ebenfalls aus ihrer Jacke und offenbarte ihren langen, schlanken Körper, der in einem taillierten blauen Kleid steckte. „Ich verspreche dir einen sauberen Schuss", sagte sie, reichte Sarah ihre Jacke und beugte sich dann zu ihm vor, machte ihm die volle Kraft ihrer Gegenwart bewusst.

Sie haute ihn beinahe um. Sie brachte ihn durcheinander.

Er konnte nicht denken, und seine Fähigkeit, ein Schürzenband zur Schleife zu binden, blieb auf der Strecke.

„Brauchst du Hilfe?", zog ihn Guy lachend auf.

„Nein, ich hab's schon."

Murmelnd befestigte er die Schürze um Hals und Schultern. Sollte er je an seiner Zuneigung für Avery zweifeln, brauchte er sich nur an diesen Moment erinnern. Sie verhexte ihn.

„Bereit?" Sie war so nahe, dass er die Wärme ihrer Haut spüren konnte. Noch ein Schritt, und ihre Körper würden sich berühren. Es schmerzte vor Verlangen, er wollte sie halten, sie küssen. „Ich verspreche dir, dich genau zwischen die Augen zu treffen."

„Bist du dir da so sicher? Ich glaube, nicht einmal der Kapitän der Kricketmannschaft könnte mit solch einem Bravourstück prahlen."

„Nein, der natürlich nicht." Spöttisch lachend ging Avery mit ihrem cremeverzierten Wurfgeschoss in der Hand zurück. Guy instruierte sie, zeigte, welche Wurfdistanz er haben wollte, und zog mit seinem Handschuh eine Linie in den Schnee.

Die Zuschauermenge war so dicht, dass Colin nicht mehr weit in den Park sehen konnte. Leute hielten ihre Handys bereit. Ihre Stimmen waren wie ein menschlicher Trommelwirbel.

Das würde demütigend werden. Es sei denn, sie schoss daneben. Oh, warum hatte er nur so ein Gefühl, dass sie nicht danebentreffen würde?

„In Ordnung", rief Guy. „Wir sind so weit."

Als er die Entfernung sah, entspannte sich Colin. Avery war eine erstklassige Sportlerin, aber bei der Distanz würde sie ihn kaum zwischen die Augen treffen. Er strich sich die Schürze glatt und überprüfte, ob sie sein Hemd auch wirklich vollständig bedeckte. Das hatte er gerade erst neu für die Weihnachtssaison gekauft.

„Schieß los, wenn du so weit bist, Avery." Er hatte nicht vor, die Augen zu schließen. Er wollte mit offenen Augen dabei zusehen, wie ihr Versuch viel zu kurz vor ihm in den Schnee plumpste.

Avery trat mit dem Cupcake in der Hand an die Linie. Sie betrachtete Colin. Überprüfte die Distanz. Tat, als würde sie den Wind prüfen. Nahm den Schneefall in Augenschein.

„Wird langsam kalt, Avery“, neckte Colin sie. „Von mir aus kann es jederzeit losgehen. Aber wenn du ...“

Die nächste Sekunde lief wie in Zeitlupe ab. Einem amerikanischen Baseballspieler gleich sank Avery nach hinten und feuerte ihr mit Schokolade verziertes Wurfgeschoss ab wie einen Schuss. Colin sah jeden Zentimeter, den es zu seinem Gesicht wanderte.

Er atmete halb ein, bevor das Ding ihn mitten zwischen die Augen traf, wo es kleben blieb, der Stummel eines süßen, zuckerigen Horns. Die Menschenmenge wurde wild, jubelte, lachte, klopfte Avery auf den Rücken, gegen den Willen der Sicherheitsleute.

„Fantastisch. Unglaublich.“ Guy rannte zu Colin, sein Telefon im Anschlag, und machte ein Foto nach dem anderen. „Avery, das war brillant. Lange habe ich mein Geld nicht mehr so gut angelegt.“

Colin senkte seinen Kopf zum Boden und wartete, bis der Cupcake hinunterfiel. Er konnte spüren, wie die Glasur langsam nachgab. „Können wir jetzt die anderen Cupcakes ordentlich verkaufen ...“

„Wer ist der oder die Nächste?“, fragte Guy. „Herbei, herbei. Wagen auch Sie einen Versuch, den Prinzen zu treffen!“

„Ich, ich!“ Eine Frau bahnte sich durch die Menge. „Ich hätte nie gedacht, dass ich so etwas einmal zu sehen bekomme. Und wenn der Prinz kein Spielverderber ist, warum nicht?“

„Guy ...“

Aber es war zu spät. Eine neue Schlange bildete sich, während Sarah das Geld einsammelte und Avery die letzten Schachteln holte.

„Das macht dir doch nichts aus, oder?“, flüsterte sie und hielt an, um ihm Zuckerguss von der Stirn zu wischen. „Es sind nur noch vier Schachteln übrig."

Er schaute sie prüfend an. Ihr goldbrauner Blick beendete den Kampf in seinem Inneren. „Nein, das macht mir gar nichts aus."

So verbrachte Colin die nächste Stunde damit, sich mit völlig tadellosen Cupcakes abschießen zu lassen. Immer mehr Basarbesucher kamen herbei, und als die Cupcakes ausgingen, nahm Avery die, die ihr Ziel verfehlt hatten, ein zweites Mal zur Hand.

Die letzte Kundin war Colins Favorit und vielleicht die ganze Sache wert. Eine entzückende Dreijährige mit lockigen Rattenschwänzen wollte versuchen, den Prinzen zu treffen. Also kauerte Colin sich nieder und erlaubte ihr, einen bereits leicht ramponierten Cupcake auf seiner Nase zu zerdrücken.

Ihr Lachen war die Demütigung wert. Hinterher posierte er mit ihr für ein Foto, über und über mit Buttercreme und Zuckerguss beschmiert – Schokolade, Vanille und Erdbeere. Das meiste davon wohl auf seiner Schürze, viel aber auch in seinem Haar und seinem Gesicht.

„Du bist ein Prachtkerl, Colin", trompetete Guy und überreichte Avery einen Stapel Geld, um sich dann vor Colin zu verbeugen. „Ich kann mich nicht erinnern, wann ich zuletzt mehr Spaß gehabt hätte."

„Nun, ich schon." Colin entfernte vorsichtig die Schürze um seinen Hals und fand eine saubere Ecke, mit der er sich das Gesicht abwischen konnte.

„Colin, du warst wundervoll." Sarah küsste ihn auf die sehr süße Wange. „Und lecker. Guy, lass uns zu Franklins gehen. Ich habe Appetit auf einen Cupcake."

Guy und Sarah verschwanden über den Hauptweg. Colin

blieb alleine zurück mit Avery und zwei sehr verstörten Leibwächtern.

„Hey ..." Avery beugte sich vor, um ihm ins Gesicht zu sehen, und schnippte sanft ein Stück Zuckerzeug aus seinem Haar. „Ist doch gut, dass die meisten keine besonders guten Schützen waren. Sonst wärst du jetzt nur noch Kuchen und Creme."

Ganz vorsichtig entfernte er auch die zweite Schürze. „Guy Smoot kann sich dazu aber schon noch etwas anhören."

Avery nahm ihm die Schürzen ab und faltete sie sorgfältig, sodass nicht noch mehr Krümel auf den bereits gründlich panierten Boden fielen. „Komm schon, du hattest Spaß, und das weißt du auch." Etwas huschte über ihr Gesicht. „Heute Nachmittag warst du der absolute Publikumsheld."

„War ich das? Macht das dann dich und Guy zu den Bösen?"

„Wenn du so willst." Sie ging zur Bude zurück und legte die Schürzen auf den Tresen. „Gibt es hier irgendwo einen Mülleimer? Wir müssen dringend aufräumen."

„Hier drüben." Colin ging zu dem Eimer bei den Bäumen. Der Winterabend begann sich wie ein Mantel über die Stadt zu legen.

Die Aussicht war wunderschön. Mit dem Mülleimer in den Händen hielt er an. Die Weihnachtszeit in Cathedral City war herrlich. Bunt. Fröhlich. Lichter glitzerten in den Schaufenstern und in den Wohnungen.

Aber die Luft war kalt, und Avery wartete. Den Eimer hinter sich herziehend, eilte Colin zurück zum Stand. Der bernsteinfarbene Glanz der Parklaternen leuchtete ihm den Weg. Leuchtete in sein Herz.

Konnte es auf der ganzen Welt einen besseren Platz geben als in der Vorweihnachtszeit mit Avery Truitt im Maritime Park?

An ihrem Stand arbeitete sich Avery mit dem Besen durch den Schnee, sammelte Cupcakereste ein und kicherte vor sich hin.

„Ist es immer noch so witzig?"

„Ja."

Er atmete grinsend aus. „Muss wohl ein ziemlich kruder Anblick gewesen sein."

Avery lehnte sich lachend an ihren Besen, ihre Absätze gruben sich in den Schnee. „Ich gehe auf YouTube, sobald wir zu Hause sind."

Colin schüttelte grinsend den Kopf. Er brachte sie gerne zum Lachen. „Das wird es wohl wert gewesen sein, wenn du mir sagst, dass wir mehr als tausend Pfund eingenommen haben." Er beförderte Kuchen und Dekoration in den Eimer. Was für eine Sauerei.

„Ich weiß keine genaue Summe, aber wir haben gut was eingenommen."

„Eure Majestät, bitte ..." Männer in den Uniformen der Parkmitarbeiter eilten auf ihn zu. „Wir sind hier zuständig. Sie brauchen hier nicht den Besen zu schwingen." Ein großer Mann mit buschigen Augenbrauen nahm Colin den Besen ab.

„Allerdings." Der andere Mann ging auf Avery zu. „Miss, bitte, von hier an können wir übernehmen."

Sie reichte ihm den Besen und ging in die Bude zurück. „Ich glaube, ich gehe besser. Susanna fragt sich sicher, wo ich bleibe."

„Ich bin mir sicher, sie weiß, wo du steckst. Die Sicherheitsmannschaft steht die ganze Zeit untereinander per Funk in Kontakt." Im Stand warf sich Colin den Mantel über die Schulter. Das Seidenfutter würde er nicht auch noch mit seinen klebrigen Hemdsärmeln verderben. „Bist du bereit zu gehen?"

Sie betrachtete ihn, während sie in ihren Mantel schlüpfte. „Warte." Sie streckte die Hand nach seinem Haar aus. „Du hast immer noch Zuckerguss im Haar."

Er neigte den Kopf, damit sie besser nachschauen konnte, und entdeckte einen einzelnen Cupcake in einer Ecke des Tresens. *Nanu, hallo, kleiner Freund. Das Cupcakespiel können auch zwei Leute spielen.*

Vorsichtig griff er hinter sich, bekam den Cupcake zu fassen und versteckte ihn hinter seinem Rücken, während Avery Zuckerguss aus seinem Haar klaubte.

„Du wirst dich ordentlich schrubben müssen, um das alles loszuwerden." Sie gluckste und kam noch etwas näher. Ihr Duft neckte all seine Sinne. Einen Moment später senkte sie den Arm, blieb aber in seiner Nähe. „Danke für heute. Das ... das hat Spaß gemacht. Ich konnte etwas Spaß gebrauchen."

„Ich auch." Colin hob seine freie Hand langsam zu ihrer Wange, strich dann ihren Hals entlang, streifte ihre langen losen Locken beiseite. Und im richtigen Moment würde er ihr, *patsch*, den Cupcake mitten ins Gesicht klatschen.

„Colin ...", sagte sie und legte ihm die Hand auf den Arm. „Was machst du da?"

„Ich schaue dich an. Du bist schön. Selbstbewusst. Unzerstörbar." Der Cupcake zitterte in seiner Hand.

Ihr Lächeln brachte seine Knochen zum Schmelzen. „Du warst heute der Prinz des ganzen Volkes. Du ... du bist wirklich wunderbar, Colin." Ihr Blick traf seinen, nur für eine Sekunde, dann sah sie weg, als wäre ihr Bekenntnis nicht dazu gedacht, laut ausgesprochen zu werden.

„Warum klingt das so wahr, wenn du es sagst?"

„Die Wahrheit ist die Wahrheit, das weißt du doch. Du erkennst sie, wenn du sie hörst."

„Erinnerst du dich an das erste Mal, als ich dich mit nach Hause genommen habe?", fragte er und neigte den Kopf, um ihr in die Augen zu schauen. „Nun ja, als ich dich zum ersten Mal zu Parrsons House gebracht habe? Als ihr zu Nathaniels Krönung die Gäste der Queen wart?"

„Wir waren den ganzen Abend bei dir zu Hause, haben Filme mit deinen Freunden und deinen Schwestern angeschaut und deiner Mutter die Haare vom Kopf gefressen."

„Ich habe deine Hand gehalten, als ich dich zu meinem Auto nach draußen begleitet habe." Colin trat näher und verschränkte seine kalten Finger mit ihren. „Wir wollten beide gleichzeitig durch die Tür und haben uns die Köpfe gestoßen."

„Du hast angefangen zu lachen."

„Nur weil du so sicher warst, dass du eine Beule hattest."

Sie strich ihm sacht mit den Fingern über die Stirn.

Ihre sanfte Berührung fachte das Feuer in ihm an. „Du hast versucht, in den Seitenspiegel zu schauen, aber es war zu dunkel."

„Trotz des Mondlichts."

„Dann habe ich deinen Kopf nach einer Beule untersucht. Nur für den Notfall. Ich konnte dich ja schlecht schwer verletzt zu Tante Campbells Haus zurückschicken."

Im silbernen Mondlicht hatten sie sich genau gegenübergestanden, Auge in Auge, Nase an Nase. Vorsichtig hatte er mit seinem Daumen über ihre Stirn gestrichen.

„Ich sehe nichts ..." Aber was wusste er schon? Ihre Gegenwart nahm ihn vollständig gefangen. „Außer dein schönes Gesicht."

„Du flirtest mit mir."

„Richtig." Er fuhr mit seinen Händen über ihre Arme und verschränkte seine Finger mit ihren. „Dich habe ich so gar nicht erwartet, als ich hörte, dass ein paar von Nathaniels amerikanischen Freunden zur Krönung kämen."

„Was hast du denn erwartet?"

„Ich weiß es nicht, aber jedenfalls nichts wie dich."

„Du hast keine lange Dürre mit mageren Beinen erwartet?" Sie warf ihm einen Köder hin. Forderte ihn heraus, seine geheimsten Gedanken preiszugeben.

„Ich habe keine süße, lustige, wunderschöne, irgendwie verführerische Frau erwartet ..."

„Irgendwie? Colin, bitte, erzähl mir nichts von ‚irgendwie'."

Er lachte und fasste ihre Finger fester. „Na ja, wenn ich ‚ganz und gar verführerisch' sage, hältst du mich für einen üblen Kerl, und das völlig zu Recht. Außerdem denke ich an deinen Vater zu Hause. Ich will nicht, dass der mich hasst, bevor er mich überhaupt kennengelernt hat."

Sie wich zurück. „Du willst meinen Vater kennenlernen?"

„Ja." Genau dann und genau dort verlor er sein Herz an sie.

Colin berührte ihr Kinn mit seiner Fingerspitze und hob ihr Gesicht zu seinem. Ohne ein weiteres Wort gab er ihr einen keuschen und zärtlichen Kuss.

„Prinz Colin?" Eine Männerstimme riss ihn aus seiner Erinnerung, weg von Averys warmem Atem auf seiner Haut. Er schaute sich um und entdeckte den Sicherheitsoffizier im Fenster des Marktstands. „Bitte beeilen Sie sich, Sir. Die Prinzessin ist bereit, nach Hause zu fahren."

„Wir kommen sofort." Den Cupcake ließ er nachlässig auf den matschigen Boden der Bude fallen.

„Lass uns gehen.“ Avery streckte die Hand nach ihrer Tasche aus, aber in einem übermütigen Moment schob Colin seinen Arm um sie und zog sie an sich. Er suchte in ihrem Gesichtsausdruck nach einem Ja oder einem Nein, wollte sie küssen.

Einen weiteren übermütigen Moment später neigte er seine Lippen zu ihren. Sein Puls war ein drängender Rhythmus.

Seine erste Berührung war leicht, vorsichtig. Würde sie ihm eine Ohrfeige verpassen? Aber als Avery ihre Arme hob und um seinen Hals schlang, ging ihm alles, was an ihr liebend und echt war, durch und durch. Er umarmte sie fester, küsste sie voller Verlangen.

Plötzlich hörte der Kuss auf, Avery wich zurück. „Colin ...“ Sie berührte ihren Mund und duckte sich durch die Tür. „Ich muss los.“

„Warte!“

Er folgte ihr. Die Liebe ließ sein Herz beinahe bersten. Er würde tausend Cupcakeschüsse aushalten, nur um in ihrer Nähe zu sein, ihr Lachen zu hören, sie wieder zu küssen.

Aber das laut zu sagen könnte ihn alles kosten.

Kapitel elf

7. Dezember
18 Tage bis Weihnachten

In der hellen Turnhalle einer örtlichen Schule kauerte Avery an den Seitenlinien und sah den Mädchen beim Training zu.

Am vorigen Nachmittag war in Susannas Büro überraschend die Einladung einer Trainerin an einer nahe gelegenen Sportakademie eingetroffen.

Wir möchten Miss Avery höflichst einladen, bei unserem Training zuzuschauen. Wir sind eine junge Mannschaft und haben gerade erst mit einer Mädchenvolleyballabteilung begonnen. Wir könnten ein paar wertvolle Ratschläge gut gebrauchen und würden uns freuen, wenn sie einverstanden ist.

Mit freundlichen Grüßen,
Isobel Rudolf

Susanna brauchte Avery die Einladung nicht zweimal vorzulesen. Sie freute sich über die Möglichkeit. Begrüßte die Chance, ein Stück Realität zurückzubekommen, etwas von ihrem Leben nach der Weihnachtssaison in Brighton. Begrüßte die Gelegenheit, nicht mehr an Colin denken zu müssen, immer wieder das Gefühl seines Arms um ihre Taille und den warmen Druck seines Kusses auf ihren Lippen zu durchleben. Seine Berührung war so mächtig, dass sie von ihm träumte.

Seit sie weggelaufen war, hatten sie nicht mehr miteinander

geredet. Das war das Beste. Sie war kurz davor, etwas zu sagen, was sie nicht wieder zurücknehmen konnte. Etwas wie „Ich liebe dich".

In seiner Welt zu sein, und wenn es nur für ein paar Tage war, zeigte ihr, was für ein ungleiches Paar sie wären. Er als Teil seines Familienunternehmens, die Fühler Richtung Politik ausgestreckt. Sie mit ihrem Wunsch, andere zu trainieren. Neue Flügel in der Welt des Sports auszubreiten.

„Das ist gut, Meredith", rief Avery dem Mädchen zu, das als Zuspielerin eingesetzt war. „Sieh zu, dass du unter den Ball kommst. Hab keine Angst."

„Wie finden Sie sie in der Position?" Die Trainerin beugte sich über Averys Schulter.

„Sie hat eine gute Größe dafür und ist auch entsprechend bewegungsbegabt. Aber ..." Avery legte sich die Hand aufs Herz. „Sie braucht Mut. Sie ist schüchtern. Eine Zuspielerin muss gut führen und kommunizieren können."

„Das sehe ich genauso. Aber sie hat eine gute Technik und ist so eine eifrige Schülerin."

„Lassen Sie sie den Platz bestimmen, Ansagen machen, die Bewegungen leiten. Zwingen Sie sie dazu, ihr Wissen über das Spiel einzusetzen."

Isobel nickte. „Ich habe jahrelang gespielt, aber andere zu trainieren ist neu für mich. Sie scheinen ein Naturtalent zu sein. Darf ich Sie zum Tee einladen und aushorchen?"

„Wenn Sie möchten, kann ich morgen wieder zum Training kommen."

„Das würden Sie machen? Das ist unsere letzte Trainingswoche dieses Jahr. Dann geht es erst im neuen weiter. Eine kurze Frühjahrssaison wartet auf uns, die erste für dieses Team." Die Trainerin strebte zur Tribüne und rief die Mädchen zusammen.

Avery setzte sich und hörte zu, wie Isobel den Mädchen gut zuredete und sie alle daran erinnerte, dass sie es schaffen konnten, wenn sie nur an sich glaubten.

Ein nervöses Flattern stieg in Avery auf, und sie bezwang den Drang, die Trainerin beiseitezuschieben und die Mädchen selbst anzufeuern. Sie konnte das. Sie wollte das.

Isobel entließ die Mädchen und gesellte sich zu Avery auf die Tribüne. „Danke, dass Sie gekommen sind. Das bedeutet uns sehr viel."

„Danke für die Einladung."

„Ich verfolge den amerikanischen Collegevolleyball. Ich konnte mein Glück kaum fassen, als ich gelesen habe, dass Sie mit Ihrer Mutter den ganzen Monat hier verbringen würden."

„Im Juni ist mein Vater gestorben. Mama wollte, dass die Familie zu Weihnachten zusammen ist."

„Mein aufrichtiges Beileid. Vielleicht kann die Schönheit von Cathedral City euch zur Weihnachtszeit den Kummer ein bisschen erleichtern."

Avery lächelte. „Danke. Das wird sie ganz bestimmt."

Isobel sah in die Ferne. In ihrem Gesichtsausdruck spiegelten sich Erinnerungen. „Als ich in der Schule war, haben wir einmal eine Palastführung gemacht. Danach haben wir Mädchen alle davon geträumt, einen Prinzen zu heiraten." Sie warf Avery einen Blick zu. „Hat Ihre Schwester denn davon geträumt, einen Prinzen zu heiraten?"

„Nö. Sie wollte ihren Freund heiraten, mit dem sie seit der Highschool zusammen war. Genauer gesagt hat sie Nathaniel an dem Abend kennengelernt, als ihr damaliger Freund ihr sagte, Moment, ich zitiere, dass er *den richtigen Ring gefunden hätte, aber nicht die richtige Frau.*"

„Was?" Isobel schien angemessen angewidert. „Das hat er wirklich gesagt? Ich hoffe, die Prinzessin hat ihm eins auf die Nase gegeben."

Avery lachte leise. „Das hätte sie mal tun sollen, aber ihr ist klar geworden, dass er recht hatte. Das Beste, was ihr je passiert ist."

„Wie steht's mit Ihnen, Miss? Ich habe die Zeitungen gesehen. Sie und Prinz Colin? Cupcakes-Zielwerfen?" Schüchtern war Isobel nicht gerade, was? „Was war da denn los?"

„Damit hatte ich nichts zu tun. Gut, ja, außer dass ich den ersten Cupcake geworfen habe. Aber sein Freund Guy Smoot hat zweihundert Pfund für die gute Sache in Aussicht gestellt. Dann wollten alle anderen auch."

Isobels Lachen klang sehr schön. „Ich wünschte, ich wäre dort gewesen. Dieser Prinz Colin ist einer zum Pferdestehlen."

„Ja, das ist er." Einige Minuten lang hatte sie ihn aus ihren Gedanken verbannt. Jetzt war er wieder da. Mitten auf dem Platz.

Die Schlagzeilen nach der Wohltätigkeitsveranstaltung waren voller Spekulationen gewesen. Die Überschrift der *Liberty Press* hatte gelautet: „Prinz Colin und die Amerikanerin Avery Truitt. Steht der königlichen Familie eine weitere Südstaatenschönheit ins Haus?"

Das dazugehörige Foto zeigte Avery in seinen Armen, den Kopf lachend zurückgeworfen, Colins Blick auf sie gerichtet. Ein breites, strahlendes Grinsen erhellte sein perfektes Profil.

Sie erinnerte sich nicht daran, in seinem Arm gewesen zu sein, bis auf den Kuss natürlich. Aber in dem Moment, als sie das Foto in der Zeitung sah, erklärte ihr Herz: „Also, das ist aber mal ein verliebtes Pärchen."

Aber sie waren nicht verliebt. Ihre Zeit war vorbei.

„Aber der ist doch ganz dicke mit Lady Jordan Skye, oder?" Isobel fischte ohne Köder. Für sie gab es nur den nackten, ehrlichen Haken.

„Morgen also?" Avery stand zum Gehen auf, griff nach ihrer Jacke und nickte dem Sicherheitsmann in der Ecke zu. Vermeidung war die beste Defensive. „Um drei?"

„Ja, vielen Dank noch einmal. Bis dann."

Während der Autofahrt zurück zum Palast sah Avery, wie Cathedral City an ihr vorbeiglitt, und bemühte sich darum, etwas von der Weihnachtsstimmung, die in der Luft lag, zu verinnerlichen. Aber die Gedanken an Colin weckten Sorgen in ihr.

Der Wagen passierte eine Kathedrale. Ein Banner flatterte im Wind, gekitzelt von den roten Fingern der untergehenden Sonne.

„Denn uns ist ein Kind geboren ..."

Avery fuhr das Fenster herunter und streckte sich hinaus. Die Architektur der uralten Kirche mit ihren Bogen und Spitzen erinnerte sie daran, dass es in dieser Zeit um mehr ging als um Läden und Lichter, Verpackungen und Bänder, um mehr als Weihnachtsbäume und stimmungsvolle Lieder, um mehr als gemütliche Abende am Kamin und ihren Lieblingsweihnachtsfilm. Es ging um mehr als um Gefühle.

Es ging um Gott, der Kind wurde und zu einem Mann heranwuchs, der den Tod am Kreuz für *ihre* Sünden ertrug. Sie sah das Banner vorüberziehen, während der Wind ihr das Haar zerzauste und die Kälte auf ihren Wangen brannte.

Gott, du hast das im Griff, oder? Du hältst mich.

Wenn er sich die ganze Mühe machte, Jesus als Baby mit dem ausdrücklichen Zweck auf die Welt zu schicken, die Menschheit zu erlösen, könnte man meinen, er hätte sich einen Sinn für Avery ausgedacht.

Am Palasttor bremste der Fahrer, um den Sicherheitscode einzugeben. Avery duckte sich in den Wagen zurück. Sie musste Gott vertrauen. Welche Wahl hatte sie denn? Ihr Leben kaputt sorgen? Nein, danke.

Während das Auto durch das Tor auf den Palast zurollte, überflog sie ihre E-Mails. Hey! Eine ihrer Mannschaftskameradinnen hatte sich verlobt. Glückwunsch, Bailey.

Keine Antwort von der UCLA, aber wollte sie wirklich 25.000 Meilen von zu Hause weit weg wohnen? Und noch viel weiter von Colin?

Avery verlagerte ihr Gewicht im Sitz. *Jetzt komm schon, vergiss ihn.* Die Erinnerung an seinen Kuss kam wieder an die Oberfläche. An diesen sehr, sehr köstlichen Kuss. *Nein, darüber denke ich jetzt nicht nach.* Zurück zu den E-Mails. Sie scrollte nach unten und wollte das Smartphone schon zur Seite legen, als ihr etwas ins Auge stach. Mit klopfendem Herzen setzte sie sich aufrecht hin.

Die Betreffzeile lautete: „Einladung zum Vorstellungsgespräch an der Valdosta State".

Zitternd las sie die E-Mail, während der Wagen unter den Torbögen in die Garage fuhr.

Wir laden Sie herzlich zu einem Vorstellungsgespräch als Trainerassistentin (Volleyball) ein. Nachdem das Semester zu Ende geht, würden wir gerne den 13. Dezember als Termin vorschlagen. Bitte teilen Sie uns mit, ob Ihnen das passt.

Antworte! Warum sollte sie zögern?

Vielen Dank für die Einladung. Der 13. Dezember passt mir sehr gut.

Eine Stelle. Sie hatte ein Vorstellungsgespräch. Der Sicherheitsoffizier öffnete ihr die Tür. „Ich habe ein Bewerbungsgespräch, Lynell."

„Schön für Sie, Miss!"

„Ja! Schön für mich."

Avery eilte in ihre Suite und beeilte sich dann, Mama und Susanna zu finden, um ihnen die frohe Neuigkeit zu erzählen. Sie würde ein paar Tage weg sein, aber wenn sie zurückkam, war sie vielleicht Vollleyballtrainerin an einem College.

Na bitte. Während sie noch damit beschäftigt war, Gott ihre Zukunft zu überlassen, brachte er bereits Dinge in Bewegung.

Vor Susannas Wohnungstür zögerte sie kurz und starrte auf ihr Telefon. Sollte sie? Warum nicht? Ohne weiter darüber nachzudenken, schickte sie Colin eine Nachricht.

Habe ein Bewerbungsgespräch an der Valdosta State. Dienstag. Wünsch mir Glück.

Kapitel zwölf

8. Dezember
17 Tage bis Weihnachten

Madeline & Hyacinth Live!

Madeline: „Für all diejenigen, die in unserer Glocken-App die Zeit bis zur Hochzeit am Weihnachtsmorgen herunterzählen: Seit den Fotos von der Kuchenschlacht vor drei Tagen haben wir wenig bis keine Aktivitäten zu verzeichnen. Nun kommt, Leute, lasst uns noch nicht die Hoffnung verlieren."

Hyacinth: „Unsere Mitarbeiter haben einige traditionelle Geschenke aufgetan von Leuten, die in der Vergangenheit die Glocke geläutet haben." Sie las von einer blauen Karte ab. „Hier ist mein Favorit ... eine Ziege und ein Ziegenbock." Das Publikum lachte. „Eine Art Mitgift, nehme ich an. Also, liebe Zuschauerinnen und Zuschauer, wenn Sie Ziegengemecker auf dem Galloway Boulevard Richtung Lady Jordans Wohnort hören, schreiben Sie uns bitte. Hashtag #prinzcolinhatdieglockegelaeutet".

Madeline: (lachend) „Bestimmt schickt ihr der Prinz keine Ziegen in ihr tolles Apartmentgebäude. Ich weiß nicht, ob man die dort reinlassen würde."

Hyacinth: „Man kann nie wissen, was ein Mann tun wird, wenn wahre Liebe im Spiel ist." Sie wandte sich an die Kamera. „Prinz Colin, schicken Sie Ziegen. Ich fände das einfach großartig!"

Madeline: (lachend) „Was denkst du über die Amerikanerin Avery Truitt als Objekt von Prinz Colins Zuneigung?" Sie zeigte auf ein Bild hinter sich. „Glaubst du, dass dieses Foto irgendetwas zu bedeuten hat?"

Hyacinth: „Sie sehen schon sehr behaglich aus, die beiden. Aber schau, sie hält sich nicht wirklich an ihm fest." Mit einem Laserpointer umkreiste Hyacinth Averys Hände. „Er hat sie lose im Arm. Ich glaube, die beiden sind Freunde." Sie zog eine Grimasse und winkte das Foto samt sämtlicher möglicher Bedeutungen ab. „Bitte weitergehen, hier gibt es nichts zu sehen."

Madeline: „Also hoffen wir immer noch darauf, dass Prinz Colin und Lady Jordan sich am Weihnachtsmorgen in der Watchman Abbey das Jawort geben." Das Publikum jubelte. „Hy, weißt du noch, dass es Teil der Tradition war, dass die umworbene Frau ihre Antwort nicht vor dem Weihnachtsmorgen preisgibt?"

Hyacinth: „Ganz genau. Sie taucht auf oder auch nicht. Der Mann ist völlig verwundbar."

Madeline: „Ich kann mir nichts ..."

Hyacinth: „ ... Romantischeres vorstellen ..."

Madeline: „Hey, ich wollte ‚Gruseligeres' sagen, aber dein Wort ist besser. Aber jetzt", sie tippte auf Hyacinths blaue Karte, „lies doch bitte mal die restlichen Brautgeschenke der Glockenläuter vor."

Hyacinth: „Hier ist noch einer meiner Favoriten. Ein geschmückter Tannenbaum."

Madeline: „Das wäre wirklich süß."

Hyacinth: „Ein Ballen feinster Kleiderstoff."

Madeline: „Für das Brautkleid vielleicht?"

Hyacinth: „Getrocknetes Fleisch und Gewürze."

Madeline: „Natürlich, für das Brautmahl. Der Bräutigam muss einen Empfang vorbereiten. So war es vor fast zweihundert Jahren Tradition."

Hyacinth: „Leder."

Madeline: (ein dummes Gesicht machend) „Wofür? Oh, Gepäck. Natürlich! Für die Hochzeitsreise."

(Hyacinth gab ihr ein high-five.)

Hyacinth: „Na, das waren doch mal Geschenke. Von der Hochzeit über den Empfang bis zur Hochzeitsreise." (Sie sah in die Kamera.) „Prinz Colin, sollten Sie zuschauen: Ich glaube, Sie haben einen ziemlich klaren Ablaufplan an der Hand. Gehen Sie und holen Sie sich Ihre Braut."

Madeline: „Bleiben Sie dran. Wir kommen gleich wieder."

9. Dezember
16 Tage bis Weihnachten

Schnee fiel von einem schiefergrauen Himmel, der über Cathedral City hing. Jetzt hatte er dieselbe Zeile des Vertrags schon ein Dutzend Mal gelesen. Und verstand sie immer noch nicht. In einer Stunde würde er in einem Meeting sitzen, bei dem sein Vater seine Meinung dazu erwartete, und alles, woran er denken konnte, waren Avery und das Gefühl ihres Körpers an seinem.

Er stieß sich von seinem Schreibtisch ab, stand auf und schaute aus dem Fenster, während er sein Handy aus der Tasche zog. Er tippte auf das Display, öffnete seine Nachrichten und las die zwei Tage alten Zeilen von Avery. Noch einmal.

Habe ein Bewerbungsgespräch an der Valdosta State. Dienstag. Wünsch mir Glück.

Er hatte mit Ich drücke dir die Daumen geantwortet. Aber das war eine Lüge. Eine waschechte Lüge.

Er wollte nicht, dass sie nach Georgia ginge. Er wollte sie hier haben. Sie hatte in seinem Kopf, in seinem Herzen Einzug gehalten, und er schien nicht in der Lage, sie wieder hinauszuwerfen.

Das Bild in der Zeitung half auch nicht weiter. Normalerweise zuckte er schmerzerfüllt zusammen bei solchen Berichten, aber das Foto von Avery in seinen Armen sprach ihn an.

Sie gehörte dorthin.

Die *Promipost* hatte die Theorie vorgebracht, dass Colin versuchte, von den Spekulationen um Lady Jordan abzulenken. Der *Informant* meinte, er würde die Lady der großen Leinwand eifersüchtig machen wollen.

Weder noch. Er hatte Anrufe von Reportern verweigert, also musste er ihre Gerüchtekocherei aushalten. Die Wahrheit sah so aus, dass er Jordan seit dem Erntefest nicht mehr gesehen hatte. Was so typisch war für sie beide. Er hatte eine Woche später bei ihr angerufen und war beim Anrufbeantworter gelandet.

Das hatte er erwartet. Obwohl sie wegen des Glockenläutens wütend und aufgebracht gewesen war und gar nicht erst versucht hatte, mit ihren Gefühlen hinter dem Berg zu halten, selbst als er sie gegen ein Uhr bei sich zu Hause abgesetzt hatte.

„Ich hoffe wirklich, dass du nicht vorhast, mir einen Antrag zu machen. Ich drehe einen neuen Film in London."

„Glaube mir, das ist das Letzte, was mir durch den Kopf geht."

Jedenfalls was sie betraf.

An seiner Tür klopfte es leise, und Dad linste herein. „Könnte ich mal einen Moment ...?"

„Sicher." Colin ging zu seinem Schreibtisch zurück, blieb aber stehen. Er mochte diese Zeiten, wenn Dad vorbeikam, um sich zu unterhalten, sich nach seiner Meinung oder seinen Ansichten zu etwas zu erkundigen.

„Palmer Charles hat angerufen. Die Gewerkschaften am Standort Hessenberg bereiten einen Streik vor. Er hat mich gebeten, zu den Verhandlungen dazuzukommen. Er ist sicher, dass meine Anwesenheit viel dazu beitragen wird, die Gemüter zu beruhigen."

„Das sehe ich auch so", sagte Colin. Dad war ein Diplomat unter Diplomaten.

„In dem Fall muss ich dich bitten, meinen Platz bei der Aufsichtsratssitzung der Casting Finance Group nächste Woche einzunehmen."

„In New York?" Colin ging um seinen Schreibtisch herum. Dann würde er zur gleichen Zeit wie Avery in Amerika sein.

„Korrekt. Sprich mit Eden, die kümmert sich um Flug und Hotel." Dad reichte ihm ein Dossier. „Vor der Abstimmung wirst du das hier durcharbeiten müssen. Denke daran, dass du vor allem die Interessen der Tattersalls vertreten musst." Er griff nach dem Vertrag, mit dem Colin nicht fertigzuwerden schien. „Was denkst du hierüber?"

„Die Margen sind ..."

„Zu gering?"

„Ja." Das klang nach einer guten Antwort.

„Zustimmung. Shomberg & Co. haben sie sehr viel bessere Konditionen angeboten." Dad lächelte ihn von der Tür aus an. „Viel Spaß in New York. Nimm dir einen oder zwei Tage extra, und schau dir die Stadt an. Vielleicht kannst du Weihnachtseinkäufe erledigen. Deine Schwestern würden sich bestimmt über ein Geschenk von Tiffany's freuen."

„In Ordnung. Ich glaube, ich kann mich ein oder zwei Tage alleine in Manhattan herumtreiben."

„Vielleicht könntest du Lady Jordan einladen, mitzukommen."

„Dad ... nein. Die Presse würde sich nur wieder daraufstürzen. Und du kennst meine Haltung zu ..."

„Ja, ja, du und deine altmodische Art. Ich weiß gar nicht, wie du das mit dem Verzicht überhaupt hinbekommst. Betrachte Jordan als gute Reisegefährtin. Die Firma spendiert ein zweites Hotelzimmer. Man weiß ja nie, vielleicht merkst du unversehens, dass du in sie verliebt bist. Denk mal drüber nach, Colin, ein Prinz, der am Weihnachtsmorgen in der Watchman Abbey heiratet. Das würde es in die Geschichtsbücher schaffen."

Die Spannung, die Dads Verhältnis zur königlichen Familie bestimmte, klang in seiner Stimme durch, sein Bedürfnis, sie zu übertrumpfen. Um Onkel Leo, möge er in Frieden ruhen, dafür eins auszuwischen, dass er den Nachkommen von Sir Edward und Prinzessin Louisa anfangs den Adelstitel verweigert hatte.

Aber vorzuschlagen, dass er eine Frau heiratete, die er nicht liebte? Das wünschte Dad seinem Ältesten und Erben doch sicher nicht. Das Bild von ihm und Avery hatte er nicht erwähnt.

„Wir sehen uns", sagte Dad.

Colin nahm den Vertrag wieder zur Hand, las einmal mehr die erste Zeile, ohne sich wirklich für Margen und Vereinbarungen zu interessieren. Er entsperrte sein Telefon.

Colin: Habe gerade herausgefunden, dass ich in NYC sein werde, während du in Georgia bist.

Avery: Arbeit oder Freizeit?

Colin: Arbeit.

Avery: Viel Glück.

Colin: Ja, dir auch.

Er legte sein Telefon ab und dachte, es sei mehr als nur Glück, wenn er sich auf einmal gleichzeitig mit Avery in Amerika wiederfände. Obwohl Georgia natürlich weit von New York entfernt war.

Er sah nach der Uhrzeit und ging dann ins Internet. Er würde seine ganz persönlichen Arrangements für New York machen. Mit einem kleinen Umweg zu seiner Lieblingsinsel in Georgia.

13. Dezember
12 Tage bis Weihnachten

Die Führung durch die Anlagen der Valdosta State inspirierte sie. Sie konnte sich dort sehen. Sie war über Nacht von Cathedral City hergeflogen und am Vormittag auf St. Simons angekommen.

Bis zum Sonnenuntergang hatte sie in ihrem Zimmer geschlafen und war dann zum Abendessen ins Shack gegangen. Allein zu Hause zu sein, wo es so gar nicht weihnachtlich war, war deprimierend.

Zwischenzeitlich schrieb ihr die UCLA, sie hätten die Stelle anderweitig vergeben. Eine Entscheidung weniger, über die sie sich Gedanken machen musste.

„Was meinen Sie?“ Coach Boon beendete die Führung in der Turnhalle. „Glauben Sie, Sie könnten hier arbeiten?“

„Absolut." Die Frage klang gut in Averys Ohren. Sie bedeutete, dass der Trainer sie ernsthaft in Betracht zog.

„Die Bezahlung ist nicht überragend, aber anständig, das wird Ihnen zu einem guten Start verhelfen." Er zeigte auf die Tribüne. „Wollen wir zur Sportdirektorin und meinem Hiwi rübergehen?"

Boon stellte Avery der Sportdirektorin vor, einem imposanten ehemaligen Basketballstar der Damen-Profiliga aus Connecticut namens Daria Smith, und dem studentischen Mitarbeiter, Jason Medwin, der früher an der Penn State gespielt hatte.

„Der Trainer sagt, Sie seien die Richtige für den Job, Avery", kam die Sportdirektorin gleich auf den Punkt.

„Ich wäre ausgesprochen gerne Teil dieses Programms. Ich bin in Georgia geboren und aufgewachsen. Meine Familie wohnt gleich die Straße runter auf St. Simons Island."

„Aber Sie haben am College für die Big Ten Conference gespielt."

„Das Programm an der Ohio State hat mir sehr gefallen."

„Sie waren Spielerin des Jahres der Big Ten Conference, gleich zwei Jahre in Folge." Das kam von Jason, der ihre Statistik vor sich hatte. „Führend im Bereich direkte Punkte." Er sah auf. „Sieht aus, als hätten Sie hart gearbeitet."

„Geht's denn auch anders?"

Die Fragen wanderten im Kreis. Avery beantwortete Fragen zu ihrer Karriere, ihrer Trainingsphilosophie und ihrer Verletzung.

„Ihre Trainer sprechen in den höchsten Tönen von Ihnen." Die Sportdirektorin stand auf. „Von hier an übernimmt Coach Boon."

Jason schüttelte ihre Hand. „Es war toll, Sie kennenzulernen."

Coach Boon wies Avery mit einer Geste an, ihm in sein Büro zu folgen. „Sie haben sie beeindruckt. Das habe ich gemerkt."

Schön, dass das jemand gemerkt hatte. Sie nämlich nicht. „Wie geht es jetzt also weiter?"

„Daria, Jason und ich werden miteinander reden, wir werden uns die anderen Kandidaten anschauen, aber soweit das mich betrifft", Coach grinste sie breit an, „haben Sie den Job. Sie wären super für das Team. Die Mädchen sind aggressiv, begabt, lernbegierig. Genau wie Sie."

„Wirklich? Das wäre traumhaft. Ich will diesen Job wirklich, Coach", sagte Avery und packte ihre Zukunft mit beiden Händen. „Ich bin hungrig danach."

„Ich habe gehört, dass Ihr Vater gestorben ist ... Ihr Highschooltrainer hat es erwähnt, als ich wegen einer Referenz dort angerufen habe. Mein Beileid. Ich habe meinen Vater verloren, als ich gerade dreißig war."

„Hört man jemals auf, ihn zu vermissen?"

Er gluckste leise. „Er und ich ... Wir waren aus dem gleichen Holz geschnitzt. Wir sind mehr als einmal aneinandergeraten. Aber ja, es wird besser. Das Traurige daran, wenn man ein Elternteil verliert, ist, dass sich eine Tür zur eigenen Kindheit schließt. Eine, von der man nicht einmal wusste, dass sie offen war."

Avery schaute weg. Sie wollte nicht, dass der Coach die Gefühle in ihren Augen sah. „Sie ... Sie haben gerade in wenigen Worten ausgedrückt, womit ich mich seit der Beerdigung abgemüht habe."

„Was würde Ihr alter Herr sagen? Würde er Sie an der Valdosta State haben wollen?"

Sie lachte und wischte sich eine aufmüpfige Träne aus dem Augenwinkel. „Er würde sagen: ‚Geh und schnapp sie dir, Ace.'"

„Dann wollen wir zusehen, dass das auch klappt."

Zurück in ihrem Auto, startete Avery den Motor und stellte das

Radio an, wo sie einen Lokalsender fand, der Weihnachtslieder spielte.

„Freue dich, Welt, dein König kommt ...“

Die Begegnung mit dem Coach hatte ihr geholfen. Sie hatte die Kluft in ihrer Seele überbrückt, die sich nach einer Unterhaltung mit Daddy sehnte. Aufgeregt fuhr sie nach St. Simons zurück, zum Abendessen im Shack.

So fühlte es sich also an, Gott zu vertrauen und nach vorne zu schauen. Gut. Positiv. Um genau zu sein, würde sie jetzt mit frischer Hoffnung nach Brighton zurückkehren.

Sie spielte das Vorstellungsgespräch in der Erinnerung noch einmal durch und fand, ihr Verhältnis zur Sportdirektorin und dem Assistenten sei ganz gut gewesen. Glaubte, ihre Antworten auf die Fragen hatten Hand und Fuß gehabt.

Als sie auf den Parkplatz des Rib Shack fuhr, war sie aufgekratzt, auch wenn der Jetlag ihr bleischwer in den Knochen steckte. Heute würde sie so richtig gut schlafen können. Aber zuerst wollte sie einen Teller mit gegrillten Rippchen, Fritten, grünen Bohnen und Daddys perfekten Keksen mit Johannisbeermarmelade. Das würde sie alles mit einem großen, eiskalten süßen Tee hinunterspülen. Ihr Magen knurrte schon beim bloßen Gedanken daran.

Das Beste an diesem Job? Sie wäre Colin los. Was kümmerte sie schon das Glockenläuten? Und wenn er *Lady* Jordan Skye heiratete? Schön für ihn. Die passte besser zu dem Leben, das er geplant hatte, als Avery.

Ein Lachen brach sich Bahn, als sie sich an den Anblick erinnerte, wie er über und über mit Zuckerguss bedeckt dagestanden hatte. Eine richtig nette Erinnerung zum Abschied. Nachdem sie den wahren Grund hinter seiner Ablehnung erfahren hatte,

hatte das Abwerfen mit einem Cupcake etwas von ausgleichender Gerechtigkeit. Selbst der Kuss – ein Beben überkam sie – erwies sich als der perfekte Trost. Jetzt konnte sie ihn in guter Erinnerung behalten. Warum er sie hatte sitzen lassen, war eine Sache der Vergangenheit. Endlich.

Avery rauschte durch die Hintertür herein und deponierte Jacke und Handtasche in Mamas Büro.

„Bristol, ich bin am Verhungern. Die Spezialität des Hauses, bitte."

„Kommt." Bristol war schlank und hübsch und arbeitete im Shack, seit Avery denken konnte. Sie gehörte zur Familie. „Wie lief's?" Sie schob zwei Teller unter die Heizlampe der Durchreiche. „Jasmine, Tisch fünf!"

„Unglaublich. Ich bin zu 99 Prozent sicher, dass ich die Stelle habe." Avery mopste sich einen warmen Keks vom Blech und holte ein Päckchen Marmelade aus dem Unterschrank. „Ich mochte den Trainer richtig gern. Und ich habe gemerkt, dass er mich auch mag."

„Natürlich mag der dich." Bristol schob Avery einen Teller über die Arbeitsplatte zu. „Deine Mama wird außer sich sein, wenn sie dich so nah bei sich hat."

„Du solltest sie in Brighton sehen, Bristol. Sie ist wieder ganz sie selbst." Avery nahm sich eine Rolle Besteck, zog sich dann einen Hocker heran und hielt inne, als ihr Blick auf Daddys Arbeitsplatz am Herd fiel.

„Das wärmt mein Herz. Ich habe mich gefragt, ob sie je darüber hinwegkommen wird, Gib zu verlieren. Mist. Ich vermisse ihn immer noch, Aves."

„Ich auch. Ich würde so gerne mit ihm über diese Stelle reden."

„Ich nehme mal an, du kannst mit dem himmlischen Vater darüber sprechen." Bristol stellte ein großes Glas Eistee vor Avery ab und stützte sich dann mit beiden Armen auf den Vorbereitungstisch. „So, sag mal, Mädel, hast du Prinz Colin gesehen?"

Bristol hatte in jenem schmerzhaften Sommer des Schweigens und der Ablehnung mit Avery ausgehalten. Sie hatten nach Ladenschluss viele lange Nächte draußen auf der Veranda verbracht, geredet und viel zu viel süßen Tee und Koffein in sich hineingeschüttet.

„Ich habe ihn gesehen. Und er hat mich gesehen." Avery griff nach dem Salz und einer Flasche Ketchup. Dann holte sie ihr Telefon aus der Hosentasche und öffnete ein Bild von der *Liberty Press*. „Ich habe ihm einen Cupcake ins Gesicht geklatscht. Zu Zwecken der Wohltätigkeit."

„Du machst Witze." Bristol lachte, runzelte aber sofort die Stirn, als sie das Bild sah. „Was ist das? Ihr seht aus wie ein verliebtes Pärchen. Und wo ist die Kuchenschlacht, von der du gesprochen hast?"

„Wisch mal zum nächsten. Da."

Bristol lachte. „Das sieht schon mehr danach aus. Aber ..." Sie kehrte zum ersten Foto zurück. „Um was geht es denn hier? Hmm?"

„Nichts ... nur ..." Ein Moment, der in einer Zeitfalte gefangen war, an den sie sich nicht erinnern konnte. „Jedenfalls hat er mir erklärt, warum er für den Abschlussball abgesagt hat."

„Wenn er nicht gerade mit dem Tod gerungen hat, gibt es keine Ausrede dafür."

Avery erzählte Colins Geschichte. Sein Vater war gegen die Beziehung gewesen. Seine Studien hatten gelitten. Und mit der

Universität und der militärischen Ausbildung hatte ein langer Weg vor ihm gelegen. Und er hatte viel zu viel Geld ausgegeben.

„Quatsch. Totaler Quatsch." Bristol kehrte zur Durchreiche zurück und machte Teller fertig, die Catfish vorbereitet hatte. „LuEllen, Tisch sechs." Sie stemmte die Hand in die Hüfte und sah Avery an. „Dieser Junge hat dich geliebt. Das hat doch jeder gesehen."

Avery nahm ein gegrilltes Rippchen. Der Duft weckte wieder ihre Sehnsucht nach Daddy. „Wir waren zu jung."

„Unsinn. Ihr habt einander geliebt. Alle konnten das sehen. Deine Eltern waren auch jung, als sie geheiratet haben."

„Das führst du als Beispiel an? Die haben so schlimm gestritten, dass sie Susanna übel Angst gemacht haben. Dann haben sie sich scheiden lassen."

„Aber dann haben sie Jesus gefunden und wieder geheiratet. Und dann haben sie dich bekommen."

„Bristol, es ist zu spät für Colin und mich." Avery zeigte in den Gastraum. „Warum hängt die Weihnachtsdekoration noch nicht? Es sind nur noch zwölf Tage bis Weihnachten."

„Keine Zeit. Das ist das Einzige, weshalb wir dich und deine Mama hier so richtig vermissen: Catfish und ich kommen irgendwie zu gar nichts."

„Warum mache ich das nicht einfach?"

„Liebes, wenn du das für mich tun würdest, werde ich dich für immer und ewig lieben."

„Du liebst mich auch für immer und ewig, wenn ich es nicht mache. Aber morgen wird hier dekoriert. Dann verwandle ich alles in ein Winterwunderland."

Avery machte sich über ihr Abendessen her und las eine Nachricht von Susanna, die gerade angekommen war. Eine ihrer Freundinnen war eine junge Designerin, die Avery für den Ball am 28. Dezember einkleiden wollte.

Du kommst doch am Freitag nach Hause, oder? Bitte halte dich am Samstagmorgen für eine Anprobe bereit. Sie nimmt erst einmal alte Maße von einem meiner Kleider. Ich habe ihr gesagt, dass du größer bist. Dünner. Oh, Aves, ich habe den Stoff gesehen. Der ist himmlisch.

Avery drückte auf Antworten. Werde bereit sein.

Und das würde sie tatsächlich. Sie würde ihre Schwester nicht im Stich lassen. Was konnte man denn an einem traumhaften, einzigartigen Designerkleid nicht lieben?

Ein paar Bissen Rippchen und Pommes später schob sie ihren Teller weg. Der Jetlag kam durch, und ihr Appetit wich der Erschöpfung. Sie nippte an ihrem Tee und sah Catfish und Bristol beim Arbeiten zu, während sie spürte, wie ihre Aufregung wegen der Stelle nachließ. *Du bist nur müde.* Aber Bristols Stimme hallte in ihrem Kopf wider.

„Ihr habt einander geliebt."

Avery rutschte auf ihrem Hocker herum, drehte sich zum Gastraum und rang mit dem wachsenden Gefühl, dass sie dabei war, sich mit „gut" anstatt mit dem Besten zufriedenzugeben.

Kapitel dreizehn

14. Dezember
11 Tage bis Weihnachten

Aufsichtsratssitzungen waren öde. Nur Zahlen, Firmensprech und ungestüme Vorhersagen.

Aber Colin hatte triumphiert, war seinen Verpflichtungen nachgekommen und hatte anschließend den Aufsichtsrat mithilfe der Firmenkreditkarte zum Essen ausgeführt. Danach spazierte er durch die Straßen um den Times Square, verlor sich in der Menschenmenge und dem fröhlichen Wahnsinn und sah zu, wie die Schneeflocken über den Fensterfronten des riesigen Saks-Kaufhauses eine eigene Lightshow vollführten.

Am Mittwoch flanierte er über die Avenue of the Americas. Bestaunte den Baum im Rockefeller Center und überlegte, ob er noch eine Runde auf der Eisbahn drehen sollte, entschloss sich dann aber nach einem Blick auf die Uhr stattdessen zu einem Mittagessen in einem Schnellrestaurant. Um vier Uhr hielt er ein Taxi an.

Er musste ein Flugzeug erwischen.

Mit dem zweieinhalbstündigen Flug landete er gegen acht in Jacksonville. Dort mietete er ein Auto und fuhr eine weitere Stunde nach St. Simons.

Mittwochabend

Bing Crosby sang mit samtiger Stimme „Silent Night", während Avery die Kiste mit dem Weihnachtsschmuck über den frischgeputzten Boden des Gastraums zerrte.

Sie hatte den Weihnachtsbaum am Morgen aufgestellt, aber den restlichen Tag verloren, weil sie für eine der Kellnerinnen einspringen musste. Aber jetzt war es an der Zeit, zu dekorieren.

Die Servicemannschaft verabschiedete sich zwanzig Minuten nach Restaurantschluss. Im Hintergrund machten Bristol und Catfish noch sauber und trafen Vorbereitungen für den nächsten Tag.

„Stell die Weihnachtslieder lauter, Avery", rief Catfish über den Lärm von klappernden Töpfen und Pfannen.

„Unterwegs." Avery griff in den Sicherungskasten hinter der Registrierkasse und drehte die Lautstärke der Jukebox höher.

„Schlaf in himmlischer Ruh ..."

Während der Nachmittagsflaute hatte Avery es geschafft, die Lichterketten in die Fenster und um den Tresen herum aufzuhängen. Die Aushilfen hatten sich anstecken lassen und bunte Lichter und Girlanden auf der hinteren Terrasse aufgehängt. Und die Kellnerinnen hatten auf jedem Tisch einen Kranz platziert.

Jetzt sortierte sie summend Weihnachtsschmuck.

Der erste Anhänger, den sie aus der Schachtel zog, war einer, den sie in der ersten Klasse für Daddy gemacht hatte. Ein hölzerner Nikolaus mit einem flauschigen, weißen aufgemalten Bart. Auf die Rückseite hatte sie mit einem Wachsmalstift „Für Daddy, von Avery Truitt, 6 Jahre" geschrieben.

Sie kniete neben dem Karton und küsste die grobe Bastelarbeit mit Tränen in den Augen. Daddy hatte jedes Jahr darauf bestanden, sie aufzuhängen.

„Du hast mitgeholfen, uns zu retten. Deine Mama und mich. Susanna auch, will ich meinen. Wir waren verloren und verwundet, bis Jesus uns voll erwischt hat. Dann hat er uns dich geschenkt und ... na, so ein neugeborenes Leben ist einfach heilsam."

Avery berührte die dünne Spanplatte mit der Fingerspitze.

„Frohe Weihnachten, Daddy." Sie hängte den hölzernen Nikolaus an einen Zweig in der Mitte. Nach und nach fing es an, weihnachtlich auszusehen.

Während der Stille zwischen Bings letztem Ton und dem nächsten Lied aus der Weihnachtssammlung der Jukebox waren Bristols und Catfishs Stimmen aus der Küche zu hören, zusammen mit allerhand Klappern von Geschirr und Türen.

Andy Williams schmachtete ein neues Lied in das Rib Shack. *„O holy night, the stars are brightly shining ..."*

Und Avery schmückte den Baum mit Mamas exzentrischer Weihnachtsschmucksammlung – herrliche Rote Kardinalsvögel aus Porzellan baumelten gleich neben einem surfenden Weihnachtsmann, dessen Surfbrettschlitten von acht rosa Flamingos gezogen wurde.

Die Schöne traf das Biest.

„Christ is the Lord, O praise His name forever."

Die Melodie und der Text sprachen sie an. Avery tippte sich mit der Hand aufs Herz und erinnerte sich an das Schild in Brighton.

„Denn uns ist ein Kind geboren ..."

Er hatte die Herrlichkeit des Himmels für den ganzen Mist hier auf der Erde aufgegeben, hatte die Grausamkeit des Kreuzes ertragen, um vollkommene Liebe zu zeigen. Um ihrem Leben Sinn und Bedeutung zu verleihen.

Warum also fühlte sie sich so zerrissen und verwirrt? Auf sie wartete der perfekte Job. Zur gerade richtigen Zeit. Aber sie hatte sich die ganze Nacht im Bett herumgewälzt, war eingedöst und dann wieder mit heftig schlagendem Herzen aufgewacht.

Sie grub ein Kreuz aus Kristall aus der Kiste und hängte es neben eine Keramikkrippe. Wie konnte man Weihnachten feiern, ohne an das Kreuz zu denken?

Die Musik wurde lauter und beförderte Avery aus ihrer Melancholie an einen Ort des Glaubens.

Warum der Aufruhr? Weil eine echte Arbeitsstelle anzutreten bedeutete, dass *es* vorbei war – alle Hoffnung, je wieder etwas mit Colin anzufangen. Bis zu diesem Moment war ihr gar nicht klar gewesen, dass sie solch einen Wunsch überhaupt gehegt hatte.

„O Holy Night" verklang, und Andy stimmte eine mitreißendere Melodie an. *„It's the most wonderful time of the year ..."*

Avery sang beim Refrain mit, pflanzte Weihnachtsschmuck auf falsche Tannenzweige und trällerte aus voller Kehle mit einer Stimme, die nur ein surfender Weihnachtsmann hören sollte.

Als sie um den Baum herumkam, blieb sie abrupt stehen. Colin stand am Rand des Gastraums bei der Küche.

„Oh Mann, hast du mich erschreckt." Sie drückte sich eine Hand auf ihr hämmerndes Herz. „Was machst du denn hier?"

„Ich hoffe, es macht dir nichts aus." Er zeigte auf die Schwingtür zur Küche. „Bristol hat mich hereingelassen."

„Nein, es – es ist schon in Ordnung." Sie sah zur Küche und schnitt eine Grimasse, als Bristol durch die Durchreiche lugte. Er hatte Glück gehabt, dass die ihn nicht mit einem Tritt in den Hintern begrüßt hatte. „Aber, äh, Colin, du hast mich singen gehört, und, na ja, kann sein, dass ich dich jetzt umbringen muss."

Er lachte. Sie atmete durch.

„Für mich hat sich das großartig angehört." Er schlüpfte aus seiner kamelfarbenen Wildlederjacke. Er sah gut aus. Wie immer. Das dichte Haar war ohne großen Aufwand gestylt, sein blauer Pulli dehnte sich über seiner breiten Brust, und der Saum seines weißen Hemds hing über den Bund seiner Jeans. „Brauchst du Hilfe?" Er zeigte auf den Weihnachtsschmuck.

„Nicht bevor du mir nicht gesagt hast, was du hier machst. Du bist ungefähr 900 Meilen südlich von New York."

Colin kauerte sich nieder, nahm einen Anhänger aus dem Karton und löste die Verpackung. „Mir war nach einem Barbecue zumute, wie man das nur in Georgia bekommt." Er betrachtete sie einen Moment lang. Ihr wurde heiß. Dann warf er einen Blick auf den Baum. „Gibt es irgendeine Ordnung für den Schmuck?"

„Nein." Bing war wieder an der Reihe mit einer alten Radioaufnahme von „Silent Night". Aufgenommen gleich nach dem Zweiten Weltkrieg. *„It's a happy Christmas all right ..."*

„Du bist einfach in ein Flugzeug gestiegen? Und bist hierhergeflogen? Um Barbecue zu essen?"

Colin schwieg für die Dauer eines Herzschlags. „So in der Art." Er hob eine Lichterkette aus der Schachtel. „Was sind das denn? Chilischoten?"

„Und Mamas Lieblingsstücke, also sei vorsichtig damit." Avery griff nach dem Kabel. „Sie hat sie auf dem Flohmarkt gefunden. Daddy und sie haben sich gestritten, ob sie sie kaufen sollten oder nicht. ‚Glo', hat er gesagt, ‚die sind aber nicht weihnachtlich.'

‚Doch, sind sie wohl. Schau, sie sind rot und grün.'" Avery lachte leise. „Mama hat natürlich gewonnen."

„Offensichtlich." Colin grinste und stand mit ein paar Ornamenten in der Hand auf. „Wie ist dein Vorstellungsgespräch gelaufen?" Er sah zwischen Avery und dem Baum hin und her.

„Coach Boon schien mich zu mögen. Der Rest scheint Formsache zu sein." Avery holte eine Schneekugel hervor. „Fröhliche Weihnachtsgrüße aus Brighton." Susanna hatte sie nach Nathaniels Krönung mit nach Hause gebracht.

Nachdem ihre Beziehung mit Colin geendet hatte, hatte sich Avery nie viel aus der Kugel gemacht. Sie erinnerte sie an zu vieles. Aber heute stellte sie sie auf den Tresen.

„Das macht dich sicher glücklich. Herzlichen Glückwunsch."

„Ich liebe den Sport. Und ich brauche einen Job. Also, ja, das macht mich glücklich."

Colin suchte sich einen Zweig für seinen Anhänger aus. „Ich habe dir immer gerne beim Spielen zugeschaut."

Avery runzelte die Stirn und sah ihn durch die Zweige hindurch an. „Was? Wann hast du mir denn beim Spielen zugeschaut?"

Er zuckte mit den Schultern und wich ihrem Blick aus. „Ach, du weißt schon. YouTube. ESPN. Wir haben einen Satelliten, der amerikanische Sportkanäle überträgt." Er räusperte sich, streifte sein zweites Ornament über einen niedrigen Zweig und suchte dann in der Kiste nach dem nächsten ... *gaaanz* unten in der Kiste.

„Colin?" Sie beugte sich über ihn. „Du hast mir beim Spielen zugeschaut?"

Er hatte sich für einen Anhänger entschieden und nahm vorsichtig das Seidenpapier ab. „Ein paar Mal." Grinsend hielt er ein

Wasserski fahrendes Rentier hoch. „Ich glaube, das ist mein Lieblingsstück."

„Welche Spiele? Wann?" Jetzt, wo er das gebeichtet hatte, wollte sie Einzelheiten wissen.

„Ein paar Turniere. Als du die Meisterschaft gewonnen hast."

Avery wandte sich ab. All die ganzen Jahre hatte sie geglaubt, er würde sich nichts mehr aus ihr machen. Sie wirbelte herum und sah ihm mit erhobenem Kinn direkt ins Gesicht. „Und?"

„Wie, und?"

„Wie hast du es gefunden?"

Er hielt ihrem Blick stand, ließ nicht nach. „Du warst überwältigend. Absolut großartig."

„Avery ..." Bristol platzte aus der Küche herein. „Wir sind weg." Sie bedachte Colin mit einer gekonnten Nachahmung von Mamas bösem Blick. „Es sei denn, du willst nicht mit dem da alleine sein. Ich kann auch bleiben."

„Mir geht's gut, Bristol, danke. Ich schließe dann hinten ab. Hast du die Einnahmen?"

Sie klopfte auf die Tasche, die sie unter den Arm geklemmt hatte. „Gleich hier. Ich gehe direkt zur Bank."

„Hab noch einen schönen Abend."

„Du auch." Bristol drehte sich zu Colin. „Benimm dich."

Er wich mit hocherhobenen Händen zurück. „Ich werde der perfekte Prinz sein."

„Ja? Das habe ich schon mal von dir geglaubt ..."

Als sie weg war, wandte sich Colin an Avery. „Ich nehme an, das hätte ich kommen sehen müssen."

„Glaub schon." Avery schob sich an ihm vorbei in die Küche. „Willst du eine Cola oder so etwas?"

„Geht die aufs Haus?" Er folgte ihr und klopfte sich an seiner Jeans den Staub von den Händen. Den Blick auf den Herd gerichtet, hielt er an. „Mir kommt es vor, als sollte ich deinen Vater begrüßen." Er sah Avery an. „Einen heißen Keks von ihm annehmen ..."

„In der Dose da drüben sind ganz frische." Avery zeigte auf den Vorbereitungstisch und nahm dann zwei Gläser von einem Regal, die sie mit Eiswürfeln und Cola light füllte.

Jonny Mathis schmachtete: *„I'll have a blue Christmas without you."*

Aber Colin verzichtete, nahm stattdessen eins der Gläser und machte sich auf den Weg zur Terrasse.

Avery schnappte sich ihre Kapuzenjacke von einem Haken neben der Tür und hockte sich dann auf einen Picknicktisch, mit dem Blick zum Ozean. Durch die Bäume konnte sie das Rauschen hören.

Colin rutschte neben sie auf die Tischkante und nahm einen großen Schluck.

„Warum bist du gekommen, Colin? Ernsthaft?" Sein Tagesendduft – Seife, gemischt mit dem schwächer gewordenen Duft von Rasierwasser – besänftigte sie. Er roch immer so gut.

„Ich wollte dich sehen. Ich habe dich vermisst. Wenn das erlaubt ist."

„Ich verstehe das nicht. Warum? Du bist so gut wie mit Lady Jordan verlobt."

„Nein, nein, das bin ich nicht."

„Warum hast du dann die Glocke geläutet? Du hättest doch wissen müssen, dass die Leute dann anfangen zu reden."

Er seufzte. „Ich habe die Glocke nicht geläutet."

„Wer dann? Dein Freund, Guy? War der nicht bei dir?"

„Guy hat die Glocke auch nicht geläutet."

Sie beugte sich vor, um sein Gesicht sehen zu können. Die blinkenden Weihnachtslichter tauchten seine ebenmäßigen Gesichtszüge abwechselnd in Blau, Grün und Rot. „Was ist hier los?"

Er hob sein Glas an die Lippen und sah sie von der Seite an. Eine schwache Hoffnung spiegelte sich in seinem Gesichtsausdruck. „Gott hat die Glocke geläutet, Avery. Jedenfalls glaube ich, dass er es war."

Eine Beichte war gut für die Seele, aber Averys Schweigen machte ihn nervös. Er stand auf und tigerte zum Rand der Veranda.

Er hatte ihr die ganze Geschichte erzählt, und jetzt musste Avery das erst einmal verarbeiten. Aus ihrer kurzen, aber intensiven Fünf-Monats-Beziehung wusste er, dass sie Zeit zum Nachdenken brauchte.

„Möchtest du spazieren gehen?", fragte er und stellte sein Glas auf dem Tisch ab. „Das Wetter ist so schön, und es wäre eine Schande, nach St. Simons zu kommen und nicht an den Strand zu gehen."

„Sicher." Sie hüpfte vom Tisch und strebte den Pfad hinunter auf den Atlantik zu, wo sich die Wellen am Strand brachen.

Als sie die Bäume hinter sich gelassen hatten, traf sie der frische, kalte Wind. Avery zitterte und schloss den Reißverschluss ihrer dünnen Kapuzenjacke.

„Hier." Colin zog sich seinen Pullover aus und hielt ihn ihr hin.

Als sie zögerte, streckte er seine Hand weiter aus. „Du brauchst den mehr als ich."

„Bist du sicher?" Aber sie nahm ihn an und zog ihn sich über den Kopf. Haarsträhnen schlängelten sich aus einem losen Knoten auf ihrem Hinterkopf. „Was wird dein Dad dazu sagen, dass du hier bist?"

„Er weiß nichts davon."

„Ah, schleichst du mit deinen 26 Jahren immer noch hinter seinem Rücken herum?"

Er lachte, spürte aber den Stich, den die Wahrheit ihm versetzte, die sie da aussprach. „Nein. Er kennt nur nicht jedes Detail meines Privatlebens."

Schweigend gingen sie weiter, im Rhythmus mit dem Klang der Wellen. Der Weg vor ihnen war dunkel, obwohl die Mondsichel ihnen über die Schultern leuchtete. Zur Linken drang das bernsteinfarbene Licht der Straßenlaternen durch die Bäume. Irgendwo in der Ferne bellte ein Hund.

„Deine Aufsichtsratssitzung?", fragte sie. „Wie ist die gelaufen?"

„Langweilig genug. Aber wir haben die Aufgabe erledigt bekommen."

„Und New York?"

„Überfüllt. Sie versuchen sich an Weihnachtsstimmung", sagte er.

„Ich mag die Stadt zur Weihnachtszeit, aber es gibt einfach keinen besseren Ort um diese Zeit als Cathedral City. Vor allem die Altstadt mit den schmalen Kopfsteinpflasterstraßen, mit den Läden so dicht beieinander, den Reetdächern und der Weihnachtsdeko überall. Menschen in alten Kostümen, die Weihnachtslieder singen. Wie man sich Weihnachten eben so vorstellt."

„Ich mag es, wenn es schneit und die Welt ganz leise und weich wird.“

Die Schatten teilten sich, während sie weitergingen. Das Licht vom Shack wurde kleiner.

„Ich auch. Aber ich liebe auch das Weihnachten hier“, sagte Avery. „Im Süden. Wir haben auch unsere Traditionen. Pekankuchen, Süßkartoffelkuchen, gegrillte Austern. Der Weihnachtsmann, der mit einem Motorboot anreist.“ Sie fuhr sich mit der Hand übers Haar, sodass noch mehr Strähnen sich lösten und ihr über die Schulter fielen. Es reizte Colin, die Hand auszustrecken und sie um den Finger zu wickeln. „Als ich ein Kind war, hat Opa jedes Jahr tagelang eine Barbecuegrube unterhalten. Wenn wir unsere Geschenke ausgepackt hatten, sind wir am späten Vormittag hinübergegangen, und ich bin mit meinen Cousins über die Wiese gerannt und habe mit ihnen Football gespielt. Die waren alle viel älter als ich, aber ich habe mich mächtig angestrengt, um mitzuhalten. Abends hat Onkel Hud sein Banjo gestimmt und Bluegrass-Weihnachtslieder gespielt. ‚O Holy Night‘, das hast du erst richtig gehört, wenn es plingplangplong macht. Und dann bin ich irgendwann abends auf dem Boden unter den Weihnachtslichtern einfach eingeschlafen.“ Ihr Lachen wurde von den Wellen zurückgeworfen. „Ich höre mich an wie eine alte Frau, wenn ich das erzähle. Und dabei bin ich erst 22.“

„Es ist eine schöne Erinnerung.“

„Wie ist es mit dir? Irgendwelche Weihnachtstraditionen, an denen du hängst?“

„Alles, das volle Programm. Die Lichter. Die Musik. Als ich ein kleiner Junge war, hat Dad angefangen, uns gleich vor Weihnachten mit in die Philharmonie zu nehmen. Jetzt ist es eine regelmäßige Tradition, gemeinsam mit der königlichen Familie. Jedenfalls, ich war zehn, als ich das erste Mal in der Philharmonie war und mein Dad mir meinen ersten Smoking gekauft hat. Meine Schwestern haben so aufgebauschte Kleider getragen, die ziemlich viele Geräusche machten, wenn man sich bewegte. Und die haben sich viel bewegt während der zweistündigen Vorstellung. Mama hat so oft ‚pschscht' gesagt, dass sie Teil der Musik wurde." Er gluckste. „Sie waren sieben und fünf. Dad hat sie erst wieder mitgenommen, als sie ein bisschen älter waren."

„Du bewunderst deinen Dad wirklich sehr, oder?" In ihrem Tonfall lag eine Art Erkenntnis, ein tieferes Verständnis.

Er schob die Hände in die Hosentaschen und zog den Kopf gegen die Kälte ein. „Trotz all seiner Fehler, ja. Ehrlich gesagt ist er mein Held. Der Mann, den ich auf der Welt am meisten verehre. Er ist zwar mit einem silbernen Löffel im Mund zur Welt gekommen, wie man so sagt, aber er hat hart dafür gearbeitet, um sich das, was er geerbt hat, auch wirklich zu verdienen. Als mein Großvater in den Ruhestand gegangen ist, hat mein Vater in seinen ersten zwei Jahren an der Spitze das Unternehmen um 50 Prozent vergrößert."

„Da trittst du also in große Fußstapfen."

„In sehr große." Er trat in eine Sandkuhle, stolperte und taumelte gegen Avery. Sie hob eine Hand, um ihn zu stabilisieren, drückte sie auf seine Brust, auf sein rasendes Herz. Er streckte seine Hand aus, um sich an ihr festzuhalten, aber sie war zu schnell für ihn. „Er hat immer an mich geglaubt. Fast übertrieben, verstehst du? Er ist die einzige Person, von der ich es nicht ertragen könnte, sie zu enttäuschen."

Avery blieb stehen und drehte sich zu ihm um. Die Konturen ihres Gesichts wurden vom sanften Mondlicht hervorgehoben. „Warum bist du dann hier? Ist das hier eine Reise aus schlechtem Gewissen? Schau, ich habe weitergemacht. Dein Dad hat sehr klar zum Ausdruck gebracht, dass ich nicht gut zu dir passe."

„Das hat nichts mit schlechtem Gewissen zu tun. Und mein Vater bestimmt nicht über mein Liebesleben, egal, was er selbst darüber denken mag. Ich habe einfach ..."

„Was einfach, Colin? Warum hast du dich hier heruntergeschlichen?"

„Ich habe mich nicht ‚geschlichen'."

„Was wirst du deinem Vater sagen, wenn er das hier herausfindet und verlangt, dass du nie wieder mit mir sprichst?" Sie trat näher. Mutig, offen. „Hör mal, meine Schwester bekommt ein Kind und ..."

„Was? Ehrlich? Wann? Davon habe ich ja noch gar nichts gehört."

Sie schnitt eine Grimasse. „Oh, sorry, ja, das Baby ist eigentlich noch ein Geheimnis. Also verrate es bloß nicht. Aber ja, sie ist schwanger, und es sieht so weit gut aus."

Er tat so, als würde er seine Lippen wie einen Reißverschluss verschließen, und gelobte Schweigen. „Dein Geheimnis ist sicher bei mir. Aber – wie großartig. Ein Erbe. Ich werde für diesen neuen Prinzen oder die neue Prinzessin beten."

Averys Haltung wurde weicher. „Danke. Das bedeutet mir sehr viel."

„Aber ... was du gesagt hast. Wenn mein Vater verlangt, dass ich nie wieder mit dir spreche ... aber Susanna bekommt ein Kind, also ..."

„Das bedeutet, dass ich öfter zu Besuch kommen werde. Du kannst mich also nicht ignorieren." Sie seufzte, drehte sich um und ging weiter den Strand entlang. „Oder, ich weiß nicht, vielleicht kannst du es ja doch. Die letzten paar Jahre hast du es ja ziemlich gut hinbekommen."

„Avery." Colin erwischte sie am Arm. „Es tut mir leid. Es tut mir so sehr leid. Aber ich habe getan, was ich glaubte tun zu müssen. Jetzt wird mir klar, wie schmerzhaft das war und dass da keine Wahrheit, Integrität oder Ehre im Spiel war, alles Dinge, die mein Vater mich gelehrt hat ..."

„Aber du warst mehr als bereit, die beiseitezulassen, um mich loszuwerden."

„Dich loszuwerden? Das stimmt so nicht. Ich wollte nie ..."

„Das stimmt so nicht?" Sie hielt ihre Hand in den Wind. „Das sehe ich anders. Die Wahrheit ist, dass du überhaupt nie *irgendetwas* gesagt hast."

„Stimmt, ich hätte mehr sagen sollen. Dir die Wahrheit sagen sollen. Aber ich wollte dich doch nicht loswerden." Wenn er ihr sagte, dass sie das Licht seines Lebens war, würde sie ihm dann glauben? Möglicherweise nicht.

„Dann hast du es aber erstaunlich gut geschafft, es so aussehen zu lassen. Was war es denn wirklich? Außer dass ich dich von deinem Studium abgelenkt habe. Außer dass ich nicht aus Brighton kommen wollte. Ich war nicht gut genug, oder?"

„Was? Muss ich dich daran erinnern, dass deine Schwester mit dem König verheiratet ist? Sei nicht albern ... nicht gut genug." Frustriert schaute er übers Wasser. Sie drehten sich im Kreis. Aber würde es die Sache nicht nur noch komplizierter machen, wenn er ihr den Rest erzählte?

Sie stellte sich neben ihn. „Du weißt, dass ich dich geliebt habe. Ich war bereit, alles aufzugeben, was ich mir erträumt hatte, um dich zu heiraten."

Colin schloss sie in die Arme und barg ihren Kopf an seiner Schulter. „Ich habe dich auch geliebt, Liebes. Sehr."

Sie klammerte sich an ihm fest, ihre Hände gruben sich in sein Hemd, während ihr leises Weinen sein Herz berührte. Er legte seine Wange an ihre.

„Es tut mir leid, Avery. So unfassbar leid."

Gemeinsam schwankten sie zur Symphonie des Ozeans und der Nachtgeräusche der Insel. Ihre Tränen ebbten zu einem leisen Erschauern ab, und ihr Griff an seinem Hemd lockerte sich. Zu guter Letzt trat sie zurück und strich mit den Händen sein Hemd über seiner Brust glatt.

„Wir sollten zurückgehen. Ich brauche ein Taschentuch, und ich habe das Shack nicht abgeschlossen."

Colin schob seine Hand in ihre. „Vergibst du mir, Avery? Bitte."

Sie nickte. „Das habe ich schon lange getan. Aber dass du darum bittest, hilft." Sie zog ihre Hand frei und ging den Weg zurück, über den sie gekommen waren. Das sanfte Licht des Mondes zeichnete einen schwachen Pfad vor. Dann hielt sie an. „Warte mal. Du hast gesagt, Gott hat die Glocke geläutet?"

Er lachte. „Das hat jetzt auch nur eine halbe Stunde gedauert."

„Entschuldigung, ich habe darüber nachgedacht, aber dann haben wir über Weihnachten geredet und ... Also ... was ist jetzt mit dem Wunder, von dem du gesprochen hast?"

Auf ihrem langsamen Heimweg berichtete Colin von seiner alljährlichen Tradition mit Guy Smoot – wie sie mit Bier und Pfeifen auf den Glockenturm der Pembroke Chapel stiegen, über alte Zeiten und neue redeten und die spektakuläre Aussicht über die Stadt genossen.

„Dieses Jahr hatten Maddie und Hy die Aufmerksamkeit für die Geschichte der Glocke geweckt, für diesen letzten Prinzen, der die Glocke geläutet hat und in den Tod gestürzt ist. Also hat Guy mich gefragt, ob ich sie für Lady Jordan läuten würde." Die Lichter des Rib Shack leuchteten heller, als sie näher kamen. „Ich habe Nein gesagt und dann mit Gott geredet. Ich habe Ihm gesagt, wenn ich für irgendjemanden die Glocke läuten würde, dann für dich." Sein Geständnis kam aus seinem tiefsten, ehrlichsten Inneren. Und jetzt war es raus, hier am Meer, wo es der Wind einfach mit sich reißen konnte.

„Du würdest die Glocke für mich läuten?"

„Ja, aber verstehst du, ich habe die Glocke nicht geläutet. Sie hat von ganz alleine geläutet, und, so wahr ich hier stehe, ich weiß, dass es die Hand Gottes war, die das getan hat."

„Warum sollte der denn die Glocke läuten?"

„Ich nehme an, das war so eine Art Antwort auf mein Gebet." Klang er lächerlich? Warum genau sollte Gott die Glocke läuten? Gute Frage. „Glaubst du, ich mache aus einer Mücke einen Elefanten?"

Sie hob die Arme, und die Ärmel seines Pullis rutschten herunter. „Frag mich nicht. Ich bin raus."

„Aber das bist du nicht, versteh doch." Er bekam sie zu fassen. „Du bist doch der Mittelpunkt des ganzen Durcheinanders. Und, ja, ich glaube, du bist der Grund, warum die Glocke geläutet hat. Eine andere Erklärung fällt mir nicht ein."

„Also meiner Erfahrung nach führt uns Gott mit einer leisen, kleinen Stimme. Und manchmal mit so großen Wundern, wie dass Aurora mit einem Paar unglaublich teuren Schuhen für Susanna aus dem Wald auftaucht. Aber das?"

„Die Nacht war völlig windstill, Avery. Selbst wenn, hätte es schon eine Orkanböe gebraucht, um eine Dreihundert-Kilo-Glocke zu läuten. Der Glockenstrang war immer noch an der Wand eingehakt, und trotzdem hat die Glocke geläutet wie verrückt." Er überzeugte sich selbst mehr als Avery. Weil es genau das war, was seine Seele brauchte.

„Okay, schön, Gott hat die Glocke geläutet. Was heißt das dann? Dass wir an Weihnachten heiraten sollten?", spottete sie und machte sich wieder auf den Weg zum Rib Shack. Inzwischen hatte sich ihr Haar vollends aus dem Knoten aufgelöst und strömte zum Klang der Wellen hinter ihr her. „Das glaube ich kaum."

„Warum nicht?"

Sie wirbelte herum, um ihn anzusehen. „Meinst du das ernst? Wir kennen uns gar nicht mehr. Und ich würde mich nie zwischen dich und deinen Dad stellen. Ich weiß nicht, was du denkst, aber einen Keil zwischen euch beide zu treiben ist dumm. Da mache ich nicht mit."

„Bist du nicht diejenige, die mich herausgefordert hat? ‚Schleichst du mit deinen 26 Jahren immer noch herum?' Ich bin ich. Ich bin erwachsen. Ich kann eigene Entscheidungen treffen und immer noch der Sohn meines Vaters sein. Du tust meinem Vater unrecht. Er ist ein guter Mann."

„Dann ruf ihn gleich jetzt an. Sag ihm, wo du bist." Sie wartete darauf, dass er nach seinem Telefon griff, und piekte ihm dann in die Brust. „Du kannst es nicht, stimmt's? Du schaffst es nicht, ihn zu enttäuschen."

Colin atmete aus. Seine Argumente verloren an Luft. Um ganz ehrlich zu sein, wusste er nicht, ob er es schaffte oder nicht. Er war noch nie so weit über Dads Grenzen gegangen.

Avery ging wieder weiter auf die Terrasse des Shacks zu, drehte sich aber nach ein paar Schritten um. „Nur zu deiner Information, Prinz Colin, du hast mein Herz gebrochen. Das war der schlimmste Sommer meines Lebens. Ich hatte keine Ahnung, dass ein Mann solch einen Einfluss auf mich haben könnte wie du. Ich habe mich hoffnungslos in dich verliebt. Mit 17. Ich wollte nichts anderes mehr, nur noch dich. College? Wen kümmerte das schon? Volleyball? War nicht mehr mein Lebenstraum. Die Ohio State würde auch ohne mich auskommen. Ich wollte deine Frau sein, und wir beide, wir würden einen Unterschied auf dieser Welt machen. Wir würden Babys bekommen ..."

„Wie viele?"

„Was?"

„Ich habe gefragt, wie viele."

„Ich – ich weiß nicht ... so ... drei?"

„Gut, ich habe an drei oder vier gedacht."

„Bevormunde mich nicht."

„Das tu ich nicht. Erzähl weiter. Was hast du dir noch von dem Leben erträumt, das wir zusammen haben würden?"

Sie zog sich die Ärmel seines Pullis über die Hände. „Also, wir würden Kinder großziehen, die Jesus lieb hätten und sich um Menschen kümmerten, die richtig von falsch unterscheiden könnten. Die einen anständigen Charakter hätten. Mit dem Geld deiner Familie und deinem Platz im Hause Stratton hätten wir Stiftungen und Hilfsorganisationen ins Leben rufen können. Ich habe mir ein Volleyballcamp für benachteiligte Mädchen vorgestellt. Wie Prinz Stephen das mit dem Rugby gemacht hat, weißt du? Ich würde in der Nähe meiner Schwester wohnen. Wir würden Familiengeburtstage und Feste zusammen feiern können."

„Klingt perfekt."

„Hör auf damit. Du verstehst es nicht. Nichts aus meiner alten Welt hat sich noch richtig angefühlt, nachdem ich dich getroffen habe, nachdem du mich in Parrsons House geküsst hast. Ein Teil meines Herzens ist ganz weit aufgegangen. Es hat Jahre gebraucht, bis ich den wieder zubekommen habe. Also steh jetzt nicht da und sei nicht so charmant und süß und einverstanden mit meinen Träumen, wenn wir beide wissen, dass nie etwas daraus werden wird." Wieder wandte sie sich zum Gehen, drehte sich dann aber doch vollständig um, um ihn erneut anzuschauen. „Willst du wissen, was das Schlimmste war?"

„Sag's mir." Sie musste sich Luft machen, und dem ordnete er sich unter. Die Wahrheit musste heraus.

„Ich habe geglaubt, du würdest das Gleiche empfinden. Und dann – peng, puff! – warst du weg. Nicht nur ein bisschen. Ein bisschen sehr. Schön, dann hast du es also nicht zu meinem Abschlussball geschafft. Ich war enttäuscht, aber es gibt im Leben mehr als Abschlussbälle. Aber dass du nie wieder mit mir gesprochen hast? Du hast mich bei Facebook als deine Freundin entfernt. Du hast mich abgesägt." Sie zitterte vor Erregung. „Bis vor zwei Wochen hatte ich nicht die leiseste Ahnung, warum. Also komm jetzt nicht hier herunter und erzähl mir was davon, wie Gott zur Antwort auf dein mickriges kleines Gebet eine Glocke geläutet haben soll. Weil ich viereinhalb Jahre lang darum gebetet habe, dass du mal anrufst, mir schreibst, dich irgendwie bei mir meldest, und alles, was ich bekommen habe, war Schweigen. Jetzt jedenfalls muss ich erst mal das Shack abschließen. Du kannst ja hier stehen bleiben, wenn du willst, aber ich bin weg."

„Avery, warte." Colins Herz schwoll an bei dem Gedanken an den letzten Rest Wahrheit. An das Geheimnis, von dem nur Dad wusste. „Ich wollte dir einen Antrag machen." Da. Er hatte es gesagt. Jetzt war die Wahrheit vollständig draußen. „Das ist der Grund, warum Dad nicht wollte, dass ich kam. Ich wollte dich fragen, ob du mich heiraten willst."

Kapitel vierzehn

„Was hast du gerade gesagt?“ Die Wellen donnerten, und ein geisterhaftes Leuchten brach durch die dünne Wolkenschicht.

„Ich glaube, du hast mich ganz gut verstanden. Ich wollte dich fragen, ob du mich heiraten willst. Ich hatte den Ring meiner Großmutter aus dem Bankschließfach unserer Familie geholt.“

„Du wolltest ... mich ... fragen, ob ich ... ob ich ... dich ... heiraten will?“

„Ja.“

Sie drehte sich von ihm weg, versuchte, zu verstehen. Versuchte, etwas anderes zu fühlen als reinste Verwirrung. „Dein Dad hat davon erfahren?“

„Der Bankangestellte hat gesehen, wie ich in den Tresorraum gegangen bin. Er hat Dad benachrichtigt.“

„Dein Vater kann mich wirklich nicht leiden, oder?“

„Es liegt nicht an dir. Es ist mehr dein amerikanisches Erbe. Er ist ein Patriot. Das kannst du, glaube ich, nachvollziehen. Er will eine Frau aus Brighton für mich. Er fand außerdem, ich sei, also, wir beide seien zu jung. Ich hatte immer noch einen großen Teil meiner Ausbildung vor mir. Und du auch.“

„Warum können junge Menschen nicht wissen, ob sie ihre wahre Liebe gefunden haben? Mich hat nie jemand gefragt, was ich davon hielt, dich zu heiraten. Man hat mich beraubt.“

„Wie hätte ich das machen sollen? ‚Hallo, Liebes. Ich habe darüber nachgedacht, dir einen Antrag zu machen, aber Dad sagt, wir seien zu jung und hätten zu viel Arbeit vor uns. Was meinst du dazu?‘ Wie hättest du geantwortet?“

„Ja. Ich hätte geantwortet: ‚Ja, ich werde dich heiraten.' Und dann hätte ich dich bei deiner Ausbildung unterstützt. Ich hätte in Brighton studiert." Die Worte, die sich aufgestaut hatten, flossen frei, endlich. „Wir waren nicht zu jung. Ich wollte nicht mit meinen Freundinnen Party machen oder mit anderen Männern ausgehen. Ich hatte dich gefunden. Wie sollte ich von dem Punkt aus weitermachen?"

Roh und ehrlich offenbarte ihr Bekenntnis, wie sehr sie ihn geliebt hatte. Es war zu spät, ihre Offenheit zu bereuen.

Colin räusperte sich. „W-was, wenn ich dir jetzt einen Antrag mache?"

„Ha!" Sie ging zur hinteren Terrasse des Rib Shacks. „Jetzt bist du gemein."

Er schloss zu ihr auf. „Nein, ich meine es ernst. Was, wenn Gott mir mit der Glocke den Weg zu dir gezeigt hat? Was, wenn unsere Zeit jetzt gekommen ist?"

Sie griff nach der Fliegengittertür und trat in die hell erleuchtete, warme Küche. Im Gastraum spielte die Jukebox „Have a Holly Jolly Christmas".

„Fahr nach Hause, Colin. Das Schwerste, was ich je tun musste, war, über dich hinwegzukommen. Das will ich nicht noch einmal tun müssen."

„Glaubst du, mir ist das leichtgefallen?"

„Von da, wo ich stand, sah es jedenfalls leicht aus." Sie drehte eine Runde durch die Küche und sah nach, ob alles ausgeschaltet war. Dann knipste sie das Licht aus und sah Colin auf dem Weg in den Gastraum kurz an. „Du kannst gehen. Ich dekoriere hier noch zu Ende. Wo übernachtest du?" So ging es ... die Unterhaltung flach halten. Über oberflächliche Details sprechen.

„In Nathaniels Ferienhaus."

Ah, das Ferienhaus. Wo sich ihre Schwester in den Prinzen, der zum König wurde, verliebte, während sie seinen Garten gestaltet hatte.

„Ich denke, wir sehen uns dann in Brighton." Sie wandte sich dem Baum zu. Die Zweige verschwammen vor ihren Augen, die sich mit Tränen füllten. „Wann fliegst du zurück?"

„Morgen."

Sie nickte. „Ich am Freitag."

„Avery, wir müssen über das reden, was ich gerade gesagt habe. Du kannst meine Worte nicht einfach ignorieren."

Sie drehte sich zu ihm um. „Aber sicher kann ich das. Ich spüre, wie ich mich wieder von dir angezogen fühle, und es tut mir leid, aber das kann ich nicht. Es ist mir egal, ob da eine Glocke geläutet hat oder was du gebetet hast. Das kannst du schön selbst herausfinden. Ich habe einen heißen Tipp für dich. Wenn du eine Frau wirklich heiraten willst, dann läute die Glocke selbst. Dann wird sie sicher wissen, dass du sie liebst. Aber jetzt lass uns einfach getrennte Wege gehen." Sie schenkte ihm ihr bestes Damit-komme-ich-schon-zurecht-Lächeln.

„Ich werde gehen, aber dieses Gespräch ist noch nicht beendet." Er holte seine Jacke und wünschte ihr eine gute Nacht, hielt aber an der Tür an. „Nebenbei gesagt, war über dich hinwegzukommen auch das Schwerste, was ich je in meinem Leben tun musste. Die Marineausbildung war ein Klacks dagegen." Er atmete aus. „Und ehrlich gesagt bin ich mir nicht sicher, ob ich überhaupt über dich hinweg *bin*."

„Nimm das zurück." Sie eilte hinter ihm her, knallte die Tür zu und drehte den Schlüssel im Schloss von innen um, immer wieder. „Das ist nicht fair, Colin. Nicht fair. Und ich glaube es dir auch nicht.“ Sie hämmerte mit den Fäusten zu den Klängen von Blake Sheltons Weihnachtsfassung von „Home“ gegen die Tür. „Nimm das zurück.“ Avery trat gegen die Tür und sank dann langsam schluchzend zu Boden, wo sie ihr Gesicht in der weichen, duftenden Wolle von Colins Pullover vergrub.

Kapitel fünfzehn

16. Dezember
9 Tage bis Weihnachten

Madeline & Hyacinth Live!

Madeline: „Hyacinth, der Prinz ist diese Woche in New York. Glaubst du, er ist auf der Flucht? Meinst du, er versteckt sich?"

Hyacinth: „Vielleicht ist er losgezogen, um nach einer Ziege und einem Ziegenbock zu suchen."

Madeline: (lachend) „In New York? Höchstens Ziegen nach Kaschmirart ... bereits zu Jacken und Pullovern verarbeitet. Er trägt wohl diesen herrlichen marineblauen Mantel, den ich so liebe."

Hyacinth: (winkt mit einem Stapel blauer Karten) „Glaubst du, er hat seine Meinung geändert? Ich befürchte, er hat seine Meinung geändert."

Madeline: „Hy, wir wissen doch nicht einmal, ob er überhaupt eine Meinung *hatte*. Alles, was wir wissen, ist, dass er aus dem Turm gestürmt ist, während über ihm die Glocke Sturm geläutet hat."

Hyacinth: „Zwischenzeitlich ist Lady Jordan in London, wo sie Gespräche wegen eines neuen Films führt." Sie schüttelte den Kopf. „Ich habe da nicht viel Hoffnung. Die Spannung bringt mich noch um."

Colin stellte den Fernseher in seinem Büro stumm und schob sich, sich reckend und streckend, von seinem Schreibtisch weg, um sich an dem Servierwagen neben der Tür eine frische Tasse Kaffee einzuschenken.

Die arme Hyacinth. Sie würde am Weihnachtsmorgen eine echte Enttäuschung erleben, wenn es keine Hochzeit in der Watchman Abbey gab.

An seinem Kaffee nippend, ging er zum Schreibtisch zurück. Übermüdet und triefäugig entschloss sich Colin, seinen Bericht über die Aufsichtsratssitzung fertig zu stellen. Für Aufschieberitis gab es keinen Platz bei Tattersall Ltd. Am allerwenigsten beim Enkel des Gründers und Sohn des Geschäftsführers.

Am späten Donnerstagnachmittag war er von Jacksonville wieder nach New York geflogen. Dann von dort aus zurück nach Cathedral City. Er hatte versucht, sich über dem Atlantik aufs Ohr zu hauen, mühte sich aber mit der Tatsache ab, dass Gott die Glocke geläutet hatte; damit, dass er Avery die ganze Wahrheit gesagt hatte.

Der eindringliche Klang ihres *Nimm das zurück!* hauste in seinem Herzen.

Arbeit. Er musste arbeiten. Sich auf sein Leben konzentrieren. Auf seine Zukunft. Er war verrückt gewesen, nach St. Simons hinunterzufliegen. Irre, die ganze Wahrheit zu sagen.

Vom Flughafen aus war er direkt ins Büro gefahren, wo er die Sekretärin um eine Kanne Kaffee gebeten hatte und gleich an die Arbeit gegangen war. Er würde diesen Bericht fertig schreiben, bevor der Arbeitstag zu Ende war. Ganz sicher.

Für ein bisschen Hintergrundrauschen hatte er *Madeline & Hyacinth live!* eingeschaltet, in der Hoffnung, das Getue um sein angebliches Glockenläuten habe nachgelassen.

Fehlanzeige.

Er arbeitete einige Minuten lang, aber die Erschöpfung pfuschte an seiner Konzentration herum und ließ weitere Gedanken an Avery zu.

Er ging zum Fenster hinter seinem Schreibtisch und sah auf die Straße hinunter, wo ein Schneeschauer die Welt magisch und weiß erstrahlen ließ. Passanten eilten über die Gehwege, beladen mit Tüten, Taschen und Schachteln.

In etwa drei Kilometer Luftlinie lag sein Loft. Von dort aus hatte er auch eine tolle Aussicht auf die Stadt. Aber die Wohnung war nackt und kalt, dort standen nur ein Bett und ein Schrank im Schlafzimmer sowie ein Fernseher und ein Sessel im Wohnzimmer. Er war nicht gerne dort, zog das Leben und die Gemütlichkeit seines Elternhauses vor. Wo seine Schwestern über die Jungs an der Uni sprachen. Wo Mum und Dad über das gesellschaftliche Leben plauderten.

Mum hatte versucht, eine Innenarchitektin auf die Wohnung anzusetzen, aber Colin hatte ihr jedes Mal abgesagt. Er hatte einen Sessel, in dem er fernsehen konnte. Ein Bett zum Schlafen und einen Löffel und eine Schale für sein Morgenmüsli. Was brauchte ein Junggeselle mehr?

Eine liebe Braut, die seinen kalten Raum wärmte.

„Herr, was möchtest du von mir?"

Er kannte die Berührung des Göttlichen. Besonders draußen auf dem Meer. Während eines besonders heftigen Sturms hatte sogar der Kapitän die Mannschaft dazu gedrängt, zu beten.

Aber das übernatürliche Glockenläuten war ihm neu. Die Frage war, wie er die Botschaft dahinter entschlüsseln und ihr gehorchen konnte. Averys Aufforderung, die Glocke selbst zu läuten, wenn er eine Frau wirklich liebte, brachte eine Saite in ihm zum Klingen. War er ein Feigling, der sich hinter Gott versteckte? Aber wenn Colin sich wirklich gegen seinen Vater stellen sollte, würde er himmlische Hilfe brauchen. Auch das hatte Avery gut auf den Punkt gebracht.

Colin blieb am Fenster, wartete, lauschte. Zu seiner Linken wanden sich die uralten Steinstraßen von Cathedral City zwischen schmalen Gebäuden, bis sie in eine moderne Hauptstraße mündeten.

Die Bürgersteige waren übersät mit Geschäftsleuten in dunklen Anzügen und Kostümen, die durch die Kälte an den blinkenden Weihnachtslichtern vorbei zu einem Feierabendbier in ihren Lieblingspub eilten.

In seinen ersten sechs Monaten in der Firma war er einer dieser Kneipengänger gewesen. Aber nach einer Weile fand er das öde und leer. Er verbrachte seine Abende lieber mit echten Freunden, mit seiner Familie.

„Colin?" Ohne zu klopfen, betrat Dad das Büro. „Julian hat deine Reisekosten aufgelistet." Er hatte die Buchhaltung des Unternehmens fest im Griff. „Was ist das hier?" Er ließ einen Ausdruck seiner Kreditkartenabrechnung auf den Schreibtisch gleiten.

Das Ticket nach Jacksonville. Er brauchte nicht einmal nachzuschauen. „Ich werde dafür aufkommen, Dad."

„Natürlich wirst du das. Aber das Geld kümmert mich nicht. Ich mache mir Sorgen, warum du überhaupt geflogen bist. Von New York nach Jacksonville? Du hast sie besucht, oder? Ich habe mit Nathaniel geredet. Er hat mir erzählt, sie sei wegen irgendeines Vorstellungsgesprächs nach Hause geflogen."

„Also kontrollierst du mir jetzt hinterher?“ Colin kehrte an seinen Schreibtisch zurück, wo er seine Kaffeetasse auf einem Untersetzer mit dem Emblem der Knoxton University abstellte.

„Nicht bis ich das hier gesehen habe.“

„Aber du bist damit zu Nathaniel gegangen anstatt zu mir.“

Dads Gesichtsausdruck verfinsterte sich. „Das war zufällig. Ich habe diese Woche mit ihm Tee getrunken. Er hat mir erzählt, seine Schwägerin ...“

„Avery.“

„Ja, Avery sei wegen einer Stelle nach Amerika geflogen.“

„Es sieht aus, als habe sie eine Stelle als Trainerin“, sagte Colin. „Also brauchst du nicht zu befürchten, ich würde ihr hinterherrennen. Was sollte ich schon in Amerika anfangen?“

„Warum hast du also die Zeit und das Geld verschwendet, um sie zu sehen, wo sie doch die ganze Vorweihnachtszeit über hier sein wird? Wühl nicht in der Vergangenheit herum. Was soll das Gutes bringen?“

„Sie musste den Rest der Geschichte hören. Warum ich sie im Stich gelassen habe.“

„Den Rest der Geschichte? Hör mal, Sohn, du hast ihr aber nicht erzählt, dass ...“

„Doch.“

Dads Wangen röteten sich, und seine Augen wurden schmal. „Ich kann nichts Kluges daran sehen. Warum um alles in der Welt hast du das gemacht?“

„Sie musste wissen, warum ich jegliche Kommunikation eingestellt habe. ‚Ich war zu beschäftigt‘ oder ‚Das Studium hat mich aufgefressen‘ hat einfach nicht gereicht. Es tut mir leid, aber ich musste es ihr sagen.“

Dad schüttelte den Kopf. „Dann stell dich auf die Konsequenzen ein, wie auch immer die aussehen mögen."

Colin stemmte sich langsam hoch. Er spürte die Reisemüdigkeit im ganzen Körper. „Dad, du weißt, dass ich dich respektiere. Du bist der Erste, den ich frage, wenn ich einen Rat brauche, aber du kannst nicht jeden Moment meines Lebens managen. Du kannst auch nicht erwarten, dass ich auf das Leben so reagiere, wie du das tun würdest. Ich bin nach St. Simons geflogen, um eine Freundin zu besuchen, und habe keine Standpauke von dir verdient."

Sein Herz schlug heftig, während er auf Dads Reaktion wartete. Der seufzte, ging auf und ab und klopfte sich mit der Hand gegen das Bein. „In Herzensangelegenheiten mache ich mir nun einmal Gedanken."

„Na, dann hör auf damit. Das hier ist mein Weg. Großvater ist dir auch nicht nachgestiegen. Ich bin ich, und wenn du dem nicht vertraust, der aus mir geworden ist, dann musst du das mit Mum klären. Ich bin 26, nicht sechs."

„Wir vertrauen dem, der du geworden bist. Und Großvater ist mir nicht nachgestiegen, weil ich noch ehrgeiziger war als er. Aber du?" Dad griff nach dem Kontoauszug. „Du hast eine zarte Seite. Die habe ich nicht in dir gesehen, bis du Avery getroffen hast. Ich bewundere dich dafür. Trotzdem befürchte ich, dass dich das zum Stolpern bringen wird. Du befindest dich in einer außergewöhnlichen Position, mit einem Fuß in der Welt der Königshäuser und mit dem anderen in der Geschäftswelt. Deine Ahnenlinie geht sowohl auf meiner Seite als auch auf der deiner Mutter bis auf König Stephen I. zurück. Du bist ein Prinz für das Volk. Selbst diese alberne Cupcakegeschichte hat das bewiesen. Du bist die Brücke zwischen dem einfachen Bürger und dem Adel."

„Das hast du schon mal gesagt. Mehr als einmal. Wenn du es unbedingt wissen möchtest, hat Avery mich zurückgewiesen. Sie weiß, dass du nicht einverstanden wärst, und will sich nicht zwischen uns drängen."

„Wirklich?" Dad wanderte mit nachdenklichem Gesicht zur Tür. „Dann habe ich sie unterschätzt."

„Das meine ich allerdings auch."

„Ich werde netter zu ihr sein ... ah, wenn ich sie morgen in der Philharmonie sehe." Er lächelte. „Sie wird doch da sein?"

„Das nehme ich an."

„Und du hast immer noch vor, Lady Jordan mitzubringen?"

„Bin mir nicht sicher. Wir haben nicht mehr miteinander gesprochen seit ..." Als hätte sie eine Art kosmische Wanze in Colins Büro, leuchtete Lady Jordans Name auf seinem Telefon auf. „Wenn man vom Teufel spricht ..." Er ging ran, und Dad verließ den Raum. „Jordan."

„Ich habe dich vermisst, mein Lieber. Ich habe gedacht, du würdest mal anrufen ... wegen morgen."

„Entschuldigung. Ich war geschäftlich unterwegs." Warum sollte er sich die Mühe machen, darauf hinzuweisen, dass sie sich nie auf seine Nachricht auf der Mailbox hin bei ihm gemeldet hatte? „Bist du um sieben so weit? Dann hole ich dich ab."

„Fein. Ich freue mich darauf. Ich werde ein heißes rotes Kleid tragen."

Colin legte auf und warf sein Telefon achtlos beiseite. Er hätte wetten können, dass sie ein heißes rotes Kleid tragen würde. Sie war keine Frau, die sich einen Medienmoment entgehen ließ – Lady Jay würde das volle Programm auffahren.

Vor dem Erntefest hätte er ihren Kommentar lustig gefunden.

Jetzt war er genervt. Nicht von ihr, um fair zu bleiben, sondern von sich selbst. Wenn ein Mann erst einmal einen besseren Weg gefunden hatte, ergab es keinen Sinn, so weiterzumachen wie bisher. Sein Appetit und seine Sehnsüchte veränderten sich.

Mit einem bohrenden Gefühl im Bauch setzte Colin sich an seinen Schreibtisch. Der Lauf seines Lebens hatte sich geändert. Er musste nur noch herausfinden, wohin die Reise von hier aus ging.

Kapitel sechzehn

17. Dezember
8 Tage bis Weihnachten

„Avery Mae.“ Mama platzte in ihre Suite herein. Ihr schwarzweißes Kleid umfloss sie, über den Schultern trug sie ein weiches Schultertuch aus rosa Kaschmir. Sie trug Make-up, und ihr silbernes Haar war auf ihrem Kopf aufgetürmt.

Mit ihrem Telefon und der Clutch in der Hand, die Susanna ihr geliehen hatte, verließ Avery ihr Zimmer. Sie trug das Kleid, das sie auch zu Nathaniels Krönungsball getragen hatte. Sie war hundemüde. Froh über ihre beruflichen Aussichten. Dennoch unruhig wegen ihrer Unterhaltung mit Colin.

Hatte er ihr wirklich einen Heiratsantrag machen wollen? Was sollte sie damit viereinhalb Jahre später anfangen?

Am Vorabend war sie spät in Cathedral City angekommen, nur um am nächsten Morgen wieder sehr früh von Susanna geweckt zu werden. Um acht Uhr hatten sie einen Termin mit Ferny, der Designerin, die ein ganz außergewöhnliches Kleid für den Weihnachtsball entworfen hatte.

Sie verwendete weiße Wolle, die so fein gesponnen war, dass sie sich anfühlte wie eine Mischung aus Seide und Satin. Der Rock strömte in überlappenden Schichten aus dem Mieder, die sich einerseits an Averys schlanke Gestalt schmiegten, andererseits aber frei flossen. Avery hatte noch nie etwas dergleichen gesehen.

Das auf Figur geschnittene Mieder war aus dem gleichen Material, mit Kunstpelz auf den Flügelärmelchen. Der Saum war königsblau. Als sie es anprobierte, fühlte sie sich auf Anhieb gut, wie zu Hause.

Es gab jedoch eine Sache, die ihr nicht gefiel. Es war weiß. Es sah viel zu sehr nach einem Brautkleid aus. Noch schlimmer – es fühlte sich an wie ein Brautkleid. Und das ging ihr nach dem Gespräch mit Colin unter die Haut. Ein Gespräch, das sie für sich behalten würde. Jedenfalls fürs Erste.

Im Wohnzimmer ihrer Suite pfiff sie bewundernd. „Schau dich mal an. Willst du Königin Campbell den Rang ablaufen?"

Heute Abend spielte das königliche Philharmonische Orchester von Brighton. „Ein Abend voller Weihnachtslieder". Eine Veranstaltung, die Avery unbedingt besuchen wollte, schon seit Susanna geheiratet hatte.

„Ha, wohl kaum. Königin Campbell ist ein leuchtender Stern." Mama zeigte auf Averys Handy und runzelte die Stirn. „Was ich wissen möchte, ist, warum du das Ding da mit in die Philharmonie mitschleppst."

„Ich schleppe es überallhin mit mir herum."

„Aber am Samstagabend wird nichts Wichtiges durchkommen. Tu das weg. Du bist auf dem Sprung zu einem Abend mit den Philharmonikern." Mama senkte ihre Stimme, während sie mit der flachen Hand vorsichtig ihre Frisur tätschelte. Das war nicht die Glo Truitt, mit der Avery aufgewachsen war.

„Ich kann während der Pause nach meinen E-Mails schauen. Ich will die Weihnachtslieder auch hören. Aber wenn Coach Boon schreibt ..."

„Du warst doch gerade erst dort. Er wird dir nicht an einem Samstagabend schreiben." Mama nahm ihr das Telefon aus der Hand. „Du musst mal abschalten und dich entspannen. Schau mich an. Mal aus dem Rib Shack herauszukommen tut mir richtig gut."

„Ich weiß. Das macht mir ein bisschen Angst, ehrlich gesagt." Avery mopste sich ihr Handy zurück. „Ich stelle es auf Vibration. Aber das Ding kommt mit."

Mama betrachtete sie einen Moment lang. „Also, war alles in Ordnung im Shack?"

„Läuft wie ein Uhrwerk." Avery steckte ihr Telefon in ihr Täschchen und strebte zur Tür. „Bist du so weit?"

„Warte mal." Mama bedachte sie mit dem Glo-Blick. Dem, der Unschuldige dazu bringen konnte, eine Tat zu gestehen, die sie gar nicht begangen hatten. „Ist alles in Ordnung? Ist zu Hause irgendetwas passiert, von dem ich wissen sollte?"

„Eigentlich nicht. Ich musste das Shack noch für Weihnachten dekorieren." Avery zuckte mit den Schultern. „Das kam unerwartet, war aber lustig."

„Das meinte ich nicht." Mama winkte Averys Kommentar ab und kniff die Augen zusammen, um den wahrheitsfördernden Blick zu verstärken. „Du bist sicher, dass dich nichts umtreibt?"

„Ja, Ma'am. Können wir jetzt gehen?"

Fotografen umschwärmten die Royal Leopold Hall. Am Boden strahlten bunte Scheinwerfer, und Abonnenten und Abendgäste strömten ins Foyer, als die Limousine des Königs mit seiner kleinen Gesellschaft vorfuhr.

Die Leibwächter standen Spalier, während Nathaniel als Erster ausstieg, um dann Susanna, der Königin und Mama die Hand zu reichen und aus dem Wagen zu helfen. Zuletzt rutschte auch Avery zur Tür und griff nach der Hand ihres Schwagers.

Aber als sie ausstieg, war es nicht Nathaniel, der ihr aufhalf, sondern Prinz Colin.

„Hallo." Im vollen Bewusstsein, dass ihre Hand immer noch in seiner lag, ging sie mit ihm durch die Tür in das Foyer, das mit prächtigen Teppichen in Königsblau und Gold ausgelegt war.

„Wie geht es dir?" Er half ihr aus dem Mantel und reichte ihn an die Portiers weiter, die an der Garderobe arbeiteten. Seine Gegenwart erinnerte sie an den Abend, als sie sich zum ersten Mal getroffen hatten. Er war so aufmerksam und süß gewesen, wie er sie seinen hochnäsigen, aristokratischen Freunden auf eine Art und Weise vorgestellt hatte, die ihr das Gefühl gab, akzeptiert zu sein. Erwünscht.

Ihre perlenbesetzte Handtasche umklammernd, trat sie einen Schritt zurück. „Mir geht es gut."

„Da sehen wir uns nun also wieder", unterbrach sie Lady Jordan, die an Colin vorbeidrängte, um Averys Hand zu schütteln.

„Ja, da sehen wir uns wieder." Die Wärme, die sie an Colin gespürt hatte, verflüchtigte sich angesichts Jordans kühler Schönheit.

„Colin, mein Lieber, dort ist Bobo Lyle. Lass mich ihm mal ein wenig Honig ums Maul schmieren." Und weg war Jordan, die jemandem auf der anderen Seite des Raumes zuwinkte.

„Sie ist, hm, was? Deine stehende Verabredung zu allen offiziellen Terminen?", fragte Avery.

„Den Termin heute haben wir vor der Erntefeier vereinbart." Colin verkleinerte den Abstand zwischen ihnen beiden. „Sie ist nur eine Freundin."

„Mit der du eine romantische Beziehung hast?"

„Nein." Er zerrte an seinem weißen, steifen Kragen. „Wir waren mal eine Zeit lang so halbromantisch ..."

„Halbromantisch?" Avery verzog das Gesicht. „Ich glaube nicht, dass ich weiß, was das heißt."

„Aves." Susanna berührte sie am Arm. „Wir gehen rein. Colin, sitzt du bei uns oder bei deinen Eltern? Prinzessin Rachel und Prinz Anthony sind nicht hier. Du könntest ihre Plätze haben."

„Danke, Susanna."

Avery atmete aus. Was wollte Colin von ihr? Warum ... flirtete ... er, wo sie doch beide wussten, dass aus ihrer Beziehung nichts werden konnte? Und er war doch mit Jordan hier, Himmel noch mal!

In der königlichen Loge spürte Avery seine Anwesenheit. Und Jordans. Sie kontrollierte noch einmal ihr Telefon, verzweifelt auf eine Antwort von Coach Boon wartend. Dann schaute sie noch einmal bei Facebook vorbei, wo sie sah, dass Colin ihr eine Freundschaftsanfrage geschickt hatte. Sie schaute ihn prüfend an und drückte „löschen".

Bald würde sie nach Hause fliegen und ihr Leben wieder in Angriff nehmen. Da konnte sie es wirklich nicht gebrauchen, dass Erinnerungen an ihn hochkamen, wenn sie seine Posts bei Facebook sah.

„Aves", zischte Mama. „Steck das Ding weg."

Avery runzelte die Stirn und stopfte es zurück in ihre Tasche, die sie dann ordentlich neben ihrem Platz verstaute. *Siehst du, Mama?*

Dann begann die Musik, die ihr Herz berührte und Samen der Hoffnung streute. Mit geschlossenen Augen sang Avery zur Begleitung von Violinen und Celli.

„O holy night ..."

Himmlische Weihnachtsklänge erfüllten den Saal. Lied um Lied. Ein in Rot und Gold gekleideter Chor stellte sich auf und verkündete „*Glory to the newborn king*".

Das Crescendo jagte ihr einen Freudenschauer über den ganzen Körper. Avery rubbelte sich die Arme. Genau das brauchte ihre Seele gerade.

Die Bühne wurde dunkel, und die Lichter im Saal strahlten auf. Pause. Das Publikum stand auf, reckte sich, und das Gemurmel der Stimmen ersetzte Violinen, Celli und Flöten, während sich die Menschen ins Foyer begaben.

Avery griff nach ihrer Clutch und sah dabei zu Colin hinüber, der mit einer Lesebrille auf der Nase ins Programm vertieft war.

„Na, schau dich mal an, wie schlau du auf einmal aussiehst mit der Brille auf der Nase."

Er schaute auf. „Ich sehe schlau aus?"

„Ja." Sie holte ihr Telefon aus der Tasche. Das war mehr eine Gewohnheit als ein Zwang. „Solltest du öfter tragen."

„Sehr witzig."

Susanna reichte Avery ein Glas Wasser, während die einen Blick auf ihre E-Mails warf. Sie hätte nicht sagen können, warum, aber sie hatte das Gefühl, dass Coach Boon ihr dieses Wochenende noch schreiben würde.

Ihre Hände wurden eiskalt, als sie Boons Name unter den neu angekommenen E-Mails sah. Betreffzeile: „Ihr Besuch bei uns".

Sie beugte sich vor und las die Nachricht.

Es war eine Freude, Sie kennenzulernen, Avery. Sie sind die Art Mädchen und Spielerin, die ein Trainer in seinem Team braucht. Trotzdem ...

Sie atmete scharf ein. Susanna blickte sich nach ihr um. „Was ist los?“

... haben wir uns für einen anderen Weg entschlossen. Ich wünsche Ihnen bei Ihren weiteren Bemühungen viel Erfolg und alles Gute.

Avery drehte ihr Handy um und sah mit tränenverschleierten Augen zum Ausgang. Sie wollten sie nicht.

„Entschuldigung“, sagte sie, während sie unter den üppigen Girlanden aus der königlichen Loge stolperte und über den schmalen privaten Korridor und die Treppen hinunter nach draußen floh.

Er sah zu, wie sie ging. Etwas, das sie auf ihrem Telefon gelesen hatte, hatte sie aus der Bahn geworfen. Colin flüsterte Lady Jordan ein „Ich komme gleich wieder“ ins Ohr.

Er huschte ihr durch die Loge und das Stimmengewirr hinterher. Als er durch den Flur ging, sah er gerade noch, wie Averys gelockte Mähne durch die Nebentür verschwand.

„Avery, was ist los?“

Zitternd hielt sie ihr Gesicht in den Nachthimmel. Es schneite wieder. „Es ist dumm. Ich weiß auch nicht, warum mich das so durcheinanderbringt.“

„Hier ...“ Er wand sich aus seiner Smokingjacke und legte ihr sie um die Schultern.

Sie warf einen Blick auf ihr Smartphone und hielt es dann

wütend Colin hin. „Dieses dämliche Handy. Ich kriege keinen Anruf zustande."

„Du willst jetzt jemanden anrufen?" Er steckte die Hände in die Hosentaschen und krümmte sich gegen die Kälte. Anzughemden sind nicht besonders dick.

„Die wollen mich nicht."

„Wer will nicht ... Ach, die Trainerstelle."

Sie seufzte und klopfte sich mit dem Telefon gegen ihr Bein. „Sie haben sich *für einen anderen Weg entschieden*, was auch immer das heißen mag." Sie wischte sich eine Träne aus dem Augenwinkel. „Aber ich muss ihn anrufen. Herausfinden, warum er mich abgelehnt hat."

Aus dem Westflügel des Konzerthauses strömten Fotografen und tummelten sich in den Schatten.

Colin ignorierte sie, drehte sich aber trotzdem weg und verbarg sein Gesicht. „Du kannst das nicht persönlich nehmen. Man kann überhaupt nicht wissen, welche Faktoren noch in die Entscheidung mit eingeflossen sind. Ich habe das bei uns in der Firma schon öfter gesehen. Wir haben einen tollen Bewerber, und dann taucht jemand auf, der einfach das Tüpfelchen auf dem i mitbringt, das ihn nach vorne bringt. Wie zum Beispiel, dass jemand Verhandlungserfahrung hat. Und das unterscheidet den dann eben von dem Kandidaten, der gleich gut qualifiziert ist, aber die Erfahrung nicht besitzt."

„Ich muss das wissen, Colin. Sonst werde ich nicht schlafen können. Meine ganze Zukunft hängt davon ab. Hat davon abgehangen."

„Hier, gib mir mal dein Telefon." Colins Finger streiften über ihre. Sie war kalt und zitterte. „Willst du reingehen?"

„Nein. Die Kälte fühlt sich gut an."

„Wie heißt der Mann, und wie ist seine Telefonnummer?"

„Coach Boon. Die Nummer weiß ich nicht, sie ist in meiner Kontaktliste."

„In Ordnung. Schau mal, jetzt bin ich dein Sekretär." Er tippte auf ihrem Handy herum und durchsuchte die Kontakte. Als er Coach Boon gefunden hatte, zeigte er auf seine Jacke. „Reich mir mal mein Handy, Liebes."

Er benutzte sein Telefon, um Coach Boons Nummer zu wählen, stellte den Lautsprecher an und legte Avery dann einen Arm um die Schulter.

„Wie hast du das gemacht?", flüsterte Avery, als das erste Freizeichen ertönte.

„Ich mache viele internationale Anrufe." Mit einem Ruck wurde Colin aufmerksam, als eine tiefe Stimme den Anruf beantwortete.

„Ja, Coach Boon?"

„Am Apparat."

„Hier spricht Prinz Colin von Brighton. Würden Sie bitte für Avery Truitt in der Leitung bleiben? Sie würde Sie gerne sprechen."

„Ähm, ja, okay? Wer spricht da noch mal?"

Avery bedeckte ihren Mund, als Colin ihr sein Telefon hinhielt. „Nun?"

Sie zögerte, schaltete dann die Lautsprecherfunktion aus und drückte sich das Gerät ans Ohr. „Coach, hallo, hier spricht Avery Truitt ... Ja, das war Prinz Colin ... wirklich. Hören Sie, es tut mir leid, dass ich Sie störe, aber ich habe gerade Ihre E-Mail bekommen und ..." Ihr Ausatmen verwirbelte eine Schar blasser Kristalle vor ihrem Mund. „Ich bin verwirrt ..." Sie hörte eine halbe Minute lang zu, die Augen auf den fallenden Schnee gerichtet. „Ich verstehe ... Nun ja, ja, das verstehe ich. Danke, dass Sie sich die Zeit genommen haben, mit mir zu sprechen."

Sie verabschiedete sich, ließ das Telefon sinken und schaute Colin prüfend an. „Eine ehemalige Valdosta-Spielerin hat sich in letzter Minute um die Stelle beworben. Sie kannte das Programm. Sie hat die Stelle bekommen." Sie zwang sich zu einem Lächeln. „Ich nehme an, dann wartet da draußen eben etwas anderes auf mich."

„Es tut mir so leid. Lass dich nicht entmutigen."

„Hast du je eine Stelle verloren? Oder eine nicht bekommen?"

„Nein."

„Das ist nicht Teil deiner Welt, oder?"

„Das bedeutet nicht, dass meine Welt einfacher ist, Liebes. Meine Welt ist hochgradig durchdefiniert und voller Erwartungen an diejenigen, die ihr angehören. Schon bevor ich geboren wurde, war mein Schicksal entschieden."

„Das klingt jetzt nicht gerade schlecht."

„Komm, lass uns wieder reingehen. Ich kaufe dir eine heiße Schokolade. Und ich kenne den Weg zum Schnürboden." Er hielt ihr die Hand hin. „Frag mich nicht, woher. Wir können das Konzert von dort aus anschauen."

„Wird Lady Jordan dich nicht vermissen?"

„Ich wette fünfzig Pfund, dass sie bei Bobo Lyle oder sonst einer Schlüsselfigur ihrer Karriere sitzt." Er zwinkerte ihr zu, nahm ihre Hand und führte sie nach drinnen, wo sie die melancholische Melodie von „O komm, o komm, Immanuel ..." empfing.

Avery hielt an. Ihre Hand lag immer noch in seiner. „Warte. Das war eins von Daddys Lieblingsliedern."

„Dann lass uns einfach hierbleiben und zuhören."

„Freu dich, freu dich, o Israel ...“

Avery legte ihren Kopf an seine Schulter. „Danke, Colin. Wirklich.“

19. Dezember
6 Tage bis Weihnachten

Madeline & Hyacinth Live!

Madeline: „Also, Hy, das war doch ein schöner Samstagabend in der Philharmonie.“

Hyacinth: „Absolut spektakulär. Und zu meinem großen Entzücken war Prinz Colin mit Lady Jordan da.“

Madeline: „Aber wir haben immer noch keine formelle Ankündigung!“

Hyacinth: „Ich habe beschlossen, dass sie uns überraschen wollen.“

Madeline: „Stell dich besser darauf ein, überrascht zu werden. Unsere Spione in Cathedral City haben noch keine einzige Ziege auf dem Weg zu Lady Jordans Wohnung am Cannington Park gesehen.“

Hyacinth: „Natürlich nicht. Sie lebt in einem Luxusapartment.“

Madeline: (kopfschüttelnd) „Ich weiß, du hast dir wirklich eine weihnachtliche Prinzenhochzeit in der Abbey gewünscht, bei der Lady Jordan den schicken Prinz Colin anschmachtet, aber ...“

Hyacinth: „Genau wie du, Maddie. Bleib dran, meine Gute, wir haben ja noch sechs Tage. Man kann nie wissen."

Madeline: „Dein ewiger Optimismus nervt mich. Aber trotzdem hat am Wochenende meine Neugier gesiegt, und ich habe meine Kontakte bei den Topdesignern der Stadt angerufen, und es gibt nicht den klitzekleinsten Hinweis darauf, dass jemand ein luxuriöses Hochzeitskleid schneidert."

Hyacinth: „Na, natürlich werden sie dir das nicht sagen. Wir beiden sind die zwei lautesten Stimmen im Königreich Brighton. Wir würden nie ein Geheimnis für uns behalten, und das wissen die auch." Hyacinth schnitt eine Grimasse in die Kamera. „Bleiben Sie dran. Wir kommen gleich wieder mit der Boygroup ‚Meant to Be Mine', die Weihnachtslieder für uns spielt und mit uns über ihr aktuelles Album sprechen wird, das bereits Platin geholt hat."

Kapitel siebzehn

19. Dezember
6 Tage bis Weihnachten

Colin schritt vor dem Büro seines Cousins auf und ab, dessen Sekretärin Olivia ihn über den Rand ihrer Brille hinweg beobachtete. An diesem Morgen war er mit dem dringenden Bedürfnis nach einem guten Ratschlag aufgewacht. Aber diesmal nicht von seinem Vater, sondern von seinem Cousin und König.

Also war er unangekündigt bei dessen Büro vorbeigegangen. Er wartete schon fast eine Stunde darauf, mit ihm zu sprechen. Aber er ging nicht wieder weg. Er musste mit Nathaniel reden. Sonst würde er platzen.

Olivia brachte ihm eine Tasse Tee und einen Teller Kekse. „Warum haben Sie die Glocke der Pembroke Chapel geläutet?"

Wie lange hatte sie darauf gewartet, ihn das zu fragen? „Das ist kompliziert."

„Ist die Liebe nicht immer kompliziert?" Sie feixte und tänzelte zu ihrem Schreibtisch zurück.

„Ist Nathaniel schon frei?" Colin nippte an seinem Tee und schaute in Richtung des königlichen Büros.

„Seine Majestät hat einen sehr vollen Terminkalender, aber ich werde Sie kurz dazwischenschieben."

„Danke." Er lächelte Olivia an. Es stand ihm gut zu Gesicht, sich mit der Hüterin des königlichen Terminkalenders gutzustellen, sonst würde er noch den ganzen Tag warten müssen.

Er hatte sich gerade gesetzt und dazu gezwungen, etwas zu

entspannen, als sich Nathaniels Tür öffnete. „Cousin Colin, komm herein. Was für eine nette Überraschung. Keine Anrufe bitte, Olivia."

„Ja, Eure Majestät", antwortete Olivia.

Tee und Kekse balancierend, betrat Colin Nathaniels Büro. Als kleiner Junge hatte er hier ein paar Mal gespielt, wenn Dad Onkel Leo besucht hatte. Es war Dad immer wichtig gewesen, Colin mitzubringen, wenn er sich mit wichtigen Männern traf.

„Was hast du auf dem Herzen?" Anstatt sich zu setzen, griff Nathaniel nach Mantel und Schal. „Lass deinen Mantel an, und komm mit."

„Wohin?" Er stellte Tasse und Untertasse auf einen Teewagen und folgte seinem Cousin durch eine verborgene Tür, einen schmalen Gang entlang und über eine geheime Treppe.

„Ich muss mir die Beine vertreten", sagte Nathaniel. „Der Morgen war ziemlich anstrengend, ein Treffen nach dem anderen, wir organisieren das Staatsbankett im neuen Jahr." Er blickte zu Colin hinüber. „Susanna möchte gerne, dass die ganze Familie zu Silvester zusammenkommt. Wir werden das neue Jahr willkommen heißen und uns von Glo und Avery verabschieden. Sie reisen am zweiten Januar ab. Soll ich dich mit einplanen? Wirst du mit Averys Nähe zurechtkommen?"

„Ich liebe sie." Die Worte platzten ohne weitere Erklärung aus Colin heraus und hallten zusammen mit ihren Fußschritten auf der Marmortreppe in dem schmalen Raum wider. „Ich will das nicht, aber ich liebe sie."

„Du liebst sie?" Nathaniel, so dermaßen besonnen und in seiner Ruhe so furchtbar irritierend, trat durch eine hohe, handgeschnitzte Tür in einen privaten Hof hinaus. „Sprechen wir über Avery?"

„Natürlich über Avery. Glaubst du, ich wäre hier, wenn es um Lady Jordan ginge?" Colin zog seine Handschuhe aus der Manteltasche. Der Wind wehte heute scharf. „Es tut mir leid. Ich will nicht unhöflich sein."

„Schon in Ordnung. Du vergisst, dass ich schon einmal in der gleichen Situation war, in der du dich jetzt befindest: im Bann eines Truitt-Mädchens."

Über ihnen schien eine herrliche Sonne in einem Meer blauen Himmels. Tiefe Wolken sammelten sich am Horizont, wie Wellen, die auf eine Küste zurollten.

„Susanna war hier, wie ich sehe", sagte Colin, der den winterlichen Garten mit grünen Tannen und den rotblättrigen Pflanzen, die in Brighton gut gediehen, in Augenschein nahm.

„Gärtnern liegt ihr im Blut." Nathaniel zog ebenfalls seine Handschuhe heraus. „Ich konnte ihr nur die innenliegenden Höfe überlassen, sonst hätte ich eine Meuterei unter den Gärtnern riskiert."

Colin grinste. „Manche der Gärtnerfamilien arbeiten schon seit Generationen in den königlichen Gärten."

„Die Menschen in Brighton lieben ihre Traditionen. Manchmal so sehr, dass es zu ihrem Nachteil wird."

„Jetzt beziehst du dich auf die Glocke, oder?"

„Madeline und Hyacinth scheinen sich köstlich damit zu amüsieren." Er begann, auf ein schmiedeeisernes Tor zuzugehen. „Die werden schrecklich enttäuscht sein, wenn es am Weihnachtsmorgen keine Hochzeit gibt."

„Bestimmt heiratet in Brighton irgendwo jemand am ersten Weihnachtsfeiertag."

„Aber kein Prinz. Und nicht in der Watchman Abbey."

Der König und sein Cousin ließen den Garten hinter sich und

spazierten durch die schneebedeckten Anlagen, einen kleinen Hang hinunter auf die Bäume zu, weg vom naseweisen Blick der Öffentlichkeit.

„Was soll ich machen?" Es war keine weitere Erklärung nötig.

„Was ein Mann eben macht, wenn er verliebt ist. Er umwirbt sie. Oder er lässt es sein und lebt sein Leben weiter."

„Ich habe mein Leben weitergelebt. Oder jedenfalls habe ich das geglaubt. Aber jetzt, wo ich sie gesehen habe, mit ihr geredet habe, kriege ich sie nicht mehr aus dem Kopf."

„Hast du die Glocke geläutet?"

Schnee knirschte unter ihren Füßen. Vögel flatterten von einem kahlen Ast zum nächsten und trällerten ihre Lieder.

„Du versprichst, dass du mich nicht für verrückt hältst, wenn ich dir die Wahrheit sage?"

„Och, ich weiß nicht." Nathaniel lachte. „Ich habe dich schon immer für ein bisschen dämlich gehalten."

„Okay, in Ordnung, großer Cousin", sagte Colin lachend und wurde dann ernst. „Ich habe die Glocke nicht geläutet."

„Wer dann? Guy Smoot? Sicherlich nicht. Dann müsste er seinen Stolz hinunterschlucken und Lady Sarah heiraten."

„Er würde daran ersticken." Colins Fuß rutschte auf dem Gefälle des Hügels aus, aber er fing sich rechtzeitig. „Von mir hast du es nicht, aber er liebt sie."

„Habe ich es mir doch gedacht." Nathaniel schlenderte weiter, die Hände in den Manteltaschen, die Schultern zurück, den Kopf hoch erhoben.

„Die Glocke hat von alleine geläutet."

Nathaniel hielt an und drehte sich zu Colin um. „Unmöglich. Diese Glocke wiegt ..."

„Dreihundert Kilo. Ich weiß. Aber ich sage es dir trotzdem, sie hat von alleine geläutet."

Nathaniel ging weiter auf die Bäume zu. „Dann erklär mir, warum die Glocke von alleine geläutet hat."

„Das ist der verrückte Teil daran ... Verstehst du, ich habe Gott gesagt, ich würde die Glocke läuten ... wenn ich Avery heiraten könnte. Und dann fängt das verflixte Ding aus heiterem Himmel an zu läuten. Viel besser, als ich das gekonnt hätte, das kann ich dir sagen."

„Ah." Nathaniel grinste. Königlich. „Gott hat die Glocke geläutet."

„Ja, oder jedenfalls scheint es so. Da war kein Wind. Niemand anders war da, außer mir und Guy. Der Glockenstrang war immer noch an der Wand festgemacht."

„Du hast gebetet, und Gott hat geantwortet. Was ist dein Dilemma?"

Nathaniel. So pragmatisch. „Wie kann ich das sicher wissen? Warum sollte Gott so etwas tun?"

„Wenn du Einzelheiten wissen willst, frag ihn. Aber ich würde mal vermuten, er ist in deine Welt eingebrochen und hat dein Gebet beantwortet. ‚Ja, wenn du die Glocke läutest, solltest du Avery heiraten. Ach, weißt du was, Söhnchen, ich läute sie für dich.'"

„Aber wie kann ich sicher sein? Würde der Gott des ganzen Universums sich wirklich die Zeit nehmen, sich aus dem Himmel zu bemühen und das kleingläubige Gebet von einem wie mir zu erhören?"

„Die Tatsache, dass du ein Gebet in seinem Namen gebetet hast, spricht für deinen Glauben, egal, wie schwach der ist. Er hat dir auf so eindrucksvolle Weise geantwortet, um deine Zweifel auszuräumen."

„Was würdest du mir also raten wegen ..."

„Deines Vaters?"

„Der wird nicht dafür sein. Um ehrlich zu sein, könnte es sein, dass er ziemlich dagegen angehen wird."

„Es ist richtig, dass du ihn ehren willst. Aber als er dich das erste Mal darum bat, die Beziehung zu beenden, war es die Stimme der Vernunft."

„Stimmt. Ich wollte ihr einen Antrag machen. In deinem Ferienhaus auf St. Simons. Im Garten."

In Nathaniels Lächeln lag weder Zustimmung noch Verurteilung. „Jetzt verstehe ich, warum Edward so unerbittlich war."

„Er hat mich noch nie fehlgeleitet. Schon bevor ich geboren wurde, hat er für mich und meine Zukunft gekämpft. Ich habe das Gefühl, ich bin ihm etwas schuldig."

„Hast du darüber einmal mit Avery gesprochen?"

„Ich weiß nicht, ob es klug war, aber ja. Ich habe es ihr erzählt. Sie besteht darauf, dass sie sich nicht zwischen mich und Dad stellen will. Sie ist nicht so furchtbar schrecklich an mir interessiert, um ehrlich zu sein. Sie sagt, über mich hinwegzukommen sei das Schwierigste gewesen, was sie je machen musste."

„Das war es auch, Colin. Sie hat dich wirklich geliebt." Gesprochen wie ein Schwager, nicht wie ein König oder Cousin. Er beschleunigte seinen Schritt, während sie durch eine kleine Schonung gingen.

„Ich weiß nicht, was ich tun soll." Colin knöpfte seinen Mantel auf, von der Bewegung war ihm warm geworden. „Ich liebe sie, aber es fühlt sich so eigennützig an. Wenn ich sie umwerbe, stoße ich meinen Vater vor den Kopf." Colin hob die Hand. „Wenn ich mich auf die Seite meines Vaters stelle, verliere ich Avery. Ich halte das nicht aus, ich halte es einfach nicht aus. Aber wenn man all das mal beiseitelässt, was wäre mit ihrer Karriere? Ihrem Wunsch, Trainerin zu sein? Sie war sehr aufgewühlt, weil sie die Stelle in Georgia nicht bekommen hat."

„Hier ist die Herausforderung." Nathaniel hielt abrupt und sah Colin an. „Bist du bereit, deinem himmlischen Vater zu gehorchen, der sich dir so großzügig gezeigt hat, oder gibst du der Angst und dem Willen deines irdischen Vaters nach? Hast du dir mal überlegt, dass Gott vielleicht auch in deinem Vater arbeitet?"

Colin seufzte. Nathaniels Worte trafen voll ins Schwarze.

„An welchem Punkt darf Gott zu dir sprechen? An welchem Punkt ist er dein Vater? In den Augen des Gesetzes und der Gesellschaft bist du ein Mann. Du schuldest deinem irdischen Vater Respekt, kein Zweifel. Du suchst seinen Rat. Aber du bist jetzt auf deiner eigenen Reise. Nicht auf der deines Vaters. Es könnte sein, dass Gott dich auf eine Art und Weise leiten möchte, mit der Edward nicht einverstanden wäre oder die er nicht versteht."

„Du meine Güte, Nathaniel, das alles schließt du nur daraus, dass die Glocke von alleine geläutet hat?"

Nathaniels Lachen war freundlich. „Ich habe nie an Zeichen geglaubt. Bis ich Susanna getroffen habe. Die Glocke, das war ein Zeichen, eine Einladung. Das bedeutet nicht, dass du wegrennen und tun sollst, was du möchtest. Es bedeutet, dass du mit Ihm sprechen sollst. ‚Soll ich Avery Truitt heiraten?' Er wird dir eine Antwort geben."

„Nicht vor Weihnachten, schätze ich."

„Das weiß man nie, Cousin. Hab Glauben."

„Ich habe keine Garantie, dass Avery mir eine Chance geben wird."

Die Luft war so still. Als würde die Welt lauschen. Es war kaum vorstellbar, dass auf der anderen Seite des Grenzwalds das Treiben einer lebendigen Großstadt pulsierte.

„Colin, ich bin mit dem ersten Ratsbeschluss seit hundert Jahren ins Parlament marschiert und habe darum gebeten, man möge das Ehegesetz für mich ändern, habe meinen Ruf als junger Monarch riskiert, ohne jegliche Versicherung, dass Susanna mich akzeptieren würde."

„Aber du wusstest doch sicher, dass sie dich liebte." Colin war Teil von Nathaniels Heiratsantragskomplott gewesen. Zusammen mit Avery. Das war eine seiner liebsten Erinnerungen.

„Susanna hat mir damals ins Gesicht gesagt, dass sie mich nicht heiraten würde. Ungefähr so, wie Avery es dir gesagt hat. Sie würde sich nicht zwischen einen König und sein Land stellen. Aber ich musste es versuchen. Sonst hätte ich es bereut. Ich musste mich dem Erlass über die Ehe stellen. Du musst dich deinem Vater stellen." Nathaniel zeigte auf den Palast. „Ich musste mich zwischen Gott und meiner königlichen Verantwortung entscheiden, zwischen meinem Herzen und dem Gesetz. Du musst dich zwischen Gott und deinem Vater entscheiden. Ich habe das Parlament so gefürchtet, wie du Edward fürchtest." Er sah auf seine Armbanduhr. „Wir sollten besser zurückgehen."

Colin fiel mit seinem Cousin in Gleichschritt. Nathaniels Rat brachte etwas in ihm zum Klingen. „War es das Beste, was du je getan hast? Susanna zu heiraten?"

Das Lächeln des Königs sagte mehr als tausend Worte. „So sehr, dass ich mir nicht vorstellen kann, wer ich ohne sie wäre.

Sie hat Leben in die Familie, ins Königreich gebracht. Ich weiß nicht, ob die Herzogin von Hessenberg ihre Rolle als lange verlorene Prinzessin akzeptiert hätte, wenn ihr Einfluss nicht gewesen wäre. Was hat das für einen Unterschied für das Großherzogtum gemacht! Und schau dir meinen Bruder Stephen an. Wie sehr hat der sich verändert, seit er die Frau geheiratet hat, die er liebt. Die Liebe ist eine starke Macht."

„Dad findet, es ist eine Schande, dass die erste Familie Brightons lauter Ausländerinnen geheiratet hat."

„Es tut mir leid, dass er das so empfindet, aber ich würde es nicht anders haben wollen. Ich hätte eine Frau aus Brighton geheiratet, wenn ich mich in eine verliebt hätte. Bist du in Lady Jordan verliebt?"

Colin schüttelte den Kopf.

„Warum also so tun, als ob?"

„Das Königreich würde sich also nicht an noch einer Amerikanerin in der königlichen Familie stören?"

„Colin, wenn Gott beschließt, unsere Familie noch einmal mit der DNA einer Amerikanerin zu bereichern, dann werden wir sie herzlich willkommen heißen. Besonders wenn es Avery Truitt ist." Er grinste mit einem weiteren schnellen Blick auf seine Armbanduhr und ging auf dem Weg den Hang hinauf zum Gartentor vor. „Ich muss wirklich weiter. Ich treffe ein paar alte Freunde zum Mittagessen."

„Ich höre dich kaum noch von deinen alten Freunden erzählen."

„Susanna erinnert mich immer wieder daran, dass ich ein Mann bin, der Freunde braucht. König, das ist etwas, was ich tue, nicht, wer ich bin. Sie sagt: ‚Häng mal mit deinen Kumpels ab.'"

„Kumpels? Abhängen? Das sagt sie?"

„Das sagt sie."

Sie verabschiedeten sich an der geheimen Treppe, und Colin verließ den Palast durch eine Nebentür. Mit wirbelnden Gedanken ging er zu seinem Auto, und seine Liebe zu Avery Truitt stand wieder in voller Blüte.

Aus ihrem Laptop dudelten Weihnachtslieder, während sie in ihrer Suite inmitten von ausgebreiteten Papieren auf dem Boden saß und versuchte, ihren nächsten Karriereschritt auszuknobeln.

Sie hatte die Namen aller Volleyballtrainer an der Ostküste ausgedruckt, die, die sie kannte, und auch die, die sie nicht kannte. Männer und Frauen von höchstem Ansehen.

Ihr erster Anruf ging an ihren Trainer an der Ohio State. „Ich würde dich liebend gerne einstellen, aber wir haben gerade keine Stelle frei. Wie stehen die Dinge, seitdem dein Vater gestorben ist?"

Avery brachte ihren Trainer auf den neuesten Stand, was ihr Leben seit ihrem Abschluss anging, aber sie war nicht auf Geplauder aus. Sie wollte einen Job.

„Was, wenn ich ehrenamtlich arbeiten würde? Auf eigene Tasche?"

„Ich wäre begeistert. CJ Vogt mausert sich zu einer Außenangreiferin von deinem Kaliber. Aber bist du sicher, dass du das willst?"

„Ich werde da sein. Gleich nach Weihnachten."

Er schlug vor, sie mit Namen von anderen Trainern zu versorgen, die vielleicht jemanden suchten, was sie eifrig annahm. Aber wenn sich keine Stelle ergab, hatte sie vor, ehrenamtlich an ihrer Alma Mater zu arbeiten. Daddy hatte ihr ein bisschen Geld hinterlassen. Sie konnte eine Zeit lang sparsam leben. Bei Freunden unterkommen, die immer noch in Columbus waren.

Außerdem könnte sie kellnern. Wenn sie irgendetwas so gut konnte wie Volleyball spielen, dann war das in einem Restaurant zu arbeiten.

Erschöpft ließ sie sich rücklings auf den Boden fallen und bedeckte die Augen mit einem Arm.

Sie hasste es, zu warten. Menschen, die warteten, wurden stehen gelassen und außen vor gelassen. Avery war eine Macherin. Außerdem hatte sie mehr als genug Hätte-würde-könnte-Geschichten von den alten Knaben gehört, die an Montagnachmittagen auf der Terrasse des Shacks saßen und über die guten alten Zeiten redeten. Wie sie hätten Footballstars werden können, wenn sie nur ...

Schlimmer noch, es waren nur noch sechs Tage bis Weihnachten, und die Freude, die diese Jahreszeit sonst mit sich brachte, war immer noch nicht bei ihr angekommen. Sie hatte gehofft, dass ihr Weihnachten in Brighton zauberhaft und romantisch werden würde.

Sie hatte noch keinen einzigen Weihnachtseinkauf getätigt. Heute Nachmittag. Ganz sicher. Sie würde bei Glidens und Martings einfallen und in den Geschäften auf der Market Avenue und danach einen verträumten Spaziergang durch die Altstadt machen, wo die Weihnachtszeit wirklich aus der Zeit fiel, wo Pferdekutschen fuhren und der Klang von Schlittenglöckchen in der Luft lag.

Sie stemmte sich vom Boden hoch und ging zum Fenster, wo der

Tag herrlich und hellblau verging. Ihre innere Unruhe lag an ihrer Arbeitssituation, richtig? Das hatte mit Prinz Colin nichts zu tun.

Gestern war er nicht in der Kirche gewesen, also hatte Avery ihn seit dem Debakel in der Philharmonie nicht mehr gesehen. Er war so freundlich und süß gewesen. Ein Fels der Zuversicht.

Sie hatten im Schnürboden gesessen und der Musik gelauscht, Seite an Seite, seine Schulter hatte ihre sacht gestreift, und sie hatten geschwiegen und doch alles gesagt.

Avery presste ihre Stirn an die Fensterscheibe. „Ich liebe ihn. Da, jetzt habe ich es gesagt, Herr. Ich liebe ihn."

Ich bin der Weg.

Der Satz rüttelte an ihrer Komfortzone aus Sorgen.

Ich bin der Weg.

„Das verstehe ich nicht." Sie tigerte durch die Suite und hakte die Daumen in den Hosentaschen eine. Diese Art „Gottmoment" hatte sie schon früher erlebt, wenn auch selten und in großen Abständen. Beim letzten Mal hatte sie mit dem Gesicht nach unten auf dem Teppich in ihrem Zimmer gelegen und über den gleichen Jungen geweint, von dem sie sich gerade eingestanden hatte, dass sie ihn liebte.

Damals hatte er dieselben Worte geflüstert. *Ich bin der Weg.*

An ihrer Tür klopfte es, und Susanna schaute grinsend herein. Sie trug ein dunkelgrünes Tweedkostüm mit passendem Hut.

„Schick siehst du aus."

„Heute Nachmittag ist die Teegesellschaft der Landesgartengesellschaft." Sie blieb in der Tür stehen. „Hier ist jemand, der dich besuchen will."

„Mich?"

Susanna wackelte mit den Augenbrauen. „Ja, dich. Nun komm."

Avery fuhr mit den Händen erst über ihre Jeans, dann über ihr Haar. „Wer ist es?“

„Wirst schon sehen.“

Avery schlüpfte in ihre Stiefel, zog das Haargummi aus dem Pferdeschwanz und folgte Susanna nach unten. Ihr Herz klopfte aufgeregt.

War es Colin? Warum sonst wäre Susanna so aufgeregt? War Avery bereit, ihn zu sehen? Ja, nein, warte.

„Suz, ist es Colin?“ Avery kniff sich in die Wangen, um ein wenig Farbe in ihr blasses Gesicht zu bringen.

In der Bibliothek neben dem Foyer stand Lord Chrysler, David, neben dem offenen Kamin. Er trug Jeans sowie eine mokkafarbene Lederjacke und sah sie mit blauen Augen aufmerksam an.

„Hier ist sie“, sagte Susanna mit aufgeregtem Unterton.

„Avery, hallo.“ Selbstbewusst lächelnd kam er auf sie zu. „Entschuldigung, dass ich unangemeldet hereinplatze.“

„Was machst du denn hier?“ Avery wechselte einen Blick mit Susanna. *Was ist los?*

„Ich bin vorbeigekommen, um zu fragen, ob du Lust auf einen Ausritt hast. Das ist immer ein schönes Abenteuer im Schnee. Kalt, aber schön. Reitest du?“

„Nein.“

„Aber sie surft, David. Ziemlich gut. Wenn man auf einem Surfbrett stehen kann, sollte man in der Lage sein, im Sattel zu bleiben, oder nicht, Avery?“ Susanna schob sie dem halbfremden Mann entgegen, während sie eine fünf Jahre alte Unterhaltung zitierte, die sie auf der Heimreise nach Nathaniels Krönung, auf der Flucht vor der Presse, miteinander geführt hatten.

„Colin wollte mich auf einen Ausritt mitnehmen."

„Du reitest doch gar nicht."

„Wenn ich auf einem Brett stehen und eine unvorhersagbare Welle reiten kann, werde ich wohl noch mit einem Pferd fertigwerden."

„Aves", sagte Susanna. „Wir fliegen nach Hause. Hör auf zu jammern."

Mit einem Seufzen ließ Avery sich wieder auf ihren Platz fallen und lugte durch ihr kastanienrotes Haar zu Susanna. „Wir haben doch wirklich in einem Märchen gelebt, oder nicht? Nur einen Moment lang."

„Da stimme ich zu", sagte David. „Wenn sie surfen kann, kann sie auch reiten. Was sagst du, Avery? Ich bin ein hervorragender Lehrer. Ich suche das sanftmütigste Pferd im Stall aus. Es gibt einen Pfad durch den Aberdeen Forest, der zu den Klippen führt. Die Aussicht ist atemberaubend."

„Also, ich bin am Arbeiten ..."

„Es ist Weihnachten, Aves."

„... und ich hatte vor, einkaufen zu gehen." Avery warf einen schüchternen Blick auf David. Sie mochte ihn gern, das schon. Aber er war nicht Colin.

Aber aus irgendeinem Grund war ihre Schwester ganz versessen auf das Date. „Wir haben doch früher immer romantische Weihnachtsfilme verschlungen, bei denen der Held und die Heldin im Schnee ausgeritten sind."

Susanna! Was machte sie denn? Anscheinend fraßen die Schwangerschaftshormone ihr Gehirn auf.

David lachte leise. „Mit Heldinnen und Helden kenne ich mich nicht aus, Eure Majestät, aber der Ritt ist wirklich filmreif.

Es ist sehr schön." Er sah Avery unverwandt an. „Ich hoffe sehr, du sagst Ja."

„Kann ich mal einen Moment mit meiner Schwester sprechen?" Avery ging zur Tür, trat ins Foyer hinaus und blickte Susanna, die mit ihr hinausgekommen war, scharf an.

„Warum drängst du mich David auf?"

„Warum sitzt du in deiner Suite und lässt deinen Weihnachtsurlaub an dir vorbeiziehen? Die Klippen sind außergewöhnlich, die sind wirklich toll. Um einen Job kannst du dich kümmern, wenn du wieder zu Hause bist. Und ich weiß nicht, was zwischen dir und Colin läuft ..."

„Nichts."

„Wo liegt also das Problem?" Sie zog herausfordernd die Augenbrauen hoch. „Zieh mit David los. Als einem Freund, wenn schon sonst nichts weiter, obwohl er ziemlich gut aussieht. Und du wolltest schon immer Reiten lernen."

„Ich wollte noch nie Reiten lernen." Die Tränen kamen immer im falschen Moment. „Ich wollte nur mit Colin ausreiten. Oh, Suz, für mich gehören Brighton und Colin einfach zusammen. Wenn ich hier bin, kann ich gar nicht anders, da muss ich an ihn denken. Wenn ich ehrlich sein soll, vermisse ich ihn. Ich will die Klippen mit seinen Augen sehen. Ich ..."

„Dann ruf ihn an. Bitte ihn, dich mitzunehmen."

Sie schüttelte den Kopf. „Das kann ich nicht riskieren."

Susanna wackelte mit dem Zeigefinger. „Wusste ich es doch. Du liebst ihn, nicht wahr?"

„Oh ja, das tue ich. Bist du jetzt glücklich?" Avery wischte sich die Tränen von den Wangen. „Aber ich werde mich nicht zwischen ihn und seinen Vater stellen. Wo ich doch weiß, wie sehr ich Daddy vermisse, glaube ich einfach, dass er mir das mit der Zeit übel nehmen würde."

„Edward kann ein harter Mann sein, aber ich kann mir nicht vorstellen, dass er die Beziehung zu seinem Sohn aufkündigt, weil der die Frau heiratet, die er liebt."

„Sprechen wir jetzt etwa vom Heiraten?"

„Avery, Süße, dann zieh mit David los. Den brauchst du ganz sicher nicht zu heiraten. Du trägst die Last der ganzen Welt auf deinen Schultern. Es ist Zeit, ein bisschen Spaß zu haben. Neue Erinnerungen zu schaffen. Deine Sorgen werden auch nach Weihnachten noch auf dich warten."

„Echt?" Avery zog eine Schnute. „Kann der Weihnachtsmann nicht machen, dass die weggehen?"

Susanna lachte, nahm Avery bei den Schultern und drehte sie zur Bibliothek. „Geh. Lern Reiten. Die Klippen werden dich in Weihnachtsstimmung bringen."

David stand auf, als sie eintraten. „Ist alles in Ordnung?"

„Entschuldigung wegen gerade", sagte Avery. „Aber, ja, ich würde gerne ausreiten. Danke für die Einladung."

„Geh in mein Ankleidezimmer, und hol meine Stiefel und Reitsachen", sagte Susanna.

„In Ordnung!" Als Avery gerade nach dem Türknauf greifen wollte, kam Malcolm herein. „Prinz Colin möchte Miss Avery besuchen."

Colin kam herein. Seine Wangen waren gerötet von der Kälte, und seine blauen Augen strahlten.

„Hallo, David! Hätte nicht erwartet, dich hier zu sehen."

„Ich habe Avery zum Ausreiten eingeladen. Wir wollen zu den Klippen."

„Seltsam, weil ich genau das Gleiche vorhatte."

„Da bist du zu spät dran. Sie hat gesagt, sie kommt mit mir."

„Colin, Avery hat gerade gesagt, sie müsse noch Weihnachtseinkäufe erledigen." Susanna konnte es einfach nicht lassen, sich einzumischen. „Aber mein Terminkalender ist diese Woche so voll. Würdest du sie begleiten?"

„Ich wäre hocherfreut."

Hocherfreut? Avery versuchte, nicht zu lachen. Das Wort klang so exotisch aus seinem Mund.

„Also, ich muss mich jetzt wirklich beeilen." Susanna ging schnurstracks zur Tür. „Viel Spaß, Aves. War schön, dich zu sehen, David ... bis dann, Colin."

Und dann war sie alleine in der Bibliothek mit ihren Verehrern.

„Genieß deine Zeit mit David." Colin kam durch den Raum zu ihr herüber. „Er ist ein guter Reiter. Dann sehen wir uns morgen um – wollen wir zehn sagen? Lass uns eine Runde durch die Läden drehen. Die Bäckereien sind morgens wunderbar, alles riecht gut, und es gibt Häppchen zum Probieren."

„Zehn?" Sie nickte, beobachtete ihn, spürte bereits die Vorfreude. „Perfekt."

Er gab David die Hand und ging mit einem Seitenblick auf Avery.

„Ich hoffe, es ist okay, dass ich hier bin", sagte David, als Colin gegangen war. „Ich weiß, dass er mal scharf auf dich war."

„Das ist Jahre her."

„Wie steht es mit dir? Warst du auch scharf auf ihn?"

„War ich ... aber jetzt ... Ich glaube, ich sollte mich umziehen gehen."

„Ich habe das gemeint, was ich gesagt habe." David ging auf

sie zu. „Ich mag große Frauen mit kastanienbraunem Haar und Südstaatenakzent."

„David, nach Neujahr fliege ich wieder nach Hause. Dann bin ich viertausend Meilen weit weg."

Er nickte nachdenklich. „Sag mal: Wenn Colin die Glocke für dich läuten würde, würdest du ihn am Weihnachtsmorgen heiraten?"

Avery zögerte an der Tür.

„Egal, wie deine Antwort ausfällt." David folgte ihr zur Tür. „Wir werden auf jeden Fall eine gute Zeit bei unserem Ausritt heute haben. Bei den Klippen kann niemand schlechte Laune haben."

Avery eilte in Susannas Wohnung. Würde sie Colin heiraten, wenn er *wirklich* die Glocke für sie läutete? Darauf könnte man seinen letzten Dollar wetten. Sie würde ihn heiraten. Aber so was von auf der Stelle.

Kapitel achtzehn

20. Dezember
5 Tage bis Weihnachten

Die Eifersucht war ein grausamer Begleiter. Gestern hatte Colin den ganzen Tag mit dem Vieh gerungen und versucht, sich Avery nicht mit Lord Chrysler vorzustellen. Von wegen blondes Haar und charmantes Lächeln und so weiter. Schwärmte sie für ihn? Das konnte Colin sich nicht vorstellen. David war zu perfekt. Wenn er so etwas über einen anderen Mann sagen konnte. Über einen Rivalen.

Von Dad hatte er sich einen scharfen Blick eingefangen, weil ihm seine zerfahrenen Gedanken während einer Telefonkonferenz die Aufmerksamkeit geraubt hatten.

Als er seine Sekretärin darüber informierte, dass er den ganzen Dienstag über unterwegs sein würde, klopfte Dad an seine Tür.

„Wo willst du hin?"

„Weihnachtseinkäufe erledigen?"

„Geh nach Feierabend. Oder am Wochenende. Oder bestell online."

„Dad, ich werde einkaufen gehen." Eigentlich war es ein Test. Sich seinem Vater zu stellen. Ein ganzer Kerl zu sein.

Bevor er mit Nathaniel gesprochen hatte, bevor ihm bewusst geworden war, dass Gott bei ihm angeläutet hatte, hätte Colin nachgegeben. Das getan, was sein Vater vorschlug.

Heute jedoch folgte er seinem Herzen und wartete im Wohnzimmer ihrer Suite auf Avery. Als sie aus ihrem Schlafzimmer kam, ihr das Haar offen über die Schulter fiel und ein Hauch Lipgloss ihre Lippen glitzern ließ, trieb die Liebe tiefere Wurzeln in sein Herz.

Es war mehr als nur ihre Schönheit. Es war ihre Ausstrahlung.

„Fertig?“, fragte Colin.

Sie nahm ihren Mantel von der Garderobe bei der Tür. „Was ich noch sagen wollte ... Danke für neulich, bei der Philharmonie. Du hättest das nicht tun müssen.“

„Eine Freundin von mir hatte Kummer. Was hätte ich tun sollen? Sie alleine weinen lassen?“

„Ich habe überreagiert.“

„Eigentlich nicht. Dein Herz hat wehgetan.“ Ihre Blicke trafen sich, und das Thema war erledigt.

„Wie war dein Nachmittag mit David?“

„Lustig. Es hat eine Weile gedauert, bis ich den Dreh mit dem Reiten raushatte, aber das Pferd hat es irgendwie hinbekommen. David ist ein sehr guter Reiter. Der Ritt durch den Wald zu den Klippen war spektakulär. Der Ausblick war genau so, wie David ihn versprochen hat.“

„Wirst du noch mal mit ihm ausgehen?“ Colin hielt Avery die Tür auf. „Mein Auto steht in der Garage.“

„Ich weiß es nicht.“ Sie schlüpfte in ihren Mantel. „Was ist mit dir? Wie läuft es mit Lady Jordan?“

„Wir sind Freunde, Avery.“

„Weiß sie das?“

„Sehr gut sogar. Ihr geht es nur um ihre Karriere. Sie hat den ganzen Abend bei den Philharmonikern damit verbracht, sich mit Bobo zu unterhalten. Um ehrlich zu sein, glaube ich, sie benutzt mich, um ihr Netzwerk in Adelskreisen auszubauen.“

„Selbst schuld, wenn du das mit dir machen lässt."

Recht hatte sie. Er hatte mit Jordan zu einer Routine gefunden, weil Dad und Mum sie mochten.

„Ich habe mir gedacht, wir fahren in die Altstadt." Er warf einen Blick auf Avery und entspannte sich, verließ sich darauf, dass Gott ihn leiten würde. Das war ein Schritt, den er wagen musste, wenn er ihr Herz gewinnen wollte.

Sie lächelte. „Perfekt."

Colin lenkte das Auto, ohne Security, Richtung Altstadt. Das Licht des Vormittags wirkte noch unentschlossen, ob Sonne oder Wolken das Sagen haben sollten.

Nachdem er geparkt hatte, schlenderten sie die Straße hinunter und tauschten die moderne Welt gegen eine ein, in der die Zeit stehengeblieben war. Als sie um eine Ecke in die Altstadt einbogen, fing es sachte an zu schneien.

Avery hielt am ersten geschmückten Schaufenster an. „Das ist wunderschön."

Die Schaufensterauslage zeigte eine abendliche Schneelandschaft, in der Kinder unter der alten Braxstone Bridge Schlittschuh liefen, während ihr Vater lächelnd zuschaute. Ein kreatives Arrangement weißer Lichter stellte Mond und Sterne dar.

„Man möchte gerne mit ins Bild, oder?", fragte Avery. „Hinein in eine Welt, wo es keine Sorgen und keinen Kummer gibt, wo man nur einfach Kind ist an Weihnachten, während der Papa zuschaut."

Colin tippte ans Fenster. „Dad hat meine Schwestern und mich früher zu dieser Brücke zum Eislaufen mitgenommen. Das Wasser dort gefriert nur in wirklich kalten Wintern. Mum hat vom Ufer aus mit einer Thermoskanne heißen Kakaos zugeschaut und so getan, als würde sie sich keinen Kopf machen."

Sie schaute ihn an. „Was für eine schöne Erinnerung."

„Wie ist es mit dir? Irgendwelche lieben Weihnachtserinnerungen? Vielleicht an deinen Vater? Ich weiß, dass du ihn vermisst."

„Ich vermisse ihn, natürlich. Ohne ihn fühlt sich alles verkehrt an. Ich habe ganz viele verschiedene Weihnachtserinnerungen. Wie wir das Shack abschließen, um zum Heiligabendgottesdienst zu fahren, und Dad eimerweise Rippchen und Soße für hinterher mitnimmt." Sie lachte leise. „Die Kinder sind immer auf dem Gelände der Kirche herumgerannt und haben mit vor lauter Barbecuesauce klebrigen Gesichtern und Fingern Räuber und Gendarm oder Fangen gespielt. Niemand hat mit uns geschimpft, weil ja Weihnachten war." Hinter ihnen wuselten Passanten vorbei. „Als ich etwa zehn war, haben wir darauf gewartet, dass meine Tante und mein Onkel endlich kamen. Es war superkalt, und sie sind im Schnee in North Carolina stecken geblieben. Mama hat Kekse gebacken. Susanna war zu Besuch. Sie hat damals in Atlanta gearbeitet, war 22 und stand auf eigenen Beinen. Immer wenn sie nach Hause gekommen ist, hat sich das ganze Haus verändert. Sie hat alles unter Strom gesetzt."

„Das macht sie immer noch."

„Ja, oder? Egal, jedenfalls glitzerte und glänzte der Baum, und, ach ja, es war ein richtiges Kinderweihnachten. Geschenke türmten sich. Wir waren schon in der Kirche gewesen, und ich erinnere mich, dass ich das Gefühl hatte, bis oben hin voll mit Liebe zu sein. So dankbar für Jesus. Es lief Bing Cosby. Ich hatte in der Schule ein neues Klatschspiel gelernt. Du weißt schon, wenn man mit jemand anderem in die Hände klatscht und ein albernes Lied dazu singt. Ich hatte beschlossen, es Dad beizubringen. Er stopfte sich immer wieder gefrorene Snickersstückchen in den Mund und lachte und bekam den Rhythmus einfach nicht hin.“ Tränen glitzerten in ihren Augen. „Das war ein gutes Weihnachten.“

„Vielleicht wird dieses Weihnachten ja noch besser.“ Colin genoss diesen Moment zwischen ihnen, genoss es, ihre erinnerungsschwere Stimme zu hören. Es war so, wie es ganz am Anfang zwischen ihnen gewesen war. Keine Schranken. Keine Ängste.

„Das hoffe ich. Bisher habe ich mich nicht besonders gut dabei angestellt, die Weihnachtszeit zu genießen.“

„Komm weiter.“ Er hakte sich bei ihr unter. „Es gibt noch mehr zu sehen.“

Während sie weitergingen, blieben hier und da Passanten stehen und starrten sie an, um kurz darauf ihre Handys zu zücken und ein Foto zu machen. Aber im Großen und Ganzen ließen die Leute von Brighton den Prinzen in Ruhe.

Die Fachwerkhäuser standen sich in engen Kopfsteinpflasterstraßen gegenüber. Girlanden baumelten in den Fenstern und über den Türen.

Verkäufer in Schürzen verkauften ihre Waren von Karren unter großen Fensterscheiben. Der Gemüsemann rief dem Kurzwarenhändler von schräg gegenüber ein fröhliches „Guten Morgen!“ zu.

„Es ist, als wäre man in einer anderen Zeit“, sagte Avery, die ihren Schritt Colins anpasste.

„Die Ladenbesitzer sind großartig, wenn es darum geht, der Geschichte treu zu bleiben. Aber dieser Laden“, Colin griff nach einer Tür, auf der „Franklin Bäckerei“ stand, „ist mein Lieblingsort in der Altstadt. Der Gründer ist Teil von Brightons Geschichte. Wir glauben, es gibt eine Verbindung zur königlichen Familie.“

„Mich brauchst du nicht zu überreden. Ich liebe Franklins.“

Im Laden war es warm, der Duft von frisch gebackenem Brot

und Zimt lag in der Luft. Der stämmige Mann kam, sich die Hände an der Schürze abwischend, hinter dem Tresen hervor. Er und seine Brüder, alles Mister Franklins, betrieben die fünf Bäckereifilialen in der Stadt. Die königliche Familie kannte jede einzelne von ihnen.

„Prinz Colin, wie komme ich denn zu dem Vergnügen?"

„Guten Morgen, Mr. Franklin. Wir sind wegen Ihrer guten Krapfen hier." Colin streifte Avery mit einem Blick. „Das ist Avery Truitt, die Schwester von Prinzessin Susanna."

„Gewiss, gewiss. Ich kenne sie von den Fotos. Und sie ist ebenso bezaubernd wie ihre Schwester." Der Mann strahlte und verbeugte sich. „Was darf ich Ihnen bringen? Krapfen? Eine Tasse Tee? Selbstverständlich geht alles aufs Haus."

„Nein, Sir, wir sind ordentliche Kunden und möchten bezahlen. Krapfen und Tee klingt gut. Avery?"

„Mich brauchst du nicht zweimal zu fragen."

„Kommt sofort, aber Ihr Geld nehmen wir hier nicht. Protest zwecklos. Das ist mein Weihnachtsgeschenk für Sie und die Ihren. Bitte setzen Sie sich doch." Mit erhobenem Zeigefinger wandte sich Mr. Franklin an seine anderen vier Gäste. „Lasst mir bloß den Prinzen in Ruhe. Sonst fliegt ihr raus."

Colin packte den Stier bei den Hörnern, indem er die Gäste begrüßte, Hallo sagte, Avery als die Schwester der Prinzessin vorstellte. „Ich zeige ihr unsere schöne Stadt."

Das sollte dem Tratsch die Spitze nehmen.

Colin wählte einen Tisch und zog Avery den Stuhl vor. „Hast du Spaß?", fragte er und setzte sich ihr gegenüber.

„Mehr als mir lieb ist, ja."

„Jetzt sei nicht so stur. Mach dir nach Neujahr wieder Gedanken um deine Arbeit."

Sie lehnte sich zurück und schlüpfte aus ihrem Mantel. „An meine Arbeit habe ich, ehrlich gesagt, gerade gar nicht gedacht."

„Eure Hoheit, hätten Sie vielleicht auch gerne ofenwarmes Sauerteigbrot?" Mr. Franklin erschien hinter Colin. „Mit frischer Marmelade?"

„Avery?", fragte Colin. Sie nickte. „Ja, gerne, Mr. Franklin. Aber bitte, nennen Sie mich Colin. Ich bin keine Hoheit."

„Sehr schön, sehr schön. Ich komme gleich wieder." Den Zeigefinger hoch erhoben, hastete Mr. Franklin davon.

„Warum korrigierst du ihn?", fragte Avery. „Warum ist das wichtig?"

„Weil ich kein SKH bin. Ich bin nur ein einfacher Prinz. Onkel Leo fand das nicht nötig, weil ich nur der Fünfte in der Thronfolge bin. Er wollte nicht mal, dass ich Prinz werde. Aber Dad hat mit ihm darum gekämpft."

„Wirklich? Das hast du mir nie erzählt."

„Dad hat immer für seine Familie gekämpft. Für das, was seins ist."

Mr. Franklin stellte zwei schlichte Porzellantassen vor ihnen auf den Tisch und eine Teekanne dazu. „Krapfen und Brot bringe ich Ihnen gleich."

„Das bedeutet aber nicht, dass du jeden korrigieren musst, der das falsch sagt."

„Mir ist das wichtig. Es ist eine Ehre, ‚Seine königliche Hoheit' zu sein." Colin streckte die Hand aus, um den Tee einzuschenken. „Das ist ein echter Titel. Was, wenn David herumginge und sich ‚Prinz' nennen würde, obwohl er nur ein Graf ist?"

„Deswegen bin ich froh, Amerikanerin zu sein. Wir sind alle nur ‚He, du da!'"

Er lachte. „Das meinst du nicht ernst. Würdest du euren Präsidenten ‚He, du da!' nennen?"

Sie lächelte. „Vielleicht nicht."

„Bitte schön." Mr. Franklin stellte einen Korb mit Brot und einen mit Krapfen auf den Tisch und verteilte Teller – weiß mit einem rot-grünen Rand und einem verblassten „Frohe Weihnachten wünscht die Bäckerei Franklin" in der Mitte – und Schälchen mit verschiedenen Marmeladesorten und Butter.

„Der bemüht sich wirklich um dich", sagte Avery, als er weg war.

„Es bringt schon Vorteile, ein Prinz zu sein."

Colin füllte ihre Tassen, fragte Avery, ob sie Sahne wollte. Sie reichte ihm den Zucker und bereitete ihre Teller mit Brot und Krapfen vor. Der Rhythmus zwischen ihnen war leicht, vertraut. Als hätten sie schon tausende Male miteinander Tee getrunken und Krapfen gegessen.

Avery steckte sich einen Krapfen in den Mund. Mit geschlossenen Augen summte sie glücklich und genoss ihren ersten Bissen. „Oh, ihr Kohlenhydrate, warum seid ihr nur so lecker?"

Colin lachte, ein Klang, den sie liebte, und wischte sich Zimtzucker von den Fingern. Avery streckte den Arm aus und tippte ihm mit dem Finger auf die Wange. „Sag mal ‚papp'."

Grinsend nahm er einen Schluck Tee. Dann sah er ihr lange in die Augen. „Ist das hier so schön wie ein Ausritt im Schnee?"

„Colin ..."

„Entschuldigung. Ich ziehe die Frage zurück."

Sie nippte an ihrem Tee und sprach in das dampfende Gebräu hinein. „Viel besser."

Als sie ihn über den Rand ihrer Tasse ansah, zwinkerte er ihr zu, und, war ja klar, ihr Herz explodierte.

„Also, was steht dieses Jahr auf deinem Wunschzettel?", fragte er.

„Ich weiß nicht ..." Sie seufzte. „Etwas Wunderbares und Romantisches? Immerhin bin ich in Brighton."

„Ja, aber hallo!" Eine übermütige Stimme wurde laut. „Wen haben wir denn hier?" Avery drehte sich um und entdeckte Guy Smoot und Lady Sarah, die gerade die Bäckerei betraten. „Colin, was machst du denn hier mitten in der Arbeitswoche? Dein Vater hat dich doch nicht etwa von der Kette gelassen?"

„Der hatte in der Sache nichts zu melden." Colin stand auf, reichte seinem Freund die Hand und küsste Lady Sarahs Wange. „Ihr beide kennt Avery ja."

„Klar tun wir das." Guy schüttelte ihre Hand und beugte sich dann schnüffelnd über ihren Tisch. „Ich bin im Paradies. Ich nehme das, was die beiden hier essen, Mr. Franklin."

„Pschscht, Guy, nicht so laut." Sarah schaute Avery augenrollend an und setzte sich in den Stuhl neben ihr. „Ist hier noch frei?"

„Sicher doch."

Mr. Franklin tauchte aus der Backstube auf und eilte zum Tresen. „Was kann ich für Sie tun?"

„Komm mit, und hilf mir bestellen, Kumpel." Guy zerrte an Colins Arm. „Der Mann verehrt dich." Er schleppte Colin mit zum Tresen.

„Ich muss mich für Guy entschuldigen. Er kann sich einfach nicht zusammenreißen", sagte Lady Sarah, die ihre Handschuhe auszog. „Alles, was er macht, muss er mit lautem Gebrüll machen."

„Das mag ich an ihm." Avery reichte Sarah den Brotkorb. „Das musst du kosten."

Sie atmete den Duft tief ein. „Aber, ach, die ganzen Kohlenhydrate."

„Wem sagst du das?"

Sarah wurde schwach und nahm sich eine Scheibe Brot. „Es ist ja schließlich Weihnachten, oder?"

„Genau." Avery mochte sie. Unter ihrem Adelstitel und ihrer brightonschen Staatsbürgerschaft war sie im Grunde ein Mädel aus Georgia.

„Was habt ihr beide also heute vor, Colin und du?" Sarah bestrich ihr Brot mit einer dicken Schicht Marmelade und genoss dann ihren ersten Bissen.

„Nur einkaufen."

„Das sollte ich jetzt vielleicht nicht erzählen, aber als wir in unserem letzten Semester an der Uni waren, hat Colin die ganze Zeit nur von dir geredet. Selbst als wir unseren Abschluss hatten, hat er immer wieder von Avery Truitt angefangen."

„Viel kann er nicht gesagt haben. Besonders lange waren wir nicht zusammen."

„Na, wenn man ihn reden hörte, wart ihr jedenfalls schwer verliebt."

Avery musterte Lady Sarah, wollte sehen, ob sie es ehrlich meinte. „Wirklich?"

Sie lehnte sich zurück und zog eine Serviette aus dem Spender. „Jetzt übertreibe ich wohl. Er hat nicht die *ganze* Zeit von dir gesprochen, aber wenn er von einer Frau gesprochen hat, dann ging es immer um dich."

Avery schaute durch die Bäckerei zu Colin und Guy, die redend beieinanderstanden und etwas auf ihren Telefonen betrachteten.

„Hast du nicht irgendeinen Sport für deine Uni betrieben?"

„Habe ich. Volleyball."

„Ja, stimmt. Wie konnte ich das nur vergessen? Colin war wie besessen von der Sportart, nachdem er dich kennengelernt hatte. Einige aus unserer Clique haben zusammen am Mittelmeer Urlaub gemacht. Dort hat er ein Volleyballturnier organisiert. Das war ziemlich witzig."

„Oh, wow, wie lustig." Lady Sarah steckte voller Geheimnisse, die Avery gerne alle hören wollte.

„Das hat er dir nie erzählt? Egal, ich bewundere dich jedenfalls. Ich weiß nicht, wie du das mit dem Springen und Pritschen und Baggern und so machst." Sarah griff nach einer weiteren Scheibe Brot. „Hat er nie mit dir darüber gesprochen? Wie oft ist er rübergeflogen, um sich deine Spiele anzuschauen? Ein halbes Dutzend Mal?" Sie sah Avery an, erwartete eine Antwort.

„Ich – ich weiß nicht. Ich habe nicht nachgezählt." Verstand sie Sarah richtig? Colin war in die Staaten geflogen, um ihr beim Spielen zuzuschauen? „Warte mal, Sarah, wer genau ist rübergeflogen, um meine Spiele anzuschauen?"

„Na, Colin. Oder? Er ist jeden Dezember verschwunden, um sich irgendein ... NC? ... Turnier anzuschauen."

„Das NCAA-Turnier?"

Sarah kaute gerade an einem Stück Marmeladebrot und hob die Hand vor den Mund. „Ja, das ist es. Ihr Amerikaner immer mit euren Abkürzungen. Ihr seid so schlimm wie die Briten. Egal, jedenfalls ist er jedes Jahr zu deinen Spielen geflogen."

„Sarah, Süße." Guy hatte sich am Tresen nach ihnen umgedreht. „Möchtest du Kaffee oder Tee?"

„Tee, danke. Und bring lieber noch einen Korb Sauerteigbrot mit. Sonst esse ich Colin und Avery alles weg."

„Dein Wunsch ist mir Befehl."

Zwischenzeitlich ging Colin mit seinem Telefon am Ohr am Tisch vorbei. „Ich komme gleich wieder. Ja, hallo, Tattersall am Apparat." Draußen ging er auf dem Bürgersteig auf und ab, hielt kurz an, um durchs Fenster zu linsen, und lächelte, als er Averys Blick erhaschte. Er war zu ihren Spielen gekommen? Ohne ihr davon zu erzählen? Nach einem Moment legte er auf und zitterte, als er wieder an ihren Tisch kam. „Ich glaube, es wird kälter."

„Du bist jedes Jahr zum NCAA-Turnier geflogen?", fragte Avery.

Colin fror mitten in der Bewegung ein. Halb stehend, halb sitzend huschte sein Blick zu Sarah. „Was?"

„Du bist zu meinen Spielen geflogen und hast mir nie etwas davon gesagt?"

„Sarah, was hast du ihr erzählt?" Er richtete sich auf und dominierte augenblicklich den Raum.

„Ach du meine Güte, habe ich da jetzt eine Katze aus dem Sack gelassen?" Unschuld füllte ihre schockierte Miene. „Es tut mir schrecklich leid, meine Liebe, aber er hat nie behauptet, das sei ein Geheimnis. Wir alle wussten, dass er wahnsinnig in dich verliebt war." Sie beugte sich in seine Richtung. „Obwohl man ihn heute nicht dazu bekommt, das zuzugeben."

„Sarah."

„Na, ist doch so. Das wollte ich jetzt einfach mal sagen. So. Und der Bluff mit Lady Jordan ist auch aufgeflogen. Du weißt schon, dass sie gestern Abend mit Clive Boston ausgegangen ist?" Sarah schnalzte mit der Zunge und klopfte Avery auf den Arm. „Der könnte glatt ihr Vater sein, vom Alter her."

„Colin, du bist zu meinen Spielen gekommen?" Avery stand auf, um ihm in die Augen sehen zu können. „Warum? Ich kann nicht glauben, dass du das gemacht hast."

„Sei nicht sauer."

„Das bin ich nicht." Jedenfalls glaubte sie nicht, dass sie das war. Aber sie hätte ihn sehen können. Mit ihm sprechen können. Ihm vom Platz aus zuwinken können.

„Ich wollte dich spielen sehen. Ich wollte mit meinen eigenen Augen sehen, was für eine großartige Spielerin du bist und wie du die Kills-Statistik in deiner Liga anführst."

Sie betrachtete ihn eine Weile, kam dann um den Tisch herum und griff nach seinen Händen. „Ich kann es nicht glauben."

„Ja, also ..."

Sie legte ihre Hand an seine Wange und schaute ihn durch den Schleier ihrer Tränen hindurch an. Die Vergangenheit, ihr gebrochenes Herz, kümmerte sie nicht mehr. Das Protokoll und die Tatsache, dass sie an einem öffentlichen Ort waren und alle Augen sich auf sie richteten, kümmerten sie auch nicht mehr.

„Avery?" Colin runzelte die Stirn. „Geht's dir gut?"

Sie legte die Arme um ihn, als wollte sie ihn nie wieder loslassen, und öffnete ihr Herz, als sie ihre Lippen auf seine drückte. Er schmeckte noch besser als die Krapfen.

Colin schlang seine Arme um sie und küsste sie mit einer Leidenschaft zurück, die den Rest ihrer Welt verschwinden und nur Colin übrig ließ.

Als der Kuss schließlich endete, legte sie ihre Stirn an seine. „Es tut mir leid, aber ich muss das sagen. Ich liebe dich. Ich habe dich immer geliebt. Und ich fürchte, ich werde dich immer lieben."

„Dann stecken wir im gleichen Dilemma. Weil ich dich liebe, Avery. Ich habe dich immer geliebt. Und ich fürchte, ich werde dich immer lieben."

Kapitel neunzehn

21. Dezember
4 Tage bis Weihnachten

Madeline & Hyacinth Live!

Hyacinth: „Vier Tage, Maddie. Vier Tage. Das Ganze bringt mich noch um. Nicht die Spur einer königlichen Weihnachtshochzeit. Oder einer weihnachtlichen Prinzenhochzeit. Keine geschenkten Ziegen, die in den Palastställen fröhlich meckern. Ich bin deprimiert, sage ich dir. Hast du gesehen, dass Lady Jordan mit Clive Boston fotografiert wurde? Hmpf. Der ist alt genug, um ihr Vater zu sein."

Madeline: „Warte mal, meine Liebe. Ich habe überraschende Neuigkeiten für dich." Ein Bild von Colin und Avery erschien auf dem Bildschirm. „Eine unserer treuen Zuschauerinnen hat uns gestern *das hier* geschickt. Offenbar hat der Prinz der Schwester unserer Prinzessin, Avery Truitt, Gesellschaft geleistet. Hier gehen sie Arm in Arm in der Altstadt spazieren."

Hyacinth: (nach Luft schnappend): „Was? Du machst Witze!"

Madeline: „Liebe Zuschauerinnen und Zuschauer, unsere Produzenten sind bereit, ihr Geld dorthin zu stecken, wo Ihre Herzen sind ... in Ihre Portemonnaies." Gelächter im Publikum. „Jeder, der uns anruft oder über Facebook kontaktiert, um uns einen stichhaltigen Tipp zu Prinz Colin und Avery Truitt zu geben, hat die Chance, zehntausend Pfund zu gewinnen." Das Publikum schnappte nach Luft und applaudierte.

Hyacinth: „Oh, bitte, rufen Sie uns an, oder schreiben Sie uns eine Nachricht. Ich bin ganz versessen auf diese Tradition."

Madeline: „Bleiben Sie dran. Wir sind gleich zurück."

Mit einem schnellen Blick zu seiner Bürotür stellte Colin den Fernseher aus. Die Nachricht war raus, und er erwartete, dass Dad jeden Augenblick hereinplatzen und eine Erklärung verlangen würde.

Er war dankbar für das platonische Foto von ihnen, wie sie durch die Altstadt schlenderten, anstatt eines Schnappschusses, der sie womöglich bei dem Kuss in der Bäckerei gezeigt hätte.

Colin kniff die Lippen zusammen. Er hätte schwören können, dass sie hin und wieder immer noch prickelten. Wegen ihrer Berührung.

Heute Morgen hatte er Lady Sarah ein Dutzend weiße Rosen geschickt, als Dankeschön dafür, dass sie das mit seinen geheimen Reisen in die Staaten ausgeplaudert hatte. Sie hatte in einer fünfminütigen Unterhaltung mehr für ihn getan, als sein ganzer Überraschungsbesuch auf St. Simons bewirkt hatte.

Nachdem sie bei Franklins gewesen waren, waren sie unzertrennlich. Sie hatten den Tag damit verbracht, sich in den Schatten zu verstecken und sich Küsse zu stehlen, während sie die ganze Zeit über ihre Leidenschaft zügelten. Aber Colin wollte sie. In jeder Hinsicht.

Nathaniel lud ihn zum Abendessen mit der Familie ein, und Averys Mama bedachte ihn mit dem, was Avery „den bösen Blick der Glo Truitt" nannte.

Was machst du mit meiner Tochter?

Er versprach und gelobte, dass er es grundehrlich meinte. Er würde sie nicht noch einmal verletzen.

Nach dem Abendessen zogen sie sich ins Medienzimmer zurück, um einen Weihnachtsfilm zu schauen, *Liebe braucht keine Ferien*. Avery saß zusammengerollt neben ihm und schmiegte sich an ihn, und wenn die Welt in diesem Moment geendet hätte, wäre er als unglaublich glücklicher Mann gestorben.

Aber die Realität hatte sie wieder, als er Hand in Hand mit ihr zum Auto ging. „Colin“, fragte Avery, „was ist mit deinem Vater?“

„Ich werde mit ihm reden müssen. Aber was mich angeht, bist du die Einzige für mich. Er wird die Wahrheit akzeptieren müssen.“

Sie nickte und verschränkte ihre Finger mit seinen. „Ich will wirklich nicht zwischen euch geraten. Ich werde beten, dass er uns versteht. Aber ich kann nicht ...“ Als sie seinen Blick zu seinem hob, glitzerte Liebe in ihren Augen. „Ich kann nicht verleugnen, was ich fühle.“

Colin zog sie an sich, um sie zu küssen. „Ich auch nicht, Liebes. Aber ich muss ihm eine Chance geben, sich auf uns einzustellen. Ich will ihn nicht überrumpeln.“

„Was, wenn er ganz und gar dagegen ist?“

„Das ändert nichts an dem, was ich denke und fühle. Ich muss das tun, von dem ich das Gefühl habe, dass Gott mich dazu beruft.“

Sie wischte sich eine Träne weg. „Ich habe Angst.“

„Nein, Liebes, hab keine Angst.“

„Darf ich wirklich so glücklich sein?“

„Ja, *wir* sind so glücklich.“

„Colin.“ Sie nahm seine Hand in beide Hände. „Glaubst du wirklich, Gott hat die Glocke geläutet?“

„Ja. Er hat mein Gebet um dich erhört.“ Er wischte ihre Tränen ab. „Wir werden zusammen sein, das verspreche ich.“

Ihr Kuss war fest, rein und voller Liebe. „Dann werde ich dir vertrauen. Und Gott.“

Mit diesen Worten hatte er die ganze Nacht tief und friedlich geschlafen. Er war lächelnd aufgewacht.

Colin überprüfte den Sitz seiner Krawatte im Spiegel über dem Bücherregal und glättete sein Haar. Der Arbeitstag war vorbei. Zeit, mit Dad zu sprechen.

Gott steh mir bei.

Am Ende des langen Flurs lugte Colin durch die halb geöffnete Tür in das große Eckbüro mit dem Blick über den Fluss. „Hast du eine Sekunde Zeit, Dad?“

„Für dich selbstverständlich. Ich habe mir gerade die Gewerkschaftsunterlagen aus Hessenberg angeschaut. Es scheint, ich muss zu einem weiteren Treffen dorthin. Ich hätte gerne, dass du mitkommst. Ich arrangiere es für Freitag, den 23. Ich weiß, es ist Ferienzeit, aber wenn dieser Vertrag nicht zustande kommt ...“

„Dad, können wie die Arbeit einen Moment beiseitelassen?“ Colin setzte sich an den Tisch. „Ich muss mit dir über die Glocke reden.“

Dad legte den Vertrag weg. „Ich höre.“

„In der Nacht, als Guy und ich in dem Turm waren ...“ Er ging auf und ab und erzählte seinem Vater die ganze Geschichte. Warum fühlte es sich nur so fremd und unangenehm an, mit seinem Vater über intime Dinge wie Liebe und Gott zu sprechen? „Was ich damit sagen will, ist, dass ich sie liebe. Ich will sie heiraten.“

Dads Miene blieb unbewegt. Also fuhr Colin fort.

„Ich weiß, dass das nicht das ist, was du für mich willst. Es ist nicht das, was wir geplant haben, aber es ist das, was ich will und von dem ich glaube, dass Gott es auch will."

Dad ging zur Bar an der Wand. Er griff nach einem Glas und goss sich einen kleinen Schluck ein. „Avery weiß davon?"

„Ich habe ihr noch keinen offiziellen Antrag gemacht, aber ja, sie weiß, dass ich sie liebe."

Dad kippte den Drink in einem Zug hinunter. „Was willst du jetzt also von mir?"

„Ich hätte gern deinen Segen, aber ich verstehe, dass ..."

„Du hast es gerade selbst gesagt. Das ist nicht das, was wir geplant haben." Dad knallte sein Glas auf die Oberfläche der Bar. „Denk an deine Zukunft, Colin. Du bist Mitglied des Königshauses. Ein Industrieller." Er breitete seine Arme weit aus. „All das wird eines Tages dir gehören."

„Wieso hält mich das davon ab, Avery zu heiraten?"

„Will sie nicht Trainerin sein? Wie will sie das hier anstellen?"

„Volleyball ist eine wachsende Sportart. Wir werden einen Weg finden. Aber das ändert nichts an dem, was wir fühlen. An dem, von dem wir wissen, dass es richtig ist."

„Papperlapapp. Das ist alles schön und gut, bis sie eines Tages aufwacht und feststellt, dass sie alles für dich aufgegeben hat. Du hast doch gesehen, wie ihre Schwester auf und davon ist, als sie für Nathaniel alles aufgeben musste."

„Das ist nicht fair. Sie musste ihre Staatsbürgerschaft aufgeben. Das wird Avery nicht müssen. Selbst wenn ..."

„Willst du eines Tages vor der Scheidung stehen? Das wäre ein Skandal."

„Dad, sie wollte mich schon vor fünf Jahren heiraten. Sie wollte bereits alles aufgeben."

„Ihr wart Kinder."

„Nun, das sind wir heute nicht mehr. Wir wissen, was wir wollen."

„Liebe macht blind. Wie kannst du wissen ..."

„Die Liebe öffnet einem auch die Augen. Mit Avery kann ich sehr viel leichter derjenige sein, den du von mir erwartest, als mit Lady Jordan. Vertraue mir."

„Du stellst dich also gegen mich."

„Ich stelle mich nicht gegen dich. Ich bin immer deiner Weisheit und deinem Rat gefolgt, aber diesmal muss ich meinem Herzen folgen. Ich muss dem Herrn gehorchen. Er spricht jetzt direkt mit mir, nicht durch dich. Oder durch Mum."

„Mum wird am Boden zerstört sein. Sie liebt Lady Jordan."

„Sie hat Avery auch von Anfang an geliebt."

Dad griff nach dem Dekanter, um sich nachzuschenken, stellte ihn aber wieder ab. „Dann wirst du der Sache Zeit lassen? Schauen, was das neue Jahr bringt? Wenn du in einem Jahr immer noch das Gleiche fühlst, werde ich dich unterstützen."

„Das kann ich nicht machen. Ich habe dem Herrn gesagt, wenn ich Avery heiraten könnte, würde ich die Traditionen der Pembroke-Glocke anleiern. Und Er hat darauf reagiert, indem Er selbst die Glocke geläutet hat. Ich werde sie am Weihnachtsmorgen in der Watchman Abbey heiraten."

Dad verschränkte die Hände hinter seinem Rücken und sah aus dem Fenster über die Stadt hinaus. „Wann machst du es öffentlich?"

„Zuerst muss ich die Glocke ordentlich läuten. Ich weiß, es entspricht nicht der Tradition, sie so spät zu läuten, aber ich muss das Versprechen halten, das ich dem Herrn gegeben habe. Ich muss es für Avery tun. Ich muss noch einiges organisieren, aber ich habe vor, sie übermorgen zu läuten. Und dann mache ich Avery den Heiratsantrag."

„Am 23.? Ich will mit der Acht-Uhr-Fähre nach Hessenberg."

„Absolut. Ich bin dabei, Dad. Ich läute die Glocke beim ersten Sonnenstrahl und treffe mich dann mit dir. Ich muss nur mit der Zwei-Uhr-Fähre wieder zurück. Ich habe vor, ihr am selben Abend den Antrag zu machen."

Er hatte es alles vorbereitet. Jedenfalls theoretisch. Er würde Avery einladen, ihn bei Sonnenuntergang auf dem ruhigen, romantischen Marktplatz in der Altstadt zu treffen. Dort würde er ihr den Heiratsantrag machen.

Dads Kiefer verkrampfte sich, als er nickte. „Wenn du dir das gut überlegt hast."

„Das habe ich. Können wir das erst einmal als eine Sache zwischen uns beiden betrachten? Ich will nicht, dass die Presse oder sonst jemand es vor Avery herausfindet."

Sein Vater zögerte, nickte dann aber. „Gut."

Auf dem Weg zurück in sein Büro reckte Colin eine Siegerfaust. Es war nicht alles, was er von Dad gewollt, aber mehr, als er sich erwartet hatte.

Jetzt ging es darum, Dinge wirklich zu organisieren. Erster Halt? Lord & Gladwell, um Großmutters Verlobungsring aus dem Schließfach zu holen.

Und dann musste er sich mit jemandem treffen, der sich mit Ziegen auskannte.

Edward schwenkte einen weiteren Shot flüssigen Goldes in seinem Glas, starrte aus dem Fenster und dachte über seine Optionen nach. Gott hatte die Glocke geläutet? Sicher doch. Wenn er es nicht besser wüsste, würde er glauben, sein Sohn sei verrückt geworden.

Colin war ein stetiger Typ. Ein solider Kerl. Aber was Avery Truitt anging, war er weich. Was er brauchte, war ein ordentlicher Weckruf. Edward vermutete, dass das Truittmädchen den auch gebrauchen konnte.

Sie gehörte nach Amerika. Und Colin gehörte nach Brighton, mit einer Frau aus Brighton.

Er kehrte an seinen Schreibtisch zurück und griff nach dem Telefonhörer. Erst zögerte er, doch dann wählte er. Er wollte das nicht tun, aber besondere Maßnahmen waren angezeigt. „Madeline Stone, bitte. Edward Tattersall am Apparat."

Kapitel zwanzig

22. Dezember
3 Tage bis Weihnachten

„Entschuldigen Sie bitte, Miss Avery?“ Malcolm stand im Eingang zum Speisezimmer. „Es ist eine Lieferung für Sie eingetroffen.“

„Für mich?“ Avery betrachtete Susanna und Mama fragend, während sie ihre Lippen mit einer sehr feinen Leinenserviette abwischte und vom Tisch aufstand. „Was denn für eine Lieferung?“

„Eine sehr außergewöhnliche. Ich habe noch nie dergleichen gesehen.“

„Was ist es, Malcolm?“, fragte Nathaniel.

„Das sehen Sie am besten selbst, Sire.“

Avery schaute sich nach ihrer Familie um, während sie dem Butler folgte. „Ich komme gleich wieder.“

Es ging über die Hintertreppe zur Küche hinunter und aus der Hintertür hinaus. Avery stockte, als in den Schatten der Palastlichter ein Meckern laut wurde.

„Malcolm?“ Mit zusammengekniffenen Augen spähte sie in die Dunkelheit.

„Die sind für Sie angekommen.“ Er winkte den wartenden Mann herbei. „Kommen Sie.“

Colin, in einem Tweedanzug und ledernen, kniehohen Stiefeln, trat vor, in jeder Hand eine Leine, mittels derer er zwei ziemlich entzückende, protestierende Ziegen hinter sich herzog. „Hallo, Avery. Ich würde dir gerne Fred und Ethel vorstellen.“

„Um Himmels willen.“ Sie ließ sich auf ein Knie nieder, streckte die Hände aus und berührte ihre Schnauzen. „Ziegen? Was hat das zu bedeuten?“

„Ein typisches Geschenk des Verehrers, der die Glocke geläutet hat.“

Avery stand auf. Ihre warme Haut spürte die Kälte gar nicht. „Was sagst du da?“

„Sollten wir Glo rufen? Ich möchte sie fragen, ob sie mein Angebot annimmt: zwei Ziegen gegen eine Tochter.“

„Mach keine Scherze.“

„Siehst du mich lachen? Malcolm, mein Bester, wollen wir die beiden hier im Stall abliefern?“ Er hielt die Leinen hoch.

Aber Malcolm schreckte zurück. „Ich habe bereits den Stallmeister bestellt.“

„Gut, gut.“ Das Meckern der verängstigten, hungrigen Ziegen erfüllte die Luft. Colin zog Avery an sich. „Triff mich morgen bei Sonnenuntergang am Weihnachtsbaum auf dem Marktplatz in der Altstadt. Ich schicke dir ein Auto.“

„Colin, du bringst mich dazu, mich noch mehr in dich zu verlieben.“ Sie zitterte.

„Das war der Plan.“

„Bist du wirklich sicher? Hast du mit deinem Vater gesprochen? Was hat er gesagt?“

Er küsste sie auf die Stirn, auf die Wangen und arbeitete sich zu ihrem Mund vor. „Du stellst zu viele Fragen.“

„Weil es mir ernst ist.“ Sie wand sich aus seinen Armen. „Ich will wirklich, dass dein Vater auf unserer Seite ist.“

„Das ist seine Entscheidung.“ Er umschloss ihre Hand mit seinen Händen. „Aber dieses Mal geht es um dich und mich, darum, was wir wollen. Ich habe über die Schule nachgedacht, deren Volleyballmannschaft du unter die Arme gegriffen hast. Vielleicht kannst du denen deine Expertise anbieten. Dort als Trainerin anfangen. Wenn die nicht wollen, schauen wir nach einer anderen Schule. Wir gründen ein Volleyballcamp. Alles, was du willst, Liebste."

„Colin, du hast mich noch nicht einmal gefragt. Nicht offiziell."

Er schloss sie lachend in die Arme. „Wie recht du hast. Also, morgen Abend auf dem Marktplatz in der Altstadt? Bei Sonnenuntergang."

„Einverstanden." Sie legte ihre Hände auf seine Brust. „Ich werde da sein." Ihr Gesichtsausdruck verfinsterte sich. „Wenn du dir sicher bist. Bist du dir sicher, Colin?"

Er strich mit der Hand über ihren Kieferbogen. „Mir ist klar, dass ich dich im Stich gelassen habe. Ich habe dir das Herz gebrochen. Aber nicht diesmal. Du kannst mir vertrauen. Ich gebe dir mein Wort, dass ich morgen Abend da sein werde." Die Ziegen meckerten, verlangten Aufmerksamkeit. „Siehst du, sogar die Ziegen stimmen mir zu."

„Und jeden Abend danach?" Avery lachte, als Fred, oder war es Ethel, sich an ihrem Bein rieb.

Colin grinste, nahm ihr Gesicht in beide Hände und wärmte ihr Herz mit seinem Kuss. „Ja, und jeden Abend danach."

„Dann werde ich da sein." Denn Prinz Colin Tattersall von Brighton war alles, was sie sich wirklich zu Weihnachten wünschte.

23. Dezember
2 Tage bis Weihnachten

Beim ersten Tageslicht stieg Colin vorsichtig die Stufen des Kapellenturms hinauf. Seine Taschenlampe tastete sich über die glatten Steine, die Riemen seines Rucksacks lagen tröstlich fest auf seinen Schultern.

Darin hatte er das Wichtigste, was er am Abend brauchen würde – Großmutters Ring, ein Zehn-Karat-Stück mit Saphiren und Diamanten, die in filigranes Platin gesetzt waren. Er war wunderschön. Atemberaubend, wenn er das so sagen durfte.

Seine Großmutter war Lady Eugenia gewesen, ein umwerfender Rotschopf mit Feuer in den Augen, als Großvater, Prinz Fritz, um ihre Hand angehalten hatte. Sie waren für ihre Liebe und Hingabe zueinander bekannt gewesen.

Colin hoffte, sie würden in ihre Fußstapfen treten.

Er war ein Knirps von nur einem Jahr gewesen, als Großmutter starb und ihm ihren Verlobungsring hinterließ. Jetzt, als Mann auf seinem eigenen romantischen Abenteuer, spürte er die Zuneigung für die weise Frau, die über Generationen hinweg vorausgeschaut und der Familie ein Stück ihrer selbst hinterlassen hatte.

Als er der Glockenkammer näher kam, fing sein Herz an, lauter zu schlagen. Er war kurz davor, die Glocke für seine wahre Liebe zu läuten. Avery würde die Seine sein.

Wie freundlich Gott sich ihm gezeigt hatte. Dass er ihm Avery zu Weihnachten herholte. Ein Mann konnte keinen Streit haben mit einem Erlöser, der seine Seele mit einer guten Sache zufriedenstellte.

Tief einatmend kam Colin oben an, wo ein scharfer, starker

Wind durch die offenen Fensterbögen wehte. Natürlich blieb ein kleiner, nagender Zweifel, dass Avery ihn abweisen könnte.

Sie hatte eine Nacht, um über ihre Zukunft nachzudenken, um mit Susanna darüber zu sprechen, wie es war, eine Prinzessin in der Fremde zu sein.

Colin hatte sich schon halb dazu entschlossen, bei Tattersall Ltd. zu kündigen und in die Staaten zu ziehen, falls Avery in Amerika leben und Trainerin sein wollte.

Sicherlich konnte er auch anderswo arbeiten. Oder einen Teil von Tattersall Ltd. mitnehmen. Dad hatte mehr als genug Beziehungen.

Er hakte den Glockenstrang aus und formte drei Schlaufen daraus, die er in der einen Hand festhielt, während er mit der anderen Hand die Mitte des Seils packte.

Wenn er sich richtig an die Ausbildung in seiner Jugend erinnerte, begann man ein Glockenläuten mit einem kräftigen Zug und ließ dann das Seil Stück für Stück durch die Hände gleiten, höher und höher, bis er sich durch die Schlaufen gearbeitet hatte.

„Für dich, Herr." Colin warf sich mit seinem ganze Körper, seinem ganzen Herzen, in die Aufgabe, die schwere Glocke zu läuten. „Und für Avery."

Das Seil hüpfte, als die Glocke zu läuten begann, Liebe verkündete und ein Schicksal ausrief. Das Seil glitt durch seine Hände, und er ließ die erste Schlinge los, dann die nächste. Der Glockenton vibrierte in ihm und durch ihn hindurch und entwickelte ein Eigenleben im Schwingen und Klingen.

Colin sprang zum offenen Fensterbogen und sah mit ausgebreiteten Armen über die Stadt hinaus.

„Ich liebe!“ Das Läuten rollte über die flachen, weiß bedeckten Hügel. „Haha!“

Er hatte keine Zeit zu verlieren. Er musste Dad an der Fähre treffen. Er schnappte sich seine Taschenlampe, rückte den Rucksack zurecht und begann, hinunterzusteigen.

Das schmale Treppenhaus bebte beinahe im Klang der Glocke. Während Colin zum Anleger fuhr, folgte ihm das Läuten.

Als er parkte, linste die Sonne durch die dichten Schneewolken und glitzerte auf seiner Windschutzscheibe. Colin schnappte sich seinen Rucksack und eilte zur Fähre, sprang fröhlich durch die breiten Lichtstreifen und fühlte sich frei und zuversichtlich.

Bei König Stephen I., die Drei-Uhr-Fähre würde er schaffen. Er musste es einfach schaffen! Den Rucksack über die Schulter geworfen, rannte Colin zum Anleger. Dad trödelte hinter ihm her.

Er hatte die Abfahrt um eins verpasst. Und die um zwei. Wenn er diese hier verpasste, würde Avery alleine auf dem Platz in der Altstadt stehen und sich fragen, was mit ihm los war. Dann würde die Sonne bereits untergehen.

Der Plan war Funkstille, bis er mit dem Ring in der Hand auf sie zuging, sich auf ein Knie fallen ließ und sie fragte: „Willst du mich heiraten?“

Aber an diesem Tag zog sich alles in die Länge. Niemand war pünktlich. Gespräche verliefen sich ins Endlose. Die Verhandlungen dauerten drei Stunden anstatt der einen, die veranschlagt worden war. Trotzdem war der Rest der Diplomatie beschwerlich und anstrengend. Das Mittagessen wurde ihnen gebracht. Bald rannen die Stunden nur so davon.

„Entschuldigung, Entschuldigung." Colin drängte sich an den Nachzüglern und anderen Last-Minute-Passagieren vorbei, nur um sich dann in einer Schlange wiederzufinden, die die Rampe hinunterging. Er holte sein Telefon aus der Tasche und fing an, Averys Nummer zu wählen. Er musste das Schweigen brechen, um ihr zu sagen, dass er ein bisschen später kommen würde ...

Eine Hand schob ihn von hinten an. „Die Schlange bewegt sich."

Colin stolperte vorwärts, und seine Hand prallte in einem solchen Winkel gegen das eiskalte Metallgeländer, dass er sein Telefon fallen ließ und es in hohem Bogen auf das Wasser zusauste.

„Nein! Nein!" Colin reckte sich, fuhr mit den Händen durch die Luft, um es zu fangen. Aber das Ding war zu weit von seinen Fingerspitzen entfernt.

Wie konnte ein so teures Telefon nur so ein erbärmliches, lächerlich leises Platschen verursachen?

„Mein Telefon!" Wütende Flüche lagen ihm auf der Zunge. *Sag's nicht. Wenn du es tust, wird garantiert irgendjemand merken, dass du Prinz Colin bist.*

Dad trat entspannt neben ihn und klopfte ihm mit der Hand auf den Arm. „Ich habe dir doch gesagt, dass wir reichlich Zeit haben."

Frustration machte sich in Colin breit, während er das Schiff betrat und sich Dad gegenübersetzte. Seine Angst hatte ihn fest im Griff. Gott sei Dank hatte er nur sein Telefon verloren. Und nicht den Rucksack. Um Großmutters Ring zu retten, würde er ins eiskalte Wasser springen.

„Darf ich bitte dein iPad ausleihen?"

Dad bedachte ihn mit einem seltsamen Blick und reichte ihm das Gerät. Dann griff er nach dem zusammengefalteten *Informanten*, den jemand auf dem Platz neben ihm liegen gelassen hatte. „Was ist los?"

„Du weißt genau, was los ist. Ich will mich mit Avery treffen." Colin erinnerte Dad an seinen Plan – in aller Kürze –, während er durch seine Kontakte blätterte und einen Plan B überlegte.

Nathaniel oder Susanna anschreiben, sie dazu bringen, sich mit Avery in Verbindung zu setzen. Aber die königlichen E-Mail-Adressen waren nicht in Dads System.

Colin linste zu seinem Vater hinüber. „Wo sind die E-Mail-Adressen der Familie?"

„Anderes iPad." Dad griff nach dem Gerät. „Ich trenne Geschäftliches und Privates strikt voneinander. Das hier ist ein Tattersallgerät. Ich speichere persönliche Kontakte nicht unter meinen geschäftlichen Kontakten ab."

Colin seufzte und legte den Kopf in den Nacken. „Das ist ein Albtraum." Er sah sich um. Vielleicht konnte er das Telefon eines anderen Passagiers borgen. Nur konnte er keine der Nummern, die er brauchte, auswendig.

„Sie wird verstehen, wenn du dich verspätest."

„Nein, wird sie nicht." Colin antwortete mit zusammengekniffenen Lippen. „Um ehrlich zu sein, sollte sie es auch gar nicht verstehen müssen. Ich habe sie einmal versetzt, und jetzt wird sie denken, dass ich das wieder mache."

„Dann ist sie nicht die Frau, für die du sie hältst."

„Sie ist alles, für das ich sie halte. Das Problem ist, ich bin der Mann, für den sie *mich* hält. Der, von dem sie befürchtet, dass ich es bin." Er trommelte auf den Tisch und sah seinen Vater wütend an. „Du wolltest, dass das passiert, oder?"

„Das ist unfair. Natürlich wollte ich das nicht. Ich will nicht, dass das Mädchen sich verletzt fühlt."

„Aber es stört dich nicht weiter, wenn sie auf mich wütend ist. Sauer. Vielleicht nichts mehr mit mir zu tun haben möchte."

„Was verwirrt dich an der Sache? Ich habe meine Meinung darüber, wen du heiraten solltest, nicht geändert. Ich glaube nicht, dass eine Amerikanerin das Beste für dich, deine Familie oder dein Land ist."

„Dad, meine Ehefrau ist für mich da. Nicht für dich, nicht für die Familie, nicht einmal für das Land. Wenn du zu dir selbst mal ehrlich bist, bin ich nicht einmal ein echter königlicher Prinz ..."

Diesmal knallte Dad die Hand auf den Tisch. „Ich werde nicht zulassen, dass du so redest. Du besitzt ein großes Maß an königlicher Kraft und Macht."

„Dad!" Colin beugte sich vor, um ihm in die Augen zu sehen und ihm eine aufrichtige Antwort abzuringen. „Hast du meinen Heiratsantrag sabotiert? Den Tag in die Länge gezogen, um für eine Verspätung zu sorgen?"

„Schieb es nicht auf mich, Junge. Wenn du abfahren musstest, warum bist du dann nicht aufgestanden und gegangen?"

Er lehnte sich zurück. „Weil ..." Sein Seufzer entließ nur einen Teil seiner Bürde. „Weil wir mit Geschäftspartnern zusammensaßen. Den Gewerkschaftsvorsitzenden. Ich respektiere sie und dich zu sehr, um einfach zu gehen. Ich will unsere Firma oder unseren Ruf nicht mit Missstimmungen belasten. Übrigens hast du das heute sehr gut gemacht, wie du den Gewerkschaftsvorsitzenden überzeugt hast."

Dad blätterte die Zeitungsseiten um. „Vielleicht bist du nicht gegangen, weil dir tief im Inneren klar ist, dass ich – wieder – recht habe, was diese junge Frau angeht. Sie ist nicht die Richtige für dich. Ich verstehe das schon, mein Sohn, sie ist wunderschön und bezaubernd. Da passiert etwas in deinem Gehirn, wenn sie in der Nähe ist. So eine Frau gab es in meinem Leben auch einmal, bevor ich deine Mum kennengelernt habe. Aber sie war nicht meine Zukunft."

„Du irrst dich. Avery ist meine Zukunft." Colin starrte aus dem Fenster der Fähre, während die Sonne am Horizont unterging und all die Hoffnungen, die er an diesen Tag gehabt hatte, mit sich nahm. „Was ich gerne wüsste, ist, warum du das Essen nicht abgesagt hast. Du wusstest, dass ich vorankommen musste oder Gefahr lief, zu spät zu kommen."

„Ich habe Geschäfte gemacht. Und wenn ich Geschäfte mache, überstürze ich nie etwas." Dad blätterte durch den *Informanten*.

„Jetzt habe ich sie zweimal wegen dir enttäuscht. Beim ersten Mal hattest du recht. Wir waren zu jung, hatten zu viele Ausbildungsjahre noch vor uns. Aber diesmal irrst du dich. Vielleicht hast du das Mittagessen nicht absichtlich verschleppt, vielleicht doch. Aber jetzt hör mir mal zu, Dad, ich werde Avery heiraten. Wenn nicht an diesem Weihnachtsmorgen, dann am nächsten."

Die Spannung zwischen den beiden Männern, zwischen Vater und Sohn, sickerte durch Colin. Noch nie hatte er so freimütig mit Dad gesprochen. Es belastete ihn. Aber er hatte recht.

Den Rest der Heimfahrt über betete er für Avery. Betete für sich selbst. Vertraute dem, der die Glocke für ihn geläutet hatte, als sein Herz zu schwach war, seinen Weg selbst zu erkennen.

Sie liebte Sonnenuntergänge. Dass ein brillantes Leuchten den Horizont erstrahlen ließ, während der Chauffeur den Mercedes durch die engen Sträßchen der Altstadt lenke, wo sie Colin treffen sollte, machte ihr eine wohlige Gänsehaut.

Susanna und Mama waren jedenfalls sehr aufgeregt. Mama liebte die Ziegen. Aber Avery deckelte ihre Erwartungen. Sie war schon einmal mit Colin an diesem Punkt gewesen – sehr dicht dran jedenfalls –, und er hatte sie enttäuscht.

Diesen Morgen war sie mit Vorahnungen aufgewacht. Wie konnte es sein, dass der geheimste Wunsch ihres Herzens wahr werden sollte? Bestimmt bildete sie sich das nur ein.

Wollte Colin sie wirklich heiraten? Oder sollte das heute Abend nur eine romantische Weihnachtsverabredung sein?

Dann hatte die Glocke der Kapelle heute Morgen geläutet, und sie hatte es gewusst ...

Er wird mir einen Heiratsantrag machen.

Mama und Susanna waren den ganzen Tag wegen eines Arzttermins und den letzten Weihnachtseinkäufen unterwegs, und Avery nutzte ihren Morgen, um zu träumen und ein Schläfchen zu machen.

Aber gegen Mittag wurde sie rastlos, also zog sie sich um, um in der Kälte eine Runde laufen zu gehen, und rannte den Stratton Boulevard hinunter, gefolgt von einem Leibwächter in einem warmen Auto.

Als sie zurückkam, hatte sie noch genug Zeit, um zu duschen und sich für die Verabredung zum Sonnenuntergang fertig zu machen. Sie kleidete sich leger, in Jeans, einen blassgrünen Pulli und schwarze Stiefel. Sie borgte sich Susannas cremefarbigen John-Lewis-Mantel, den mit dem dunkelbraunen Kunstpelz.

Sie lockte ihre Haare. Schminkte sich. Versuchte, wie das Mädchen auszusehen, in das sich Colin vor fünf Jahren verliebt hatte. Nur älter und klüger.

Um Viertel nach drei holte der Fahrer sie ab. Im Winter wurde es auf der Insel früh dunkel. Als sie sich dem Platz in der Altstadt näherten, bremste der Fahrer im warmen Licht der Schaufenster und blieb schließlich stehen. Er stieg aus, öffnete Averys Tür und reichte ihr seine Hand, um ihr beim Aussteigen zu helfen.

Er legte grüßend die Hand an seine Mütze. „Der Platz ist gleich da drüben, auf der anderen Straßenseite, Miss." Er zeigte geradeaus.

Avery atmete tief ein und drückte sich eine Hand auf den Bauch, in dem die Schmetterlinge durcheinanderwirbelten. „Bekommen Sie ein Trinkgeld von mir?" Sie zog ein kleines Täschchen aus ihrer Manteltasche, obwohl sie nur ihr Telefon und einen Zwanzigpfundschein mitgenommen hatte.

„Nein, Ma'am. Der Prinz hat sich um alles gekümmert."

„Dann danke ich Ihnen sehr."

Der Fahrer verschwand wieder im Auto, und Avery machte sich auf, begleitet von den Geräuschen und Düften des uralten Viertels von Cathedral City.

Passanten eilten vorbei. Ein schnell fahrender Laster bespritzte sie beinahe mit einer Ladung Schneematsch. Am Ende der Straße erklang „Freue dich, Welt" aus einem kleinen Lautsprecher, der auf einem Tisch vor einem Lädchen stand.

An der Straßenecke beobachtete Avery den Verkehr und überquerte die Straße, als sie frei war, um Colins Anweisungen zu befolgen und am Weihnachtsbaum zu warten.

Als sie ankam, pumpten ihre Lungen, als sei sie gerade einen Marathon gelaufen. Oh, war sie nervös. *Ruhig, Aves.*

Während Turnieren hatte sie Nerven aus Stahl. Aber ein Heiratsantrag war ja nun kein Turnier, oder?

Sie stand im Schein des Baumes und beobachtete den ganzen Platz. Ihr Herzschlag passte sich den Schritten der vorbeischlendernden Leute an. Einer von ihnen würde Colin sein. Würde er von vorne kommen oder sie von hinten überraschen?

Sekunden wurden zu Minuten. Avery sah auf ihrem Telefon nach der Zeit. Die Menschenmenge wurde dünner. Das eilige Tempo der Stadt verlangsamte sich. Die Sonne rückte weiter gen Westen.

Avery ging um den Baum herum. Ein Übertragungswagen vom Fernsehen hielt an einer Seite des Platzes an. Ein weiterer fuhr vorbei, beklebt mit den lächelnden Gesichtern von Madeline und Hyacinth.

Eine Schar Schaulustiger versammelte sich um sie.

Wo bleibst du, Colin?

Sie hatte Susanna nicht gesagt, wohin sie ging, also war diesmal kein Sicherheitsmann dabei.

Ihre Nerven glühten. War sie sicher? Wo war Colin? Avery umklammerte ihr Täschchen, bereit, nach ihrem Handy zu greifen.

„Sie sind es doch, nicht wahr?“, erklang eine Stimme aus dem hinteren Teil des Auflaufs. „Die Schwester der Prinzessin.“

Avery drehte ihnen den Rücken zu und rief Colin an. Aber der Anruf wurde direkt zur Mailbox weitergeleitet.

Die Umstehenden fuhren fort, sie auszufragen. „Miss Avery,

warten Sie auf Prinz Colin? Hat der heute Morgen die Glocke der Pembrokekapelle geläutet?"

Ihre Schauer der Vorfreude verwandelten sich in Schauer des Grauens. Zu ihrer Linken geschah etwas, das die Menschenmenge teilte: Madeline und Hyacinth kamen mit ihrem Kamerateam auf sie zu.

Hyacinth, oder war es Madeline, entdeckte sie, lächelte und schenkte Avery zwei hochgereckte Daumen. Die andere Moderatorin eilte zu ihr herüber und fragte sie mit einem sehr lauten Flüstern: „Ist er unterwegs?"

„Woher wussten Sie davon?"

„Wir haben die Glocke gehört." Sie lachte, mit einem fernsehtauglichen Gesichtsausdruck. „Nun, und jemand hat uns einen Tipp gegeben."

„Einen Tipp? Wer?"

Aber die glamouröse Moderatorin ignorierte sie. „Wir sind so aufgeregt wegen der Glockentradition und einer Weihnachtshochzeit."

„Wer sagt, dass es eine Weihnachtshochzeit gibt?"

Blinzelnd druckste sie herum. „Ist er nicht hier? Wir haben gehört, er würde einen Heiratsantrag machen."

Avery ballte ihre kalten Hände zu Fäusten. *Oh, Colin, was hast du nur getan?*

„Wir sind dann gleich dort drüben. Oh, übrigens, ich bin Madeline." Die Frau reichte ihr die schlanke Hand. Avery schüttelte sie vorsichtig und zog sich dann in die Schatten hinter dem riesigen Weihnachtsbaum zurück.

O Tannenbaum, o Tannenbaum, versteck mich vor dieser Demütigung.

Es wurden immer mehr Gaffer. Das Tageslicht schwand, und das Licht der alten Gaslaternen wurde heller. Immer noch kein Colin.

Madeline und Hyacinth unterhielten sich, warfen Blicke auf Avery, und ihre Mienen verwandelten sich von aufgeregter Vorfreude über Neugier zu *Ach du meine Güte*.

Mit dem Gesicht zum Baum versuchte Avery nochmals, Colin zu erreichen. Keine Antwort.

„Hat er dich versetzt?“ Wieder eine Stimme aus der Menge.

„Avery.“ Madeline kam näher. „Bekommen wir ein paar Worte in die Kamera von Ihnen?“

„Frohe Weihnachten.“ Sie eilte um den Baum herum, weg von der Peinlichkeit des Moments. Aber sie war völlig umstellt. Und die Menschen riefen sie.

„Können Sie uns sagen, warum Sie hier sind?“

„Wer hat die Glocke geläutet? War das für Sie?“

„Wo ist Prinz Colin?“

Sie drängte sich geduckt durch die Masse, wurde schneller, trat ohne hinzuschauen auf die Straße. Das war das letzte Mal, dass Prinz Colin sie zum Narren gehalten hatte.

Kapitel einundzwanzig

Sie spuckte Gift und Galle. Kochte. Schüttete sich vor Susanna aus, während sie im Wohnzimmer ihrer Prinzessinnenschwester auf und ab schritt, wo der Baum in der Ecke Tannenduft verströmte, dessen Lichter viel zu fröhlich strahlten für Averys finsteres Herz.

„Er hat mich versetzt, Susanna." Avery zitterte, während sie im Kreis herumstampfte. „Er hat Madeline und Hyacinth einen Tipp gegeben, ist aber nicht aufgetaucht." Sie hielt kurz an und packte sich mit beiden Händen an den Kopf. „Wer macht so etwas?"

Ihr Zorn brannte und loderte, vergiftete die Atmosphäre, vergiftete ihre eigene Seele. Aber sie musste sich einen ordentlichen Moment lang kräftig Luft machen.

„Er hat dich nicht absichtlich versetzt. Da muss irgendetwas passiert sein." Susanna pustete über ihren dampfend heißen Tee.

„Ja, sein Dad ist passiert. Wie beim letzten Mal." Sie rammte ihre Hände in die Hosentaschen und starrte aus dem Fenster, wo sich die beleuchteten Anlagen lebhaft von der dunklen Nacht abhoben. Aber sie hatte diesen Ausbruch bereits satt. Sie wirbelte zu Susanna herum. „Wie war dein Arzttermin?"

Sie lächelte. „Mama durfte den Herzschlag hören. Hast du keinen Hunger? Malcolm hat dir einen Teller aufgehoben." Susannas gerunzelte Stirn zeigte ihre Besorgnis, während sie in der Küche anrief und darum bat, dass Averys Abendessen gebracht wurde.

Um ehrlich zu sein, war sie halb verhungert. Wut machte sie hungrig. Avery rollte sich neben ihrer Schwester auf dem Sofa zusammen. „Ich bin so froh über das Baby. Was wünschst du dir, einen Jungen oder ein Mädchen?"

„Ich weiß, das klingt klischeehaft, aber ich wünsche mir hauptsächlich, dass es gesund ist." Susanna lachte leise und strich mit der Hand über den Arm ihrer Schwester. „Aves, ich bin mir sicher, dass es ..."

„Eine logische Erklärung gibt? Sicher. Warum nicht? Colin ist ein Guter."

„Das kann er nicht absichtlich getan haben. So dumm ist er nicht. Oder so grausam. Schau dich an, jetzt bringst du mich schon dazu, ihn zu verteidigen, dabei bin ich auf deiner Seite. Mich ärgert es auch, dass er heute nicht aufgetaucht ist. Aber ich würde nicht so weit gehen, dass er intrigiert. Dafür gibt es keinen Grund. Was wäre seine Motivation?"

„Sein Vater." Da, eine völlig logische Erklärung. „Colin ist so lange selbstständig und erwachsen, bis sein Vater ins Spiel kommt. Er wird alles tun, was der ihm sagt, und es damit begründen, dass es auch zu meinem Besten wäre."

„Edward? Der ist listig und berechnend, aber nicht grausam."

„Verstehst du es nicht? Er betrachtet das nicht als grausam. Als er Colin damals ermahnte, er solle nicht zu meinem Abschlussball kommen, dachte er, er täte uns beiden einen Riesengefallen."

„Colin war völlig hin und weg. Er war dabei, seinen Fokus zu verlieren. Und du auch. Ich glaube, Edward hatte schon ein bisschen recht. Damals. Aber jetzt nicht. Bestimmt."

Avery musterte Susanna. „Colin hatte vor, mir einen Heiratsantrag zu machen. Nach dem Abschlussball. Er wollte mir einen Antrag machen."

„Was? Wirklich?"

„Edward hat das herausgefunden. Deswegen ist Colin nicht gekommen. Darum hat er mich von jetzt auf gleich kaltgestellt." Avery konnte vor lauter Emotionen kaum sprechen. „Ich weiß, es klingt verrückt, aber wir hätten es geschafft, Susanna. Das weiß ich einfach." Schluchzend barg Avery ihr Gesicht in den Händen. „Ich liebe ihn. Ich kann nichts dagegen tun."

„Oh Aves, meine süße Aves." Susanna wiegte sie in ihren Armen, tröstete sie, küsste sie auf den Scheitel. „Colin wird kommen und alles erklären. Ich bin mir ganz sicher."

Avery hob ihren Kopf und wischte sich die Tränen ab. „Ach, was macht das schon? Das wird nichts mehr mit uns. Ich kann das nicht noch mal durchmachen."

An der Tür zum Bedienstetenflur klopfte es. Susanna stand auf und rief: „Herein!"

Ein sehr junger Mann mit ordentlichen blonden Haaren kam mit einem Tablett herein. „Für Miss Avery."

„Vielen Dank, Finn."

Susanna machte eine einladende Handbewegung. „Nun komm. Das Essen wird dir guttun. Es gibt einen herrlichen Eintopf und frische, warme Brötchen. Wir können *‚Ist das Leben nicht schön?'* anschauen und die Männer eine Weile vergessen."

Der Eintopf duftete verführerisch, aber Avery war doch nicht mehr so hungrig. Sie starrte das Essenstablett an, nahm einen Schluck aus dem randvollen, sprudelnden Limonadenglas und stellte es dann beiseite.

„Ich glaube, ich werde spazieren gehen. Ich muss nachdenken. Beten."

„Okay." Susanna drückte ihren Arm. „Er wird anrufen oder so etwas. Das weiß ich einfach."

Avery griff nach Mantel und Schal. „Was bringt das schon? Ich bin fertig mit ihm." Sie zog ihre Handschuhe über.

„Lass uns Gottes Plan vertrauen. Vielleicht hat Colin eine hieb- und stichfeste Erklärung."

„Du bist noch eine größere Träumerin als ich. Edward will eine Frau aus Brighton für seinen Sohn, den Erben der Tattersalldynastie, ein zukünftiges Mitglied des Parlaments. Und er hat gewonnen. Noch eine Amerikanerin in der Familie ist ihm zu frivol."

„Na, da hast du ja schön alles sortiert, was? Hast dir Colins Kopf an seiner Stelle zerbrochen. Du weißt genau, was er warum getan hat, und hast die Schlussfolgerung für ihn gezogen. Warum machst du dir überhaupt die Mühe, zu beten?"

Avery schnitt eine Grimasse. „Ich dachte, du bist auf meiner Seite."

„Das bin ich. Aber du musst Colin für sich selbst sprechen lassen. Gib Gott eine Chance, mitzumischen. Ich erinnere mich ganz genau an eine überschwängliche Siebzehnjährige, die mir mit demselben Rat auf die Sprünge geholfen hat, als ich wegen Nathaniel die Hoffnung aufgegeben habe."

„Schön, dann soll er für sich selbst sprechen." Avery schlüpfte in den Mantel. „Aber *ich* habe mich entschieden. Er könnte jetzt mit einem Diamantring, einem Dutzend Rosen und der Marschkapelle von der Ohio State auftauchen, die ‚I Can't Live If Living Is Without You' spielt, und meine Antwort wäre immer noch nein."

„Ich bin froh, dass du so unvoreingenommen bist. Wäre ja schlimm, wenn jetzt einer dächte, du wärst verbohrt."

„Suz, ich will einfach ein schönes Weihnachtsfest feiern und nach Hause fliegen. Um ehrlich zu sein, würde ich einfach jetzt abreisen, wenn Mama nicht so eine gute Zeit hier haben würde."

Susanna zog sie in eine Umarmung. „Es würde mir und Nathaniel das Herz brechen, wenn du jetzt gingst. Er fühlt sich wegen der ganzen Sache wirklich mies."

„Und wenn er ein echter König wäre, würde er Colin deswegen in den Kerker werfen."

„Witzig." Susanna begleitete Avery zur Tür. „Pass auf dich auf da draußen. Verlass das Gelände nicht. Wenn du die Hintertreppe hinuntergehst, kommst du in den privaten Garten hinter Nathaniels Büro."

„Ich komme nachher wieder. Dann können wir den schönen Eintopf essen und *‚Ist das Leben nicht schön?'* anschauen, okay?"

„Wenn er aufgetaucht wäre und dir einen Antrag gemacht hätte, hättest du dann Ja gesagt?"

Sie nickte. „Absolut."

„Wäre das nicht schön gewesen?"

„Doch, das wäre sehr, sehr schön gewesen."

Ganz sicher lagen Himmel und Hölle wegen seines Herzens im Krieg miteinander. Wegen seines Liebeslebens. Erst die Verspätungen in Hessenberg. Dann der fatale Fall seines Telefons in die Nordsee, gefolgt von dem Mangel an persönlichen Informationen auf Dads iPad.

Jetzt steckte er in einem Stau in Cathedral City, den der Teufel höchstselbst anberaumt haben musste.

Mit zusammengepressten Lippen drückte Colin auf die Hupe, jeder Muskel in seinem Körper stand unter Spannung.

Er hatte sein Büro vom Hafen aus angerufen, aber jeder Angestellte, der in den Weihnachtsferien noch dort arbeitete, war bereits nach Hause gegangen. Und das Büro blieb bis nach dem Neujahrstag geschlossen.

Was bedeutete, dass auch die königliche Behörde geschlossen war.

Der Autokorso bewegte sich zentimeterweise vorwärts. Colin schaffte es vielleicht dreißig Meter weiter in Richtung Palast. Möglicherweise würde sie nicht mit ihm sprechen, und das konnte er ihr nicht einmal verübeln.

Memo an mich selbst: Telefonnummern und E-Mail-Adressen auswendig lernen.

Als er eine Seitenstraße entdeckte, die von dem Verkehrs-Tohuwabohu verschont schien, bog er ab und raste die schmale Straße hinunter. Ein Hoffnungsschimmer regte sich in seinem Herzen. *Endlich geht es voran.*

Aber nein. Natürlich. Die Seitenstraße mündete in eine weitere völlig verstopfte Hauptstraße. Jeder Bewohner von Cathedral City war in irgendeiner weihnachtlichen Angelegenheit unterwegs – zum Einkaufen, vielleicht Richtung Norden in die Berge, zu Familien und Freunden oder zu einer kirchlichen Veranstaltung ... die Liste war endlos lang.

Und er steckte inmitten von alldem fest. Colin ließ seinen Kopf auf das Lenkrad fallen. „Avery“, flüsterte er, „es tut mir so leid.“

Ein schwacher Klang hallte in ihm wider. Die Erinnerung an die dröhnende, rufende Glocke der Pembroke Chapel, die von innen nach außen läutete.

Er hob seinen Kopf. Warum saß er herum und wartete darauf,

dass das Leben zu ihm kam, warum machte er sich abhängig von modernen Bequemlichkeiten und Gerätschaften?

Er schaute in den Rückspiegel und setzte in eine enge Parklücke zurück, halb auf dem Kopfsteinpflaster, halb auf dem Gehweg. Er stellte den Motor ab, schnappte sich seinen Rucksack, wickelte sich seinen dicken Wollschal um den Hals und stellte die Alarmanlage an.

Er war ein Athlet. Jedenfalls war er das einmal gewesen. Der 8-Kilometer-Lauf zum Palast würde ihm guttun, und er wäre immer noch schneller, als wenn er in diesem Verkehr blieb.

„Sie können Ihr Auto hier nicht parken, Sir." Colin drehte sich um und sah einen berittenen Polizisten auf sich zukommen. „Nach 16 Uhr darf hier nicht mehr geparkt werden."

„Es tut mir schrecklich leid, aber ich komme sonst zu spät zu einem sehr wichtigen Termin."

„Das geht allen so. Sie können trotzdem nicht hier parken."

„Wissen Sie, wer ich bin?" Auweia, das hatte er ja in seinem ganzen Leben noch nie gesagt.

Der Polizist grinste. „Ich habe gleich gedacht, dass Sie es sind, aber ich war mir nicht sicher. Prinz Colin? Freut mich, Sie kennenzulernen. Sie dürfen trotzdem nicht hier parken."

„Ich muss zum Palast. Unbedingt." Avery würde dort sein, sie würde den Platz um diese Zeit längst verlassen haben.

„Ist alles in Ordnung?"

Colin seufzte und klammerte sich an die Träger seines Rucksacks, als hinge sein Leben davon ab. „Im Großen und Ganzen ja, es ist alles in Ordnung. Was mein Leben dagegen angeht, ist überhaupt nichts in Ordnung, es ist ein einziges Chaos. Diesmal habe ich es wirklich vermasselt."

„Das klingt ernst."

„Wenn Sie glauben, dass es eine ernste Sache ist, wenn man ein Versprechen bricht, das man der Liebe seines Lebens gegeben hat, dann ja."

„Na ja. Ich nehme an, Sie könnten mir im Namen des Königs befehlen, abzusitzen. Immerhin sind wir die königliche Reitgarde und stehen unter seinem Kommando." Der Polizist glitt aus dem Sattel. „Und ich nehme an, Sie könnten mir Ihre Autoschlüssel geben, und ich könnte Ihnen den Wagen bringen, wenn der Verkehr nachgelassen hat." Er hielt inne und musterte Colin. „Jedenfalls nehme ich an, dass Sie das vorhaben, wo doch offenbar ein königlicher Notfall im Palast eingetreten ist."

Colin starrte ihn mit offenem Mund an und sagte: „Ja, tatsächlich. Überlassen Sie mir Ihr Pferd, Constable ...", er las den Namen von der Uniform ab, „Smithers. Im Namen des Königs." Er packte den Mann bei den Schultern, küsste ihn auf die Wange und schwang sich in den Sattel. „Sie werden für Ihren Dienst reichlich belohnt werden." Er warf ihm die Schlüssel zu. „Ich sage dem Sicherheitsdienst Bescheid. Ihr Pferd wartet in den Stallungen auf Sie."

„Frohe Weihnachten, Eure Hoheit."

„Ich bin keine ... ach, lassen wir das. Ihnen auch frohe Weihnachten!"

Colin lenkte sein Pferd zur Hauptstraße, trieb es an, und das Tier galoppierte furchtlos durch den Verkehr auf den Palast zu, Richtung Liebe und einer Rettung, wie sie im Märchenbuch stand.

Kapitel zweiundzwanzig

Der Garten war beruhigend und wunderschön. Friedlich. Susanna hatte ihn weihnachtlich dekoriert, hatte die nackten Äste aller Bäume mit weißen Lichtern geschmückt, während rote Winterblumen den Boden neben dem Fußpfad bedeckten.

Avery krümmte sich in der scharfen, kalten Luft zusammen und ging unter den zauberhaften Lichtern den geteerten Weg hinunter.

Was hatte es mit den Lichtern auf sich, dass sie die Welt so verzauberten? Avery liebte es, dass Jesus Licht war. *Das* Licht.

Am Gartentor hielt sie inne und sah über die schneebedeckten Anlagen hinweg, wo sich die Landschaft in Licht und Schatten verlor. *Oh Herr, ich brauche dein Licht.*

Vor ihr lag die Dunkelheit, über den höchsten Bäumen zeigten sich die Sterne am Himmel. Hinter ihr lag der beleuchtete Palast, der enorme Bau, der alle beherbergte, die sie auf der Welt am meisten liebte.

Wenn das alles war, was ihr für den Rest ihres Leben blieb, war sie eine der am reichsten gesegneten Frauen auf der Welt. Mama und Susanna, Nathaniel, alle Leute zu Hause, all ihre Weihnachtserinnerungen mit Daddy und der Familie.

Sie hatte es gut getroffen, die gute alte Avery Truitt von St. Simons. Wenn das alles war, mit dem Gott sie segnete, würde sie dankbar sein.

Sie schloss die Augen und war wieder acht Jahre alt, turnte durchs Haus und wartete darauf, dass Susanna für die Feiertage nach Hause kam. Das Licht der Baumkerzen schimmerte auf den

Wänden und an der Decke, im offenen Kamin in der Ecke knisterte ein Feuer, und Johnny Mathis sang „Winter Wonderland". Bing schmachtete „White Christmas".

Avery atmete den kalten Duft des Schnees ein.

Ihre Erinnerung wandte sich der Küche zu, von wo aus Daddy das ganze Haus mit leckeren Dingen versorgte. Mama saß lachend mit Onkeln, Tanten und den Großeltern im Esszimmer.

Sie öffnete die Augen. Sie war aber keine acht oder zehn oder zwölf Jahre mehr alt, oder? Sie war 22, und das Leben war in Wirklichkeit weder süß noch unschuldig, es war kein Märchen, in dem Prinzen auf weißen Rössern angeritten kamen und die Lage retteten.

„Herr, ich weiß nicht, was du vorhast, aber so sieht's aus: Ich werde dir vertrauen. Du liebst mich, du bist gut, und du hast wunderbare Pläne für mich."

Obwohl sich ihr Bekenntnis überhaupt nicht so anfühlte wie das, was sie in ihrem Herzen spürte, zwang sie ihre Seele dazu, das zu glauben, von dem sie wusste, dass es wahr war, nicht das, was sie erlebte. Sie atmete tief in die kalte Nacht hinaus aus. Glauben war nicht einfach.

Aber es war Weihnachtszeit, und sie weigerte sich, in Trübsinn zu verfallen. Susanna hatte recht. Irgendwann würde Colin mit irgendeiner Erklärung auftauchen. Sie würde seine Entschuldigung annehmen – sonst nichts – und mit dem Gefühl, die Angelegenheit abgeschlossen zu haben, nach Hause reisen.

Wenn er ihr einen Antrag machte, würde sie ihn nicht annehmen. Die Nacht und die Kälte halfen ihr, sich zu entscheiden. Dinge dieser Art würden sonst immer wieder passieren. Es war richtig von ihr, sich nicht zwischen Colin und seinen Vater zu stellen.

Das Tor gab nach, als Avery sich dagegenlehnte, also verließ sie den umhegten Garten.

„Avery!"

Zum Klang von donnernden Hufen auf harschigem Schnee drehte sie sich um und sah einen Reiter auf sich zukommen, getragen von einem dunklen Pferd, das sich kraftvoll über den weißen Schnee bewegte.

„David?"

Das Pferd stieg, als der Reiter es zum Halt zügelte und aus dem Sattel sprang.

„Es tut mir leid, Avery, es tut mir so leid."

„Colin ..."

Er bekam sie zu fassen. Seine warmen Lippen streiften ihre Wange. „Es tut mir so leid."

Sie lehnte sich zurück und versuchte, in dem geisterhaften, vom Schnee zurückgeworfenen Licht sein Gesicht zu erkennen. „Wo warst du denn?"

„Hessenberg. Meeting. Langes Mittagessen, sehr lang. Zu spät an der Fähre. Hab mein Handy ins Wasser fallen lassen." Er rang um Luft und fuhr fort: „Dad hat keine persönlichen Kontakte auf seinem iPad. Zwischenzeitlich ist mein Herz auf den Grund der Nordsee gesunken. Und dann war da der Verkehr. Unfassbar viel Verkehr. Ich habe noch nie so einen Wahnsinn erlebt. Ich war fünf Meilen und fünf Stunden weit vom Palast entfernt."

Das Pferd stampfte, schauderte und warf schnaubend seinen Kopf, als wollte es ihm zustimmen.

„Deswegen bist du auf einem Pferd geritten?"

„Polizeipferd ... Ich habe es ihm im Namen des Königs befohlen."

Sie drückte sich die Finger auf die Lippen und versuchte, nicht zu lachen. „Ach so ..."

Colin beugte sich vor und atmete tief durch. „Ich habe das Gefühl, als hätte ich seit der Mittagspause die Luft angehalten."

„Also hast du die Fähre verpasst, hast dein Telefon verloren und bist im Verkehr stecken geblieben."

„Avery, ich habe nie vorgehabt, dich alleine in der Altstadt stehen zu lassen."

„Mit Madeline und Hyacinth, die zuschauten?"

„Was?"

„Die sind aufgetaucht. Wollten eine Liveübertragung von dem, was zwischen dir und mir los ist. Es war demütigend."

„Wie konnten sie ..." Er atmete aus, presste die Lippen aufeinander und schüttelte den Kopf. „Dad. Das trägt seine Handschrift."

Avery verschränkte die Arme. „Also sind wir wieder da, wo wir angefangen haben, oder?"

„Ich kann nicht glauben, dass er das getan hat." Colin machte ein paar große Schritte und kam dann zu Avery zurück. „Andererseits – wenn Dad sich durchsetzen will, zieht er alle Register." Er nahm sie bei den Armen. „Diesmal wird er sich nicht zwischen uns stellen."

„Colin, glaubst du vielleicht, dass es in Wirklichkeit doch nichts mit uns beiden werden soll? Vielleicht sollten wir es einfach aufgeben."

„Nein, nein, Liebes, ich weigere mich, das zu denken. Je mehr wir geprüft werden, desto mehr glaube ich, dass es auf jeden Fall etwas mit uns werden soll. Ich habe heute Morgen die Glocke für dich geläutet. Wie du es gesagt hast. Gott hat vielleicht Bewegung in die Sache gebracht, aber so langsam komme ich zu mir und fange an, das zu tun, was er von mir will."

„Ich habe die Glocke gehört, Colin. Und dann bist du nicht aufgetaucht."

„Aber jetzt bin ich hier. Du musst mir glauben. Bitte." Seine Stimme bat, sein Gesichtsausdruck bettelte. Wie konnte sie ihn ablehnen?

„In Ordnung, ich glaube dir. Wirklich. Aber ich glaube wirklich nicht, dass mein Herz ..."

„Sei mein, Avery. Ich liebe dich so sehr." Er hielt ihre Hände in seinen und beugte sich dann vor, um sie zu küssen. Seine warmen Lippen verscheuchten ihre kalten Zweifel.

Als er sich von ihr löste, hielt sie sich an ihm fest. „Du kriegst mich langsam rum."

„Gut. Weil ich nämlich einen Plan habe."

„Noch einen?" Sie legte sich die Hand aufs Herz. „Noch einen Plan verkrafte ich nicht."

Sein lautes Lachen konnte es mit den fröhlichen Kathedralenglocken aufnehmen. „Vertrau mir, diesmal liegt alles an dir. Ich gebe dir die Chance, mich zu versetzen. Teste mich zur Abwechslung mal."

„Was? Warum würdest du so etwas machen? Vergebung kennt keine Rache."

„Ich rede nicht von Rache. Aber ich habe dich in aller Öffentlichkeit blamiert."

„Du hast mich nicht öffentlich blamiert."

„Doch, habe ich. Alle wussten, dass ich zu deinem Abschlussball kommen sollte. Und ich bin einfach nicht aufgetaucht. Und jetzt erzählst du mir, dass Maddie und Hy auf dem Marktplatz eine Liveübertragung machen wollten ... Halb Brighton wird dich da alleine wartend gesehen haben." Er machte einen Schritt zurück und klopfte die behandschuhten Hände zusammen. „Ich werde dir die Gelegenheit geben, mir deine Antwort in aller Öffentlichkeit zu geben. Sie könnte gut sein. Oder schlecht." Er machte so ein komisches Gesicht, dass sie lachen musste. „Das Risiko gehe ich ein."

„Wie? Wann?"

„Morgen. An Heiligabend."

„Colin, bitte, haben wir nicht genug von diesem Hin und Her gehabt? Lass uns den Tag einfach in Frieden verbringen. Morgen wird es ein langer Tag werden, mit dem Weihnachtsfrühstück mit der Familie und dem Gottesdienst am Abend. Ich habe noch eine letzte Anprobe für das Kleid für den Weihnachtsball, zu der ich nicht will, aber Susannas Designerin besteht darauf."

„Mach dir keine Sorgen, ich weiß genau, was ich morgen vorhabe." Colin legte den Arm um sie und küsste sie leidenschaftlich.

Das Pferd wieherte und schubste Colin in den Rücken, so sehr, dass er gegen Avery stolperte. Zusammen fielen sie der Länge nach lachend in den Schnee.

Lange bewegte sie sich überhaupt nicht und freute sich nur daran, in seiner Nähe zu sein. Colin nahm sie bei der Hand, und so lagen sie Seite an Seite und betrachteten die Sterne, während das Pferd des Polizisten Wache hielt.

Heiligabend
Ein Tag bis Weihnachten

Eine Anprobe an Heiligabend nachmittags um vier entsprach nicht gerade Averys Vorstellung davon, wie man richtig in Weihnachtsstimmung kam. Aber es war für den Weihnachtsball. Ferny versprach, sich zu beeilen.

„Ich will nur sichergehen, dass alles stimmt."

Susanna verteidigte sie, sagte, sie sei einfach nervös, weil sie ihr erstes Kleid für ein Mitglied des Königshauses gleich beim Weihnachtsball der Öffentlichkeit präsentieren würde.

Im Ankleidezimmer zog sich Avery rasch um und betrat den Ladenraum, wo sie auf ein Podest stieg, damit Ferny jeden Zentimeter inspizieren konnte.

Seitdem Colin am Vorabend davongaloppiert war, konnte sie nicht aufhören zu lächeln, und ihn beim Frühstück zu sehen, ließ sie vor Begehren erröten.

Er blieb aber nicht lange im Palast und eilte mit einer kurzen Verabschiedung und einem Flüstern davon.

„Sei um vier in der Nähe eines Fernsehers."

„Ein Fernseher? Warum?"

Aber er war weg, bevor sie protestieren konnte. Ihre Anprobe war um vier.

Mit einem tiefen Atemzug betrachtete sie sich im Spiegel, strich mit der Hand über den wollseidenen Rock, der in mehreren Lagen geschichtet war, wie Schneewehen. Das ärmellose Mieder war mit Perlen und Tüll bedeckt. Ihr Haar, das schon für die Kirche zurechtgemacht war, fiel ihr in langen Wellen über die Schultern.

In ihrem Inneren begann es zu beben. Das war ein Hochzeitskleid. *Ihr* Hochzeitskleid.

Was konnte er nur für seine öffentliche Demütigung geplant haben?

„Was ist los?“ Ferny sah besorgt auf. „Gefällt es Ihnen nicht?“

„Nein, nein, ich liebe das Kleid.“ Avery lächelte. „Es raubt mir den Atem.“ Sie warf einen Blick auf die Uhr. Der große Zeiger war schon fast auf der Zwölf. „Haben Sie einen Fernseher, Ferny?“

„Was? Einen Fernseher? Da drüben.“ Sie zeigte auf eine alte Flimmerkiste, die in einem Holzkasten eingefasst war, wie ihn Grandpa früher über seiner Werkbank in der Garage hängen gehabt hatte. „Dieses Kleid steht Ihnen wirklich ganz ausgezeichnet. Ich habe noch nie ein Kleid wie dieses hier entworfen, und ich bin ebenso stolz wie nervös. Ihre Schwester findet, ich sollte eine Brautmodenlinie daraus entwickeln.“ Ferny bewegte sich um sie herum, steckte Nadeln in das Mieder und passte es Averys Taille an.

„Das sollten Sie. Sie hat ein sehr gutes Auge. Können wir den Fernseher einschalten?“

„Ich liebe ihre Gärten. Deswegen glaube ich Ihnen. Also, nun will ich mit diesem Kleid fertig werden. Dann kann ich es bis nach Weihnachten weghängen.“ Sie seufzte. „Mein Mann behauptet, ich würde meine Kleider lieber haben als ihn. Was wollten Sie? Den Fernseher?“

„Was ist los, Avery?“, fragte Susanna.

„Colin hat mir gesagt, ich solle um vier in der Nähe eines Fernsehers sein.“ Sie zeigte auf die Uhr.

Gerade als Ferny ihren Rock hob und den blauen Tüll darunter zum Vorschein brachte, der die vielen Lagen in Form hielt, rasselten die Glöckchen der Eingangstür.

„Schalt den Fernseher ein. Schalt ihn jetzt sofort ein." Fernys Assistentin platzte aufgeregt in den Laden und wedelte mit den Händen. „Ferny, wo ist die Fernbedienung, wo ist die Fernbedienung?" Sie war groß und schlaksig, die eine Seite ihrer Frisur war pink und die andere rot. Armreifen fielen klappernd von ihrem Handgelenk auf den Ellbogen.

„Es gibt keine Fernbedienung. Was soll das denn?" Ferny zeigte auf den verstaubten, stummen Fernseher in der Ecke.

Melba beugte sich suchend über den Kasten. „Wie schaltet man denn dieses verflixte Ding ein? Gleich ist es zu spät, gleich ist es zu spät."

„Du machst mir Angst. Was ist los? Bitte kein Terrorangriff und keine Schießerei."

„Nein, nein, das Gegenteil, genau das Gegenteil." Sie strahlte Avery an. „Sie haben so ein Glück, Miss, so ein irres Glück." Sie wandte sich dem Fernseher zu und klopfte darauf. „Er geht nicht."

„Warte mal." Ferny zog sie weg. Die alte Röhre wurde langsam warm.

Avery stieg von ihrem Podest herunter. Nervosität und Vorfreude schossen in die Höhe, während sie darauf wartete, dass Prinz Colin, der neben Madeline und Hyacinth auf dem Platz in der Altstadt stand, zu sprechen begann.

Ihm blieb keine Zeit, um seinen Schachzug zu überdenken. Held oder Narr, er hatte sich verpflichtet. Er wachte mit wachsender Entschlossenheit auf, machte sich eifrig an seine Operation

Demütigung, warf sich dann in seinen besten Anzug, schnappte sich seinen Rucksack mit dem wertvollen Inhalt und gesellte sich zum Weihnachtsfrühstück mit der Familie, wo er Avery langsam zuzwinkerte.

Ihre Wangen leuchteten verliebt rot. Der Hitze nach zu schließen, die er in seinem eigenen Gesicht spürte, ging es ihm wohl genauso. Doch er hielt sich distanziert. Blieb mehr Freund als Liebhaber. Wenn er mehr täte, als sie nur zu begrüßen, befürchtete Colin, er würde klein beigeben und ihr auf der Stelle einen Antrag machen.

Aber er wollte etwas Grandioses. Etwas Abgefahrenes. Etwas, das Avery wert war. Und er wollte sich preisgeben, um seine Aufrichtigkeit zu beweisen.

Sein Plan traf gleich zu Anfang auf ein entscheidendes Hindernis, als ihm klar wurde, dass Heiligabend auf einen Samstag fiel. Aber ein Anruf bei Madeline und Hyacinths Sender verschaffte ihm vier Minuten in den 16-Uhr-Nachrichten.

Er verlangte, Madeline und Hyacinth sollten seinen Auftritt begleiten, weil sie die gesamte Vorweihnachtszeit mit der Wiederbelebung der Tradition der Pembroke Chapel zugebracht hatten – und das allgemeine Augenmerk auf Colins Liebesleben gerichtet hatten. Weil sie gestern vor Ort gewesen waren, als Avery so gedemütigt worden war.

Um vier tauchte der Sonnenuntergang die Altstadt in dunkle Schatten. Avery würde schließlich doch noch ihren Sonnenuntergang bekommen ...

Madeline tippte ihm auf den Arm. „In zehn Sekunden gehen wir live. Sind Sie bereit?“ Sie trug einen roten Mantel mit einem grünen Schal.

Colin nickte. „Tut mir leid, dass ich Ihnen Ihren Weihnachtsabend verderbe. Danke, dass Sie gekommen sind."

„Aber bitte, mein Lieber, das würden wir nicht verpassen wollen." Sie beugte sich näher zu ihm. „Wir können es kaum erwarten zu erfahren, was hier vor sich geht."

Ganz in Grün mit einem roten Schal gekleidet, kam Hyacinth an seine linke Seite. „Prinz Colin, das ist ja alles so aufregend ..."

Er hielt den Rucksack sicher in seiner bloßen Hand. Während sie warteten, hielten Leute, die noch in letzter Minute ihre Weihnachtseinkäufe machten, an und glotzten. Fotos wurden gemacht. Hinter ihnen leuchteten rote, grüne und weiße Lichter am Weihnachtsbaum. In der Ferne war ein Weihnachtschor zu hören. *„Herbei, o ihr Gläubigen."*

Madeline stupste ihn an. „Live in drei, zwei, eins ... Frohe Weihnachten, alle miteinander! Hier ist Madeline, die Ihnen zusammen mit ihrer Verbündeten Hyacinth vom Marktplatz in der Altstadt aus eine besondere Mitteilung von Prinz Colin überbringen darf."

Trotz der kalten Luft schwitzte er.

„Frohe Weihnachten, Prinz Colin", sagte Hyacinth. „Haben Sie viele Geschenke unter dem Baum liegen?"

„Bei meiner Mutter, ja. Ich selbst habe nicht einmal einen Baum in meiner Wohnung." Der Small Talk half nicht gerade.

„Was? Ich habe meinen Baum schon vor der Erntefeier aufgestellt."

„Vielleicht nächstes Jahr."

„Prinz Colin", sagte Madeline. „Sie haben uns heute Morgen wegen einer wichtigen Nachricht angerufen. Können Sie uns einen Hinweis darauf geben, was Ihnen unter den Nägeln brennt?"

Er atmete tief ein und rief die Worte ab, die er heute Morgen vor dem Spiegel geübt hatte. „Diese Sache wegen der Glocke ... Ich wollte meine Geschichte nun ganz erzählen."

Es begann, sachte zu schneien, große Flocken taumelten durch das goldene Licht der Gaslaternen.

„Also haben Sie die Glocke geläutet?"

„Beim ersten Mal nicht. Sehen Sie, ich war in dem Turm, und ich habe gebetet." Warum fühlte es sich so unangenehm an, über seinen Glauben zu sprechen? Vielleicht sollte er das öfter tun.

„Gebetet?" Madeline schien verwirrt.

„Gebetet. Ich habe für die Frau gebetet, die ich liebe, und Gott hat die Glocke geläutet." Colin veränderte seinen Stand. Er war kurz davor, in aller Öffentlichkeit einen Heiratsantrag zu machen. Warum sollte er da nicht auch für Gott aufs Ganze gehen? „Ich denke mir das nicht aus, Maddie und Hy, aber als mir das Gebet über die Lippen kam, begann die Glocke zu läuten. Von alleine. Guy Smoot wird das bezeugen. Wenn er einen Funken Integrität besitzt. Für mich war es eine echte Herausforderung, das zu glauben, das gebe ich zu."

„Wirklich?", fragte Hyacinth mit einem ungläubigen Unterton. „War das so eine Art Zeichen?"

Colin lachte. „Das glaube ich, ja. Ich habe Avery Truitt geliebt, seitdem ich sie zum ersten Mal getroffen habe. In meinem Gebet ging es um sie."

Hyacinth sah in die Kamera. „Für diejenigen unter Ihnen, die sich nicht mit den sozialen Medien oder den Nachrichten auf dem neuesten Stand halten: Der Prinz hat Prinzessin Susannas Schwester vor fünf Jahren bei der Krönung unseres Königs kennengelernt."

„Wir sind eine Zeit lang getrennte Wege gegangen. Aber als ich sie bei der Erntefeier wiedergesehen habe, wurde mir klar, dass meine Liebe zu ihr nie gestorben war. Sie hatte sich nur eine Weile versteckt."

„Was also ist gestern passiert, Prinz Colin?", fragte Madeline. „Als Sie die arme Miss Truitt auf diesem Platz hier alleine stehen ließen?"

„Ein Missgeschick nach dem anderen, unter anderem ist mir mein Telefon auf der Fähre aus der Hand und ins Meer gefallen. Aber das liegt jetzt alles hinter uns." Langsam sank er auf ein Knie. Sein Mantel und ein Teil seines Hosenbeins landeten im Schnee. Er öffnete den Reißverschluss seines Rucksacks und holte Großmutters Ringschachtel hervor. „Avery, ich habe es vergeigt und habe kein Recht zu erwarten, dass du mir diesmal traust. Jedenfalls nicht im Moment. Aber ich frage dich trotzdem." Die Wölkchen von Madeline und Hyacinths überraschten Atemzügen umgaben ihn. „In der Vergangenheit war ich jung und dumm und dachte, meine wirklichen Gefühle einfach zu ignorieren würde uns zwingen, im Leben weiterzukommen. Aber mir ist bewusst geworden, dass ich nie zu jung oder zu unreif war, wenn es darum ging, dich zu lieben. In dem Moment, als ich dich getroffen habe, ist meine Welt ins Lot gekommen. Das habe ich gespürt. Als würde tief in mir etwas einrasten. Jeder Mann sehnt sich danach, auf der Welt seine Spuren zu hinterlassen, Großes zu erreichen. Menschen steigen auf und fallen, Vermögen werden angehäuft und verloren, aber die Liebe, dieser seltene, wunderschöne Juwel, der die Liebe ist, ist das größte Erbe von allen. Ich liebe dich mehr, als ich nur mit Worten ausdrücken könnte." Er hob die Ringschatulle zur Kamera und öffnete den Deckel. Madeline und Hyacinth unterdrückten ein Quietschen und traten schnell hinter ihn. „Avery Truitt, willst du mich heiraten? Bitte? Das, worum ich dich bitte, braucht dein ganzes Vertrauen. Heirate mich am Weihnachtsmorgen in der Watchman Abbey. Ich werde um neun Uhr dort sein und auf den Stufen auf dich warten. Du könntest mich einfach stehen lassen, wie ich es in der Vergangenheit getan habe. Obwohl ich hoffe, dass du das nicht tun wirst. Wenn du ein bisschen Mitleid, ein bisschen Barmherzigkeit hast, heirate mich bitte."

Der Kameramann beugte sich über Colins Hand und zoomte auf den Ring. Und seine vier Minuten waren vorbei.

Kapitel dreiundzwanzig

Avery taumelte, suchte nach einem Sitz. Vor ganz Brighton kniete Prinz Colin im Livefernsehen und bat sie darum, ihn zu heiraten.

„Herr, erbarme dich." Mama schlug sich die Hand aufs Herz. „Avery Mae, wenn du nicht Ja sagst, sag ich es für dich. Er hat uns schon zwei Ziegen und einen romantischen Heiratsantrag geschenkt. Mehr kann kein Mensch verlangen."

Susanna legte den Arm um sie. „Willkommen in der Familie, kleine Schwester." Ihre tränenerstickte Stimme sagte mehr als Worte.

„Was-was mache ich jetzt? Ich meine, soll ich ihn anrufen? Oh, warte, nein, er hat ja kein Telefon." Mit jedem Atemzug wurde ihre zitternde Körperhaltung schwächer.

„Schaut sie euch an, zittert wie Espenlaub. Melba, hilf ihr, sich zu setzen." Ferny schob einen abgenutzten, prall gestopften Sessel vor. „Und dann ruf Schatzi an. Sag ihm, ich arbeite heute länger."

„Ferny, nein, das kann ich nicht ..."

Melba drückte Avery in den Sessel. Die sah mit gefalteten Händen im Schoß erst zu Mama und dann zu Susanna auf. „Sage ich Ja?"

„Natürlich." Susanna, so sicher. „Wenn es das ist, was du möchtest."

„Ich wünschte, euer Daddy wäre hier, um das zu sehen." Mamas Augen glitzerten über ihrem Lächeln.

„Ich sollte mich mit Colin treffen."

„Nein." Ferny, Melba und Susanna, im Chor.

„Aber was ist mit den ganzen Vorbereitungen? Werden wir nicht Sachen vorbereiten müssen?“

„Wir nicht. Er. Colin wird die halbe Nacht auf sein, um Floristen zu bestechen und jemanden zu bezahlen, der die Abbey schmückt. Viel braucht er nicht. Ein paar Sträuße. Zu essen haben wir im Palast genug.“

„Wir machen ein ordentliches Fest im Rib Shack, wenn sich alles ein bisschen gesetzt hat“, sagte Mama.

„Was ist mit meinem Kleid?“ Sie wandte sich der Designerin zu. „Ich kann Sie nicht darum bitten, Ihr Weihnachten aufzugeben, weil wir das alles nicht früher auf die Reihe bekommen haben.“

„Das können Sie, und das werden Sie. Das beschert mir frohe Weihnachten.“

„Aves, bei der Sache geht es um dich und um Colin. Was Äußerlichkeiten angeht, könntest du in Jeans heiraten. Was ist in deinem Herzen? Ist er der Mann, den du heiraten willst?“

Sie verwebte ihre Finger mit denen ihrer Schwester, ihr Zittern ließ nach, und ihre Zuversicht wuchs. „Vielleicht habe ich kein Wunder wie eine läutende Glocke erlebt, aber ich weiß, dass er der ist, den Gott für mich vorgesehen hat. Ja, ich will Colin heiraten. Ja!“

Susanna stand auf. „Ferny, wie können wir Ihnen helfen? Morgen früh wird geheiratet.“

Um zwei Uhr morgens erwachte Avery plötzlich, weil sie ein leises Ziehen in ihrem Herzen spürte. Sie schlüpfte aus ihrem Bett und ging zum Fenster, wo sie den schweren Fensterflügel öffnete und sich in die Kälte hinauslehnte, um die frühen Morgenstunden dieses Weihnachtsmorgens zu begrüßen.

Schnee fiel leise in großen wirbelnden Flocken. Die Welt war still. Friedlich. In der Ferne waren über schneebedeckten Dächern die bernsteinfarbenen Lichter der Stadt zu sehen.

„Frohe Weihnachten allerseits“, flüsterte Avery und begann dann leise „All is calm, all is bright“ zu singen.

In einer kleinen Stadt etwa tausend Meilen östlich von Stratton Palace wurde vor zweitausend Jahren in einer Krippe ein König geboren. Der wahrste König von allen. Der eine, den alle Völker anbeten werden. Er war einst und ist heute und wird wiederkommen.

„Happy Birthday, Jesus. Ich kann es kaum erwarten, dich zu sehen. Grüß Daddy schön von mir.“

Daddy. Ein flatternder Schmerz stahl sich in ihr Herz. „Ich wünschte, du wärst hier. Ich vermisse dich so sehr.“

Sie wollte gerade wieder ins Bett gehen, als ein schwacher Klang sie am Fenster festhielt. Er kaum aus der Richtung der Pembroke Chapel, zuerst leise und langsam, dann wurde der Ton immer lauter, bis der herrliche Ton der alten Glocke in der ganzen Palastanlage widerhallte.

Kapitel vierundzwanzig

Weihnachtsmorgen!

Der Morgen dämmerte klar und schön. Auf der Erde lag eine frische Schneedecke. Überall in der Stadt erklangen die Glocken der Kathedralen, die den Weihnachtsmorgen und die Geburt Christi verkündeten.

Colin zog seine weißblaue Marineuniform an. Seine Schuhe waren spiegelblank poliert. Um Punkt acht Uhr dreißig verließ er seine Wohnung und bestieg die wartende Kutsche.

Seit seinem Heiratsantrag hatte er jede Minute damit verbracht, sich auf diesen Morgen vorzubereiten. Dabei hatte er inbrünstig gebetet, Avery würde ihn akzeptieren. Er hatte ein Weihnachtsgeschenk für sie gekauft, Diamantohrringe, die er schön eingepackt unter den kleinen Plastikchristbaum in seiner Wohnung gelegt hatte, den er ebenfalls noch gekauft hatte. Der Baum war ein Ausstellungsstück, vollständig dekoriert, im Schlussverkauf bei Glidens. Er hoffte, er würde den Weihnachtsabend und die Nacht mit seiner Frau zu Hause verbringen.

Mum bot ihre Hilfe an und nutzte ihren Einfluss, um eine Floristin zu finden. Colin bestellte einen Strauß aus Rosen, Misteln, Efeu und zarten Tannenzweigen. Mr. Franklin rief an, um auszurichten, er würde eine Torte machen und im Palast abliefern.

Wenn ein Mann zu seinem himmlischen Vater Ja sagte, floss Segen in Strömen.

Ein überraschendes Zeichen seiner Unterstützung zeigte Dad,

der den Stallarbeitern einen Zuschlag bezahlte, damit sie den vergoldeten Schlitten aufpolierten, den Mum von ihrem verstorbenen Vater, König Leopold IV., geerbt hatte.

Beide zusammen boten an, die Hochzeitsreise zu bezahlen. „Egal, wo ihr hinwollt."

Colin bedankte sich herzlich, lehnte aber zunächst ab. „Das werde ich mit Avery klären. Ich möchte dorthin, wo sie hinmöchte. Ich glaube, für eine Hochzeit habe ich sie genug überrascht."

Dann stupste Mum Dad mit dem Ellbogen in die Rippen. „Nun mach schon, Eddie. Auf der Stelle zu treten bringt jetzt auch nichts."

Dad räusperte sich. „Ich habe Madeline und Hyacinth auf den Plan gerufen."

Colin starrte ihn lange wütend an. „Ich wusste ja, dass du gegen uns bist, aber ..."

„Ich muss mich entschuldigen." Dad warf einen Blick auf Mum. „Ich habe mich geirrt. Im Geiste der Saison bitte ich um deine Vergebung."

„Natürlich, Dad", sagte Colin. „Verstehst du, dass ich meine Entscheidung vor Gott getroffen habe? Für Avery und mich? Kannst du uns akzeptieren?"

Dad hob sein Kinn und steckte den Widerstand seines Sohnes ein. „Das kann ich. Ich will, dass du weißt, dass ich stolz auf dich bin, Colin. Ich werde deine Entscheidung unterstützen und Avery in unserer Familie willkommen heißen."

Seine Antwort rührte an Colins Gefühlen. Nach einer unruhigen Nacht und einem langen Tag voller Vorbereitungen war er müde. „Danke, Dad." Ihre Umarmung war ehrlich, ein Schulterklopfer besiegelte die Zustimmung.

Der Erzbischof war damit einverstanden, nach dem Weihnachtsgottesdienst am frühen Morgen den Traugottesdienst zu leiten. Der Organist der Klosterkirche würde spielen. Palastangestellte bauten Barrieren entlang der Abbey Road auf, der kurzen, schmalen Straße, die vor der Kirche entlangführte, und rollten den roten Teppich aus, weil es Tradition war, dass die Bräute von Prinzen auf einem roten Teppich über die Straße gingen.

Alles war erledigt. Nun fehlte nur noch Averys Antwort. Colin stand im Haupttor der Kirche, den Blick konzentriert auf die Straße gerichtet.

Er hätte es verdient, versetzt zu werden. Aber wenn Gott ihm gnädig war, würde Avery jeden Moment um die Ecke biegen.

Die Stille des frühen Morgens verflüchtigte sich rasch angesichts der Menschenmengen, die die Straßen füllten. Hunderte Polizisten säumten den Stratton Boulevard und hielten das Publikum in Schach.

Als Avery in ihrem fließenden weißen Kleid den Palast verließ, ließ das Brüllen von der Straße her sie zurückweichen. Einzelne Rufe wurden hörbar.

„Frohe Weihnachten!"

„Alles Gute zur Hochzeit!"

Mit Nathaniel, Susanna und Mama stieg sie ins Auto. Während der Fahrer den Wagen vom Palastgelände lenkte, starrte Avery aus dem Fenster.

„Es sind alle am Weihnachtsmorgen herausgekommen, was?"

Nathaniels Lachen war liebevoll, beinahe väterlich. „Dir hat ein Prinz in aller Öffentlichkeit einen Antrag gemacht. Da mussten sie doch nachschauen, ob du zu ihm kommen würdest."

Avery lachte. „Jetzt wissen sie alle vor ihm Bescheid."

„Das geschieht ihm recht", sagte Susanna. Sie sah schön aus in ihrem roten Kleid mit den weißen Ziernähten. Mama trug das Kleid, das sie auch beim Weihnachtsball tragen wollte. Das blasse Grün ließ ihre Augen leuchten.

Die ganze Fahrt über standen Neugierige und Gratulanten an den Straßen. Sogar Essensverkäufer mischten sich unter die Schaulustigen und boten Kaffee und heiße Schokolade an. Die Bäckerei Franklin verkaufte tütenweise frische Krapfen.

Wenn die Limousine des Königs vorbeiglitt, unterbrachen die Leute das, was sie gerade taten, und jubelten ihnen winkend zu.

„Weiter kommen wir nicht", sagte der Chauffeur und sah über die Schulter nach Avery. „Zu viele Menschen. Aber wir sind genau am Anfang der Abbey Road. Wollen Sie der Tradition entsprechend zu Fuß gehen, Miss Avery?"

Sie schaute Susanna an. „Will ich?"

„Absolut."

Sie stieg aus. Mama und Susanna halfen ihr mit dem Kleid. Sicherheitsleute umringten sie.

„Avery." Nathaniel beugte sich zu ihr. „Bist du sicher, dass du nicht möchtest, dass ich oder deine Mama dich durch den Mittelgang führen? Ich bin sehr gerne bereit, dich zu begleiten."

„Danke." Ihre Augen wurden feucht, als sie zu ihm aufsah. „Aber ich will diesen Weg alleine gehen." Sie drückte seinen Arm.

„Außerdem bin ich eigentlich nicht alleine. Daddy ist in meinem Herzen, und Gott ist bei mir. Immer."

Der König küsste sie auf die Wange. „So wie wir. Nun geh, Colin steht wahrscheinlich schon ganz neben sich, weil er sich fragt, ob du kommst."

Mit überfließendem Herzen ging Avery los. Das Publikum drängte näher, ihre Gesichter waren so echt und so voller Freude. „Fröhliche Weihnachten", sagte sie. „Vielen Dank, dass Sie alle gekommen sind!"

Die Leibwächter verboten es ihr, Hände zu schütteln, also strebte sie winkend die Straße hinunter, immer bewegter von der Großzügigkeit der Menschen von Brighton. Die sollten doch zu Hause bei ihren Familien sein.

Sie hielt die Luft an, als der rote Teppich zum Vorschein kam, und ging dann auf die Kurve in der Kopfsteinpflasterstraße zu. Die Menschenmenge verstellte ihr den Blick auf die Abbey.

Sie schaute die Sicherheitsleute an. „Lassen Sie mich von hier an alleine gehen. Ich werde gut zurechtkommen."

Noch ein paar Schritte weiter, und sie entdeckte ihren Bräutigam, Prinz Colin, der fesch und herrschaftlich in seiner Galauniform nach ihr Ausschau hielt.

Kam sie? Inzwischen war es nach neun Uhr. Die Glocken der Kathedrale hatten die Stunde geschlagen, obwohl es Colin vorkam, als sei eine Ewigkeit vergangen. In der Menge fing jemand an, ein Weihnachtslied zu singen. *„Süßer die Glocken nie klingen ..."*

Colin stimmte mit ein, sang leise, mehr um sein aufgewühltes Herz zu beruhigen als aus irgendeinem anderen Grund. Würden an Weihnachten für ihn auch die Hochzeitsglocken läuten?

„Glocken mit heiligem Klang ..."

Mitten im Kehrvers endete das Lied in einem kollektiven Japsen der Leute. Ungestümes Freudengeschrei folgte.

Sie kam.

Mit trommelndem Herzen sprang Colin die Stufen hinunter auf die Straße zu, versuchte, um die Menschen herumzuschauen. Als er vorbeiging, teilte sich die Menschenmenge, und da kam sie. Ihr Rock wischte über den roten Teppich, um die blassen Schultern trug sie ein fedriges Schultertuch, und die Sicherheitsleute hatten Mühe, mit ihr Schritt zu halten.

Colin hielt mitten in der Bewegung an. Sie war atemberaubend, raubte ihm jedes Stück seines Herzens. *Avery* ... Stolz durchflutete seine Brust. *Herr, bitte lass mich ihrer immer würdig sein.*

Er wollte ihren Namen rufen, aber die Gefühle schnürten ihm die Kehle zu. Also zwang er sich vorwärts, ihr entgegen.

„Colin!" Sie warf sich in seine Arme. Ihr Gesicht schmiegte sich in die Wölbung seines Halses.

„Du bist gekommen." Er wirbelte sie herum. Sein Herz spielte eine Symphonie in seiner Brust.

Sie legte ihre Stirn an seine. „Das würde ich mir nie entgehen lassen."

„Lust zu heiraten?"

„Ja, das habe ich."

Er umklammerte ihre Hand und führte sie auf die Abbey zu. Sein Lächeln war so breit, dass seine Wangen schmerzten. Die Menschen johlten und wünschten ihnen alles Gute.

Im Hauptschiff der Kirche griff Colin nach ihrem Brautstrauß, der auf einem geschnitzten, polierten Tisch bereitlag.

„Ich hoffe, der tut's."

„Der ist wunderschön."

Er hakte sich bei ihr unter und führte sie weiter in den Kirchenraum hinein, wo Dad mit Mum und seinen Schwestern wartete.

„Herzlich willkommen bei den Tattersalls", sagte Dad, legte Avery die Hände auf die Schultern und küsste sie auf die Stirn.

„Vielen Dank, Sir." Sie bot ihm die Hand an. „Ich hoffe, wir können Freunde werden."

Dads Augen glitzerten, als er einschlug. „Ich bin mir sicher, dass wir das werden."

„Ich liebe Ihren Sohn sehr."

„Ich vermute, dass er dich noch viel mehr liebt."

Colin neigte seine Lippen zu ihrem Ohr. „Möchtest du etwas wirklich Verrücktes tun?"

Sie wandte sich ihm zu. Glitzernde Augen sahen in glitzernde Augen. „Normal kann jeder, oder?"

Er wies mit dem Kopf Richtung Tür. „Lass uns draußen, auf dem roten Teppich, heiraten. Wir haben Tausende Gäste. Lassen wir sie nicht am Weihnachtstag draußen in der Kälte stehen."

„Lass uns das machen. Für alle, die sich an Weihnachten Zeit dafür genommen haben, nachzugucken, ob es wirklich so weit kommen würde."

Der Erzbischof machte viel Wind um die ganze Sache, sagte, es sei nun wirklich sehr außergewöhnlich, dass ein Prinz draußen auf der Straße heirate, aber was an dieser Hochzeit war schon normal? Also führte er die kleine Gesellschaft an, aus der Kirche und die Straße hinunter.

Neben und hinter ihnen wimmelten die Sicherheitsleute herum, um freie Bahn zu schaffen.

„Ihr alle sollt unsere Zeugen sein“, sagte Colin.

Das Publikum antwortete mit wildem Jubel.

Im Turm der Kathedrale begannen die Glocken zu läuten, riefen es über die Stadt und füllten die Luft mit Freude: *Der Prinz heiratet.*

Als sie am Ende der Straße angekommen waren, hielt der Erzbischof an.

„Prinz Colin, bitte stellen Sie sich Ihrer Braut gegenüber.“

Dad und Mum, seine Schwestern, Nathaniel und Susanna, Glo Truitt und Queen Campbell, Henry und Prinz Stephen und Prinzessin Corina versammelten sich um sie.

Und halb Cathedral City. Jedenfalls kam es ihm so vor. Colin war sich ziemlich sicher, dass er aus dem Augenwinkel Madeline und Hyacinth samt ihrem Kameramann gesehen hatte.

Die Kathedralenglocken verstummten, während Colin seine Finger mit Averys verflocht. Die Brise legte sich, und die Wintersonne lugte durch die Wolken.

„Liebe Gemeinde ...“

Als der Erzbischof mit der Traupredigt begann, erklang in der Ferne ein schwacher Ton. Colin sah sich um und drückte Averys Hände. Hörte sie ...

Da war es wieder. Ein klares, deutliches Läuten aus der Richtung der Pembroke Chapel.

„Es ist die Glocke“, flüsterte Avery. „Gott läutet sie für uns.“

„Ich glaube, das tut er wirklich, Liebes.“ Colin konnte sein Lachen nicht zurückhalten. „Ich glaube, das tut er wirklich.“

Epilog

Wie man sich erzählt ...

Es heißt, die Glocke der Kapelle habe nach der Hochzeit von Prinz Colin und Avery Truitt nie wieder richtig geläutet. Nicht einmal, nachdem der König Spezialisten geschickt hatte, um sie zu reparieren.

Aber Jahr für Jahr behauptete jemand in den umliegenden Nachbarschaften, irgendwann zwischen dem Erntefest und Weihnachten, er habe den Glockenschlag gehört. Nur einmal. Aber trotzdem einen Glockenschlag.

Die blutige Legende von Prinz Michael geriet in Vergessenheit. Eine neue, eine der Liebe, blieb bestehen.

Anlässlich seiner Hochzeit erklärte König Nathaniel II. seinen Cousin, Prinz Colin, zu Seiner Königlichen Hoheit und seine Ehefrau zu Prinzessin Avery von Brighton.

Sie wurde Volleyballtrainerin und setzte sich für den Rest ihres Lebens für die Bildung und die Förderung von Mädchensport im ganzen Königreich ein.

Prinz Colin erbte die Dynastie seines Vaters und wurde einer der wohlhabendsten und großzügigsten Menschen in Europa.

Sie zogen zwei Prinzen und zwei Prinzessinnen groß, dazu zahlreiche Hunde, Katzen, Kaninchen und eine unbestimmte Menge Ziegen. Fred und Ethel waren sehr fruchtbar. Bis zum heutigen

Tage sorgen ihre Enkel dafür, dass das Meckern in den Stallungen der Tattersalls kein Ende nimmt.

König Nathaniel und Prinzessin Susanna haben fünf Kinder. Ihre älteste Tochter, Prinzessin Honour, wurde an ihrem sechzigsten Geburtstag zur Königin gekrönt. Nathaniel lebte ein langes und erfülltes Leben.

Prinz Stephen und Prinzessin Corina hatten drei Prinzen und hinterließen Brighton und der ganzen Welt ein Erbe des reichlichen Liebens.

Mama Truitt, Glo, verkaufte das Rib Shack nicht lange nach Averys Hochzeit an Onkel Hud und verließ St. Simons, um sich in Cathedral City niederzulassen. Sie wurde nicht nur den Kindern ihrer eigenen Kinder zur Großmutter, sondern auch den Kindern Brightons. Sie und Queen Campbell waren die allerbesten Freundinnen, bis sich ihre alten Knochen zu ihrer letzten Ruhe begaben.

Aber wenn man dieser Tage im Königreich Brighton Geschichten erzählt und in träumerischem Ton von romantischen Gedanken an ein Glück bis zum Ende ihrer Tage gesprochen wird, sind es Prinz Colin und Prinzessin Avery, an die die jungen Mädchen und Jungen denken.

Denn in ihrem ganzen Leben, egal, wie reich sie sein oder was sie erreicht haben mochten, war doch das Großartigste, was über sie gesagt wurde, dass „niemand liebte, wie sie einander liebten".

Prinz Colin sagte einmal: „Mein größter Schatz sind meine Frau und meine Kinder. Mir ist bewusst, dass, wenn ich einst vor dem Herrn der Ewigkeit stehe und Er über mein Leben richtet, er mich dann als Erstes fragen wird, ob ich gelernt habe, meine Frau und meine Kinder mehr zu lieben als mich selbst. Ich hoffe, wenn ich dann Ja sage, wird er sagen: ‚Gut gemacht.'"

Wie Sie sehen, lebten Prinz Colin und Prinz Avery und alle Strattons, Truitts und Tattersalls tatsächlich glücklich bis ans Ende ihrer Tage.

Und geht es bei Märchen nicht genau darum?